LA

DI I E CO ÉDIE

PREMIÈRE PARTIE

PARIS. — IMPRIMERIE J. CLAYE

RUE SAINT BENOIT

LA

DIVINE COMÉDIE

DE

DANTE ALIGHIERI

Traduction Nouvelle

PAR M. MESNARD

PREMIER VICE PRÉSIDENT DU SÉNAT PRÉSIDENT A LA COUR DE CASSATION
GRAND OFFICIER DE LA LÉGION D'HONNEUR

L'ENFER

PARIS

AMYOT, LIBRAIRE-EDITEUR

RUE DE LA PAIX 8

—

M DCCC LIV

PRÉFACE

Plus on étudie le Dante, plus on admire la puissance de son génie; et, à mesure qu'on l'admire davantage, la séduction devient plus forte de reproduire, dans un autre idiome, les beautés, encore si neuves, de *la Divine Comédie*.

Toute version paraît incomplète, infidèle, et chacun porte en soi, selon sa manière de sentir, le besoin d'une traduction nouvelle. Il semble toujours que cette étrange et magnifique épopée, qui résume toutes les conceptions du moyen âge, où tout est mêlé, la fable et la théologie,

les guerres civiles et la philosophie, le vieil
Olympe et le Ciel chrétien, n'a pas encore trouvé
d'interprète d'un esprit assez patient ou assez
flexible, pour se prêter aux formes si variées
d'un drame qui touche à tout, d'une poésie qui
chante sur tous les tons. On se persuade que
faire autrement, c'est faire mieux, et on se laisse
aller au plaisir de redire, dans une langue nouvelle, la pensée tour à tour si naïve et si raffinée,
si gracieuse et si terrible du poete Gibelin.

C'est à une pareille illusion qu'a cédé l'auteur
de ce nouveau travail qui, assurément, laissera
encore aux admirateurs du Dante le désir, toujours renaissant, d'une traduction meilleure.

Il s'est fait tant de lumière autour de cette
grande figure, surtout par les admirables travaux
de ces derniers temps[1]; le modèle, à l'heure qu'il
est, pose de si haut et s'offre sous des aspects si
divers, qu'il est permis d'en faire des copies qui,
sans cesser de ressembler à l'original, peuvent
n'avoir entre elles d'autre ressemblance que celle

---

1. Voir les Etudes de MM Ozanam, Villemain, Ampere, etc, etc,
et comme reproduction poetique, les precieux *Excerpta* de M. Antony
Deschamps, et le merveilleux tour de force de M. Louis Ratisbonne.

qui convient à des sœurs : *qualem decet esse sororum !*

Et puis, s'il faut tout dire, traduire le Dante, c'est se rajeunir de six cents ans; c'est se placer en plein moyen âge, au milieu d'un monde nouveau à force d'être ancien; c'est retrouver l'esprit humain à l'une des phases les plus intéressantes (la moins bien appréciée peut-être) de ses nombreuses évolutions; c'est assister à ce grand mouvement d'idées d'où était sortie une puissante philosophie, la Scolastique, et qui conduisait à la Renaissance; c'est vivre entouré des charmantes naïvetés de la légende et des souvenirs de la savante antiquité, à chaque pas évoqués par le poete florentin! Comment résister à un pareil attrait?

L'excuse trouvée, il ne sera plus rien dit de cette nouvelle traduction, sinon qu'elle a été écrite dans un sentiment de profond respect pour le texte, et avec assez de liberté cependant, pour que la pensée du poete perde le moins possible à passer d'une langue dans une autre

L'auteur de ce travail s'est décidé a le publier par parties; L'ENFER OU LL CANTIQUE DES DAMNES,

comme le Dante l'appelle, paraît le premier, et
sera bientôt suivi du Purgatoire et du Paradis.

L'édition de la *Divina Commedia* adoptée par
le traducteur est celle de Padoue, de 1727. Cette
édition se recommande tout à la fois par sa
correction et par sa conformité aux plus estimés
des anciens manuscrits.

Viroflay, octobre 1854

PRÉFACE

L'accueil bienveillant dont l'opinion publique a
honoré la traduction de L'Enfer ne pouvait être
pour l'auteur de ce travail qu'un encouragement
à continuer, une exhortation à mieux faire. Il a
donc continué, sans se laisser détourner par les
froideurs et le silence affecté de certains hommes,
à qui l'amour des lettres n'a pu faire oublier les
rancunes de la politique, et qui, tout en trouvant
bon que le Dante ne soit pas Guelfe, ne sauraient
pardonner à son traducteur d'être Gibelin.

Il ne s'est pas dissimulé toutefois que de nouvelles et plus sérieuses difficultés l'attendaient
dans la poursuite de son œuvre.

Beaucoup moins connue que L'Enflr, qui, pour

un assez grand nombre de lecteurs, s'est longtemps résumé dans les deux épisodes du comte
Ugolin et de Françoise de Rimini, cette seconde
partie de LA DIVINE COMÉDIE se laisse plus difficile-
ment encore aborder par la traduction. Le poeme
du PURGATOIRE résiste aux tentatives de l'idiome
étranger de toute la puissance de sa gracieuse
originalité, de tout l'obstacle qu'oppose à l'imitation une poésie savante, concise, mélodieuse et
riche de ces détails achevés qui perdent tant à
passer d'une langue dans une autre langue.

L'ENFER, si bien nommé le CANTIQUE DES DAM-
NES, n'a rien d'humain. Le lieu, l'action, les
personnages, tout y prend un caractère qui sort
des conditions de la nature. Au milieu de l'infinie
variété de supplices où l'implacable génie du
poete torture les morts en se vengeant des vivants,
vous ne rencontrez que les faces convulsives de
cette foule de réprouvés qui n'ont rien gardé de
la vie humaine, sinon les pleurs, le blasphème
et le désespoir.

En s'essayant à reproduire cette terrifiante
peinture de tourments et de tourmentés où, sur
des lignes heurtees et à chaque instant brisées,

les violences d'un pinceau fougueux ont répandu ce que la couleur a de plus sombre, on a du moins cet avantage qu'une erreur de ton ou une faute de dessin peut rester facilement inaperçue. Le caractère étrange du sujet et ce qu'offre de saisissant chacune des scènes de l'éternelle expiation passent, quoi qu'on fasse, dans la copie, qui alors, même en dépit de quelques infidélités, donne à peu près une idée suffisante de la terrible épopée.

Mais on n'en saurait dire autant pour LE PURGATOIRE. Ici tout est changé : à l'éternel honneur de son génie et de l'art qu'il invente, le poete, qui tout à l'heure, dans le drame infernal, montrait une si sauvage énergie, et dont l'inspiration lugubre semblait destinée à ne raconter que les colères de Dieu et la désolation des damnés, retrouve tout à coup l'imagination la plus sereine et les plus suaves couleurs pour peindre tantôt les clairs paysages de la sainte montagne, tantôt la figure angélique des ministres du Seigneur et la condition de ces âmes à qui le repentir ou une pauvre petite larme « *lagrimetta* », même au moment suprême, a fait trouver grâce devant Dieu.

Ce deuxième acte de l'admirable trilogie, supérieur peut-être au premier par l'intérêt du sujet, l'unité de la composition, l'harmonie du langage, le charme et le fini des détails, forme dans son ensemble une œuvre si parfaite, que les moindres écarts de la traduction en altèrent profondément les beautés.

Mais on dirait vraiment, à mesure que ce travail devient plus difficile, qu'un attrait plus vif excite à le poursuivre. « C'est proprement un charme ! »

Ce qui domine dans le poème de l'ENFER, c'est l'imagination, c'est une fantaisie féconde en créations monstrueuses et sans rapport avec les conditions de notre existence. Ici, au contraire, bien que la scène et les acteurs n'appartiennent plus à ce monde, on est cependant en présence d'une nature vraie, en présence de toutes les réalités de la vie humaine.

Sur cette montagne du Purgatoire qui touche au ciel, en conservant sa base sur la terre, les âmes tiennent toujours à l'humanité par leur forme apparente, par leurs sentiments et la permanence de leur personnalité. Le fleuve de l'Oubli « *Lete* » et le fleuve de la Mémoire

« *Eunoe*[1] » n'ont pas encore versé sur leur front le flot doublement purifiant qui efface à jamais la trace des fautes commises, en éternisant le souvenir du bien accompli. Si, pour elles, l'existence terrestre est achevée, elles gardent encore l'empreinte des passions et des affections de la vie. Cette empreinte.ineffaçable.n'est pas, comme aux cercles de l'Enfer, outrée et défigurée par la torture; elle ne s'est pas encore évanouie ou spiritualisée dans la transfiguration céleste du Paradis : elle reste purement humaine.

Lors e la fatale sentence « *Lasciate ogni speranza, voi ch' entrate* » place au seuil même de l'Enfer l'éternité du désespoir, au contraire c'est un ange qui veille à l'entrée du Purgatoire, comme le symbole de l'espérance, pour fortifier les âmes pénitentes que l'expiation va rendre dignes du bonheur des élus.

Ainsi, compagnes de leur pérégrination, la crainte et l'espérance les suivent comme ici-bas; mais la crainte n'est plus qu'une salutaire défiance de leurs forces, et l'espérance, illuminée du reflet

1. Ch. XXVIII

des infaillibles promesses, semble éclairer leurs pas de l'aurore du jour qui ne doit pas finir.

En même temps que le caractère humain, conservé aux personnages de ce drame, les rapproche de nous et nous intéresse à leur sort, la foi qui les soutient dans les épreuves qu'ils ont à subir, adoucit la rigueur de ces épreuves, et l'on assiste à leurs souffrances avec ce sentiment de consolation toute chrétienne, qu'elles ne sont ni sans terme, ni sans mérites, ni sans espoir.

Et puis, tout au contraire de ce qui s'est passé dans le voyage à travers les régions de l'abîme où, à mesure qu'il descendait, le poëte arrivait aux cercles des plus grandes désolations; ici, à mesure que, par ses pentes escarpées, on approche des cimes de la sainte montagne, les châtiments perdent de leur sévérité, et les âmes, déjà plus près du lieu de leurs aspirations, répandent autour d'elles ce calme d'une bonne conscience, précurseur de la béatitude, tandis qu'à son tour, la nature embellie leur prodigue les trésors d'un splendide printemps Quelques pas encore, et le ciel plus riant, la lumière plus pure, la route

plus fleurie, vous annoncent les joies, la sérénité
et les parfums du Paradis terrestre!

Ce séjour primitif de la race humaine qui a
conservé la fraîcheur et la virginité que Dieu lui
avait données avant la déchéance, le poete le
place entre la terre et le ciel, comme une dernière
station où l'âme, transfigurée par la pénitence,
retrouve une nouvelle jeunesse, une seconde
innocence.

Mais là encore, dans cette pure région, retentit
un lointain souvenir des misères de l'homme :
comme une sublime et dernière personnification
des luttes de l'humanité, on y voit apparaître
la milice de l'Église, portant les marques du
combat au milieu de l'appareil de la victoire, et
célébrant, sur ce domaine reconquis, la fête
perpétuelle de ses triomphes.

Si, de cette simple donnée sur la composition
du drame, on passe à l'exécution, on ne se lasse
pas d'admirer comment le poète, sans sortir de
l'unité et de l'harmonie du ton général, a pu
produire de telles beautés et des effets tout à la
fois si variés et si puissants.

En effet à l'exception de quelques rares pas-

sages où reparaît la rude empreinte du chantre
de l'Enfer, où se fait jour, à travers le sarcasme
et l'ironie, une vraie colère d'honnête homme
contre les mœurs et la politique de Florence,
tout est calme dans le Purgatoire et d'une sérénité
parfaite.

Comment le Dante, avec un style si contenu
et une telle sobriété d'expressions, a-t-il su
trouver des nuances assez délicates, assez fraîches
pour peindre tant de scènes charmantes, pour
animer ces douces figures d'anges et de jeunes
filles aux suaves contours? Nul ne le peut dire :
c'est le secret du génie.

Un autre mérite du grand poëte (le moins
connu peut-être de ceux qui ont fait sa grandeur),
c'est une merveilleuse intelligence de la nature.
On dirait qu'il a été mis dans le secret de toutes
ses harmonies; on sent qu'il l'aime, qu'elle l'attire et le fait rêver. Non-seulement, à l'imitation
des anciens et surtout de Virgile, son maître, il
lui emprunte à chaque pas de délicieuses com-
paraisons, mais, allant plus loin qu'aucun d'eux
et devançant les modernes, il la décrit par goût,
pour le seul plaisir de la décrire, avec une sen-

sibilité vraie et une teinte de mélancolie que lui envieraient, de nos jours, les écrivains qui ont le plus fait aimer la poésie descriptive.

Quoi de mieux senti et de plus achevé que ce début du xxviiie chant, dont la traduction ne donne pourtant qu'une imparfaite image :

« Impatient de parcourir, au dehors et dans
« ses profondeurs, la divine forêt, épaisse et ver-
« doyante, qui tempérait aux yeux l'éclat du jour
« naissant, tout aussitôt, loin de la rive, je vais
« par la campagne, foulant à pas bien lents,
« bien lents, un sol tout parfumé.

« Une douce haleine d'air, toujours égale,
« effleurait mon visage, caressante comme la brise
« la plus suave.

« Dociles et frémissant à ce souffle, les rameaux
« se penchaient du côté où la sainte montagne
« laisse tomber sa première ombre, pas assez
« inclinés cependant pour troubler dans leurs
« concerts les petits oiseaux dont l'art s'exerçait
« sur leur cime.

« En pleine joie, ils accueillaient les premières
« heures du jour, en chantant sous le feuillage,

« dont le frémissement répondait à leurs notes
« harmonieuses.

« Ainsi, aux rivages de Chiassi, murmure de
« branche en branche, à travers les sapins, le
« Siroco mis en liberté par Eole.

« Déjà, tout lentement, je m'étais enfoncé bien
« avant dans la forêt, ne voyant plus par où
« j'étais entré, et voilà que je suis arrêté par un
« ruisseau qui coulait vers ma gauche, courbant
« à peine, de ses petits flots, l'herbe qui verdit
« sur ses bords.

« Ici-bas il n'est eau si limpide qui ne paraisse
« trouble au prix de cette eau, où tout se voit
« encore, bien qu'elle coule, toujours plus som-
« bre, sous les ombrages éternels que ne pénétra
« jamais un rayon du soleil ou de la lune. »

Quoi de plus gracieusement amené que cette
apparition, tant souhaitée, de Béatrix :

« A la naissance du jour, quand tout le ciel était
« beau de sérénité, j'ai vu quelquefois, sous les
« teintes rosées de l'Orient, la face du soleil se
« montrer voilée par des vapeurs qui permet-
« taient aux yeux d'en supporter l'éclat ; de

« même, à travers ces fleurs jetées par des
« mains angéliques et formant comme un nuage,
« qui remontait et s'abaissait autour du char,
« une femme m'apparut. Son front, caché par un
« voile blanc, portait une couronne d'olivier; un
« manteau vert couvrait son épaule, et sa robe
« brillait des couleurs de la flamme [1]. »

Le poète se plaît ici au développement de sa
pensée; mais bien souvent une stance ou deux
lui suffisent pour la rendre complète. Quand il
dit, par exemple :

« C'était l'heure qui ravive le regret au cœur
« attendri des navigateurs, le jour où ils ont dit
« adieu à leurs doux amis; l'heure où le pèlerin,
« nouvellement parti, tressaille d'amour, s'il
« entend la cloche tinter au loin, comme si elle
« pleurait le jour qui se meurt[2]. »

Ou bien encore :

« . . . . . Elles étaient assises sur le bord d'une
« de ces ombres décolorées, telles que, sur leurs

1 Ch. xxx
2. Ch. viii.

« froids torrents, en laissent tomber les Alpes,
« du haut de leur feuillage vert et de leurs
« sombres rameaux[1]. »

Enfin, s'il faut tout dire, cette seconde partie
de LA DIVINE COMEDIE atteste, encore plus que
les deux autres, que rien n'a manqué au génie
du Dante, pas même ces tristesses du cœur qui,
se trahissant dans l'œuvre du poëte, y ajoutent
comme le charme d'une confidence intime.

Rarement les anciens se laissaient aller à ces
mélancoliques révélations, à ces retours inat-
tendus sur soi-même, et ils n'ont pu, sous ce
rapport, servir de modèles au chantre de Béatrix.
Si les passions humaines ont eu avant lui d'ini-
mitables interprètes, si même il se rencontre dans
les poetes qui l'ont précédé, dans Virgile, dans
Ovide, des vers pleins de sentiment et de ten-
dresse, il faut reconnaître qu'avant le Dante,
cette tristesse rêveuse, qui plus tard inspirera
tant de chefs-d'œuvre, n'avait pas encore trouvé
son expression fidèle et complète.

Que le grand Gibelin dût à la nature ou à des

[1] Ch XXXIII.

amours malheureuses une telle disposition de
l'âme, il est à croire qu'elle fut singulièrement
entretenue par l'émouvante influence des temps
où il vivait.

Telle est la destinée des grands écrivains, que,
s'ils représentent l'esprit, les mœurs, les idées et
les croyances d'une époque, ils doivent également
en refléter les misères.

Au moment où le Dante écrivait, le monde
était triste et plein de troubles[1] : un fait immense
venait de s'accomplir. La monarchie universelle
de l'Eglise, qui, pendant trois cents ans, avait
été la cause féconde de tous les progrès de l'Occident, s'éteignait avec Boniface VIII, le dernier
des grands papes du moyen âge. Héritiers de
cette vaste autorité temporelle qui échappait au
saint-siége, les rois et les peuples s'en dispu-
taient les débris, et des temps allaient venir où,
à force d'être partout, le pouvoir ne serait nulle
part.

Comme il vivait au milieu des guerres civiles

---

1. « J'ai trouvé l'original de mon *Enfer* dans le monde que nous
« habitons », écrivait le Dante a CAN DELLA SCALA, dans une lettre
citée par UGO FOSCOLO (*A parallel between Dante and Petrach*)

et religieuses, le poete gibelin ne fit que trop
l'épreuve des souffrances et des calamités que peut
amasser sur un pays le perpétuel combat d'une
liberté sans frein et d'une autorité sans contrôle.
Acteur lui-même dans les tragiques péripéties
d'exils et de proscriptions qui désolèrent les répu-
bliques italiennes, il y conçut ces haines vigou-
reuses dont le souvenir est écrit en vers ineffaçables aux cercles de L'ENFER, et cette tristesse
des illusions perdues qu'il laisse s'exhaler dans
quelques stances plaintives du Purgatoire et du
Paradis.

On raconte qu'un jour, dans les décourage-
ments de l'âge et de l'exil, il allait s'enquérant
d'une humble hospitalité, et, comme il se tenait
immobile et silencieux: «Que cherchez-vous?» lui
dit-on; et il répondit : « *La pace !* » (le repos!)

> « Le repos, le repos, tresor si precieux,
> « Qu'on en faisait jadis le partage des dieux ! [1]»

Mais au lieu du repos, c'est la gloire qu'il trouva !
Cette gloire, qui brilla si longtemps du plus vif
éclat, s'obscurcit un instant, il est vrai, sous

[1] LA FONTAINE

l'influence d'une littérature qui ne s'inspirait que de l'antiquité grecque et latine; mais elle renaît aujourd'hui pure, lumineuse et applaudie comme à ses plus beaux jours.

Sans doute il est encore des esprits rebelles pour qui le Dante et Shakspeare sont presque des barbares, comme il en est pour qui Mozart et Beethoven sont venus en vain, comme il en est pour qui Raphaël et Poussin ne sont pas venus du tout. A cela il n'y a rien à dire, sinon le mot si vrai de J. Joubert[1] :

« On ne peut trouver de poésie nulle part, « quand on n'en porte pas en soi. »

Mais la gloire finit toujours par avoir raison. Si, de notre temps, les chaires publiques n'ont pas retenti, avec le même bruit qu'au XIVe siècle, des louanges et de l'enseignement de la Divine Comedie, du moins des voix pleines d'autorité et toujours écoutées[2] en ont su raviver les impé-

1. Pensees, Essais et Maximes de J Joubert (qu'on ne saurait trop lire ni citer trop souvent). T I, p 52.

2. Par-dessus toutes, celles de M. J. Amplrl et du savant et regrettable Ozanam.

rissables beautés; et, à ce signal venu de haut, de nouvelles études, remettant en lumière tous les mérites du poete florentin, ont assuré pour toujours, à la grande épopée du moyen âge, la place que lui avaient marquée, à côté de l'Iliade et de l'Eneide, cinq cents ans d'admiration.

Semblable à ces voyageurs qui, peu de chose par eux-mêmes et jaloux cependant de laisser un souvenir, inscrivent, en passant, leur nom sur quelque grand monument de la nature ou de l'art, l'auteur de cette traduction a gravé le sien au pied de la statue de Dante Alighieri.

L'a-t-il fait d'une main assez ferme? L'avenir en décidera.

Viroflay, octobre 1855.

L'ENFER

'I

L'E FE

L'INFE O

—

CANTO PRIMO

Nel mezzo del cammin di nostra vita
   Mi ritrovai per una selva oscura,
   Che la diritta via era smarrita :

E quanto a dir, qual'era, è cosa dura,
   Questa selva selvaggia, ed aspra, e forte,
   Che nel pensier rinnuova la paura.

Tanto è amara, che poco è più morte :
   Ma per trattar del ben, ch' i' vi trovai,
   Dirò dell' altre cose, ch' i' v' ho scorte.

I' non so ben ridir, com' i' v' entrai,
   Tant' era pien di sonno, in su quel punto,
   Che la verace via abbandonai.

Ma po' ch' i' fui appiè d' un colle giunto,
   Là ove terminava quella valle,
   Che m' avea di paura il cuor compunto,

L'E FE

CHANT PREMIER

A la moitié du chemin de la vie [1], ayant perdu la bonne voie, il arriva que je m'égarai dans une forêt sombre [2] ; forêt sauvage, âpre, immense, dont le souvenir renouvelle ma terreur ! Raconter ce qu'elle était serait une tâche si cruelle, que la mort seule me paraît plus affreuse.

Pour parler comme il convient, de l'assistance qui m'y fut donnée, il faut que je dise auparavant les choses toutes différentes que j'y rencontrai. Je ne sais pas comment j'y entrai, tant j'étais plein de sommeil au moment où j'abandonnai la véritable route. Mais à peine arrivé au pied d'une colline où venait aboutir cette vallée d'épouvante et de saisissement, je portai mon regard au ciel et le front de cette colline me parut éclairé déjà des rayons de la planète qui sert de guide aux mortels dans tous les chemins.

Guarda' in alto, e vidi le sue spalle
    Vestite già de' raggi del pianeta,
    Che mena dritto altrui per ogni calle.

Allor fu la paura un poco queta,
    Che nel lago del cuor m'era durata
    La notte, ch' i' passai con tanta pieta.

E come quei, che con lena affannata
    Uscito fuor del pelago alla riva
    Si volge all' acqua perigliosa, e guata :

Così l'animo mio, ch' ancor fuggiva,
    Si volse indietro a rimirar lo passo,
    Che non lasciò giammai persona viva.

Poi ch' ebbi riposato 'l corpo lasso,
    Ripresi via per la piaggia diserta,
    Sì che 'l piè fermo sempre era 'l più basso.

Ed, ecco quasi al cominciar dell' erta,
    Una lonza leggiera e presta molto,
    Che di pel maculato era coperta.

E non mi si partìa dinanzi al volto :
    Anzi 'mpediva tanto 'l mio cammino,
    Ch' i' fui per ritornar più volte volto.

Temp' era dal principio del mattino ;
    E 'l Sol montava 'n su con quelle stelle,
    Ch' eran con lui, quando l' amor divino

Alors fut un peu calmée la frayeur qui avait pénétré
au plus profond de mon âme, durant cette longue nuit
pleine d'angoisses. Celui qui sort, tout haletant, des
flots de la mer, en touchant le rivage, tourne encore vers
l'onde périlleuse un regard inquiet; ainsi mon esprit,
mal affermi, se reportait en arrière pour contempler
ce terrible défilé d'où ne sortit jamais créature vivante.

Je reposai un instant mon corps fatigué et je repris
ma route à travers la pente déserte, gravissant avec
effort, le pied ferme en arrière. Mais voici qu'au
commencement de la montée, et tout à coup, une panthère agile et souple, dont la peau était mouchetée
et qui sans cesse bondissait sous mes yeux, me barre
le passage; et tel était l'obstacle, que plus d'une fois
je fus tenté de revenir sur mes pas.

C'était aux premières clartés du matin; le soleil
montait, entraînant ces mêmes étoiles qui lui faisaient
cortége au moment où l'amour divin donna le mouve-

Mosse da prima quelle cose belle;
 Sì ch' a bene sperar m'era cagione
 Di quella fera la gajetta pelle,

L' ora del tempo, e la dolce stagione :
 Ma non sì, che paura non mi desse
 La vista, che m' apparve d' un leone.

Questi parea, che contra me venesse
 Con la test' alta, e con rabbiosa fame,
 Sì che parea, che l' aer ne temesse :

Ed una lupa, che di tutte brame
 Sembiava carca, con la sua magrezza,
 E molte genti fe' già viver grame.

Questa mi porse tanto di gravezza
 Con la paura, ch' uscia di sua vista,
 Ch' i' perdei la speranza dell' altezza.

E quale è quei, che volentieri acquista,
 E giugne 'l tempo, che perder lo face,
 Che 'n tutti i suoi pensier piange, e s' attrista.

Tal mi fece la bestia senza pace,
 Che venendomi 'ncontro, a poco a poco,
 Mi ripingeva là dove 'l Sol tace.

Mentre ch' i' rovinava in basso loco,
 Dinanzi agli occhi mi si fu offerto
 Chi per lungo silenzio parea fioco.

ment à toutes ces belles choses. Si bien que tout me
permettait d'espérer, et la naissante aurore et la douce
saison, et même la panthère aux couleurs nuancées;
et cependant la frayeur me revint à l'aspect d'un lion
qui m'apparut soudain. Il venait à moi la tête haute,
poussé par une telle rage de faim, que l'air même s'en
épouvantait. En même temps je vis une louve qui,
dans sa maigreur, paraissait en proie à tous les appétits :
certes elle avait déjà fait bien des victimes ! La terreur
que lançait son regard me jeta dans une telle stupeur.
que je perdis tout espoir de gravir la colline.

Celui qui se complaît à gagner sur toute chose, si,
par fortune, arrive le moment de la perte, ne cesse
de gémir et de s'attrister au fond de l'âme; ainsi fis-je
en présence de la bête sans repos qui, venant droit à
moi, me poussait peu à peu vers le lieu où se tait le
soleil [3]. J'allais ainsi vers l'abîme lorsque s'offrit à mes
yeux un personnage auquel un long silence avait ôté
quelque peu l'accent de la voix humaine. Aussitôt que
je l'aperçus dans cet affreux désert : « Prends pitié de
moi, m'écriai-je, que tu sois un homme ou que tu sois
un fantôme. »

Quando i' vidi costui nel gran diserto,
  Miserere di me gridai a lui,
  Qual che tu sii, od ombra, od uomo certo.

Risposemi : Non uomo : uomo già fui,
  E li parenti miei furon Lombardi,
  E Mantovani per patria amendui.

Nacqui *sub Julio*, ancorchè fosse tardi,
  E vissi a Roma sotto 'l buono Agusto,
  Al tempo degli Dei falsi, e bugiardi.

Poeta fui, e cantai di quel giusto
  Figliuol d'Anchise, che venne da Troja,
  Poichè 'l superbo Ilion fu combusto.

Ma tu, perchè ritorni a tanta noja?
  Perchè non sali il dilettoso monte,
  Ch'è principio e cagion di tutta gioja?

Or se' tu quel Virgilio, e quella fonte,
  Che spande di parlar sì largo fiume?
  Risposi lui con vergognosa fronte.

Oh degli altri poeti onore, e lume,
  Vagliami 'l lungo studio, e 'l grande amore,
  Che m'han fatto cercar lo tuo volume.

Tu se' lo mio maestro, e 'l mio autore :
  Tu se' solo colui, da cu' io tolsi
  Lo bello stile, che m'ha fatto onore.

Il me répondit : « Je ne suis plus un homme, je le fus autrefois ; mon père et ma mère étaient Lombards ; Mantoue fut leur patrie ; je suis né dans les derniers temps de Jules César ; j'ai vécu sous la loi bienfaisante de l'empereur Auguste, à l'époque de nos faux Dieux. J'ai été un poete ; j'ai chanté le fils pieux d'Anchise, qui vint de Troie après l'embrasement de ses superbes remparts [4].

« Mais toi, pourquoi reprendre le chemin des afflictions? Pourquoi ne pas franchir le mont délicieux, principe et cause de tout contentement? »

« Es-tu donc, lui répondis-je en m'inclinant et la rougeur au front, es-tu ce Virgile, cette source féconde qui répand les flots harmonieux d'un si beau langage? O lumière et gloire de toute poésie, accueille-moi en récompense du zèle assidu et du grand amour qui m'ont fait rechercher ton poeme. Tu es mon maître et mon modèle ; c'est toi qui m'as enseigné cet art du bien dire dont je me suis fait honneur. Vois-tu cette bête qui me met en fuite? O sage illustre, protége-moi contre elle, car elle me fait trembler les veines et battre les artères. »

Vedi la bestia, per cu' io mi volsi :
  Ajutami da lei, famoso saggio,
  Ch' ella mi fa tremar le vene, e i polsi.

A te convien tenere altro viaggio,
  Rispose, poi che lagrimar mi vide,
  Se vuoi campar d'esto luogo selvaggio :

Che questa bestia, per la qual tu gride,
  Non lascia altrui passar per la sua via,
  Ma tanto lo 'mpedisce, che l'uccide :

Ed ha natura sì malvagia e ria,
  Che mai non empie la bramosa voglia,
  E dopo 'l pasto ha più fame che pria.

Molti son gli animali, a cui s'ammoglia,
  E più saranno ancora, infin che 'l veltro
  Verrà, che la farà morir di doglia.

Questi non ciberà terra, nè peltro,
  Ma sapienza, e amore, e virtute,
  E sua nazion sarà tia Feltro e Feltro :

Di quell' umile Italia fia salute.
  Per cui morìo la Vergine Cammilla,
  Eurialo, e Turno, e Niso di ferute :

Questi la caccerà per ogni villa,
  Fin che l'avià rimessa nello 'nferno.
  Là onde 'nvidia prima dipartilla

« Il te faut prendre une autre route, dit-il en me voyant pleurer, si tu veux te sauver de ce lieu sauvage.

« Cette louve qui te fait crier ne laisse passer personne sur la route : si on lui résiste, elle vous tue. Elle est si malfaisante et si féroce, que jamais elle n'assouvit son insatiable voracité : à peine repue, elle est encore affamée. A beaucoup d'animaux elle se livre; à beaucoup d'autres encore elle se livrera. Mais un jour viendra le grand Lévrier[5] qui la fera mourir. Ce vengeur ne se nourrira pas des trésors de la terre, mais de sagesse, d'amour et de vertu. Entre Feltre et Feltro[6] se tiendra sa nation. De celui-ci viendra le salut de la pauvre Italie pour laquelle moururent en combattant la chaste Camille et Turnus, Euryale et Nisus. Il poursuivra la louve de place en place, jusqu'à ce qu'il l'ait fait rentrer dans l'enfer dont l'Envie lui ouvrit les portes.

Ond' io per lo tuo me' penso e discerno,
    Che tu mi segui, ed io sarò tua guida,
    E trarrotti di qui per luogo eterno,

Ov' udirai le disperate strida,
    Vedrai gli antichi spiriti dolenti,
    Che la seconda morte ciascun grida.

E poi vedrai color, che son contenti
    Nel fuoco, perchè speran di venire,
    Quando che sia, alle beate genti :

Alle qua' poi se tu vorrai salire,
    Anima fia a ciò di me più degna :
    Con lei ti lascerò nel mio partire.

Che quello 'mperador, che lassù regna,
    Perch' i' fu' ribellante alla sua legge,
    Non vuol, che 'n sua città per me si vegna.

In tutte parti impera, e quivi regge :
    Quivi è la sua cittade, e l' alto seggio :
    O felice colui, cu' ivi elegge!

Ed io a lui : Poeta, i' ti richieggio
    Per quello Iddio, che tu non conoscesti,
    Acciocch' i' fugga questo male, e peggio,

Che tu mi meni là dov' or dicesti,
    Sì ch' i' vegga la porta di san Pietro,
    E color che tu fai cotanto mesti.

Allor si mosse, ed io li tenni dietro.

« En y pensant bien, j'estime qu'il est de ton intérêt de me suivre : je veux te tirer d'ici et je serai ton guide à travers cette région de l'éternité, où tu entendras des voix désespérées, et les lamentations de ces antiques damnés, qui invoquent à grands cris la seconde mort. Là tu en verras d'autres qui, même au milieu des flammes, sont contents, parce qu'ils espèrent monter au séjour des bienheureux. Après quoi, si tu veux t'élever jusqu'à ces hauteurs, une âme t'y aidera, plus digne que moi de t'y conduire [7]. En te quittant je te laisserai avec elle. Le Tout-Puissant ne veut pas qu'on pénètre par mon secours dans la sainte cité, parce que je n'ai pas suivi sa loi. Partout il commande; c'est de là-haut qu'il règne : là est son séjour et son trône glorieux. Bien heureux ceux qu'il y appelle ! »

Alors je lui dis : « Poete, je t'en conjure par ce Dieu que tu n'as pas connu, fais que j'échappe au danger présent et aux périls plus grands de l'avenir. Conduis-moi où tu as dit; que je voie enfin la porte de saint Pierre, et ceux que tu me fais si misérables. »

Il se mit en marche et moi j'allais derrière.

CANTO SECONDO

Lo giorno se n'anda a, e l'aer bruno
  Togheva gli animai, che sono 'n terra.
  Dalle fatiche loro; ed io sol' uno

M'apparecchiava a sostener la guerra
  Sì del cammino, e sì della pietate,
  Che ritrarrà la mente, che non erra.

O Muse, o alto ingegno, or m'ajutate:
  O mente, che scrivesti ciò ch'i' vidi,
  Qui sì parra la tua nobilitate.

Io cominciai: Poeta, che mi guidi,
  Guarda la mia virtù, s'ell'è possente,
  Prima ch'all' alto passo tu mi fidi.

Tu dici. che di Silvio lo parente,
  Corruttibile ancora, ad immortale
  Secolo andò, e fu sensibilmente.

CHANT DEUXIÈME

Le jour était a son déclin et l'air assombri enlevait a leurs travaux les créatures de la terre ; moi seul je m'apprêtais à entrer en lutte avec les fatigues de ce chemin et les émotions que ma mémoire va retracer fidèlement.

O Muses, ô intelligence supérieure, venez à mon aide : ô mon esprit, qui as gardé ces visions, c'est ici qu'apparaîtra ta céleste origine !

Je parlai ainsi : « Poete qui me guides, regarde à mon courage, et dis-moi s'il peut suffire, avant que tu me conduises dans ce lieu formidable. Tu dis qu'Enée, père de Silvius, encore dans les liens de cette vie, a pu voir, de ses yeux mortels, le séjour immortel. Qu'en raison des grandes choses dont il devait être l'origine, il ait pu obtenir une telle faveur de l'ennemi

Però se l'avversario d'ogni male
   Cortese fu, pensando l'alto effetto,
   Ch'uscir dovea di lui, e 'l chi, e 'l quale,

Non pare indegno ad uomo d'intelletto:
   Ch'ei fu dell'alma Roma, e di suo 'mpero
   Nell'empireo ciel per padre eletto:

La quale, e 'l quale (a voler dir lo vero)
   Fur stabiliti per lo loco santo,
   U' siede il successor del maggior Piero.

Per questa andata, onde li dai tu vanto,
   Intese cose, che furon cagione
   Di sua vittoria, e del papale ammanto.

Andovvi poi lo Vas d'elezione,
   Per recarne conforto a quella fede,
   Ch'è principio alla via di salvazione.

Ma io, perchè venirvi? o chi 'l concede?
   Io non Enea, io non Paolo sono:
   Me degno a ciò nè io nè altri il crede.

Perchè se del venire i' m'abbandono,
   Temo che la venuta non sia folle:
   Se' savio, e 'ntendi me', ch' i' non ragiono.

E quale è quei, che disvuol ciò ch'c' volle,
   E per nuovi pensier cangia proposta,
   Sì che del cominciar tutto si tolle,

de tout mal, un homme intelligent ne s'en étonnera
pas. Il était un élu du ciel destiné à être le fondateur
de la glorieuse Rome et de son empire; c'est-à-dire à
préparer le temple et le siége du successeur de saint
Pierre [1]. Dans ce voyage que tu as célébré, il entendit
des choses qui furent le présage de sa victoire et du
triomphe de la papauté.

« Le Vase d'élection [2], lui aussi, est monté jusqu'au
ciel, pour donner un nouvel appui à cette foi qui est
le principe et le chemin du salut.

« Mais moi, de quel droit y viendrais-je? Qui me l'a
permis? Je ne suis pas Énée; je ne suis pas saint Paul :
que je sois digne d'une telle faveur, nul ne le croira ;
moi encore moins que personne; et lorsque je me
hasarde à venir, mon projet me paraît insensé. Ta
sagesse a compris mieux que je n'ai parlé. »

Comme un homme indécis, qui ne veut plus ce qu'il
voulait, et qui, changeant ses premiers desseins contre
de nouvelles pensées, renonce à ce qu'il avait commencé,

Tal mi fec'io in quella oscura costa :
    Perchè, pensando, consumai la 'mpresa,
    Che fu, nel cominciar, cotanto tosta.

Se io ho ben la tua parola intesa,
    Rispose del magnanimo quell' ombra,
    L'anima tua è da viltate offesa :

La qual molte fiate l'uomo ingombra ,
    Sì che d'onrata impresa lo rivolve,
    Come falso veder bestia, quand'ombra.

Da questa tema acciocchè tu ti solve,
    Dirotti, perch'i' venni, e quel, ch'io 'ntesi
    Nel primo punto, che di te mi dolve.

Io era tra color, che son sospesi,
    E donna mi chiamò beata, e bella,
    Tal che di comandare i' la richiesi.

Lucevan gli occhi suoi più che la stella :
    E cominciommi a dir, soave e piana.
    Con angelica voce, in sua favella :

O anima cortese Mantovana,
    Di cui la fama ancor nel mondo dura,
    E durerà, quanto 'l moto lontana :

L'amico mio, e non della ventura,
    Nella deserta piaggia è impedito
    Sì nel cammin, che volto è per paura :

je m'arrêtai sur cette pente obscure, décidé à abandonner une entreprise acceptée avec tant d'empressement.

« Si j'ai bien compris tes paroles, me répondit l'ombre magnanime, ton âme obéit à cette frayeur qui souvent trouble l'esprit des hommes et les détourne d'une glorieuse entreprise; ainsi s'effraye un animal ombrageux qui voit ce qui n'est pas.

« Pour t'affranchir de cette crainte, je te dirai ce qui m'amène et ce que j'avais entendu quand je fus pris de compassion pour toi.

« Parmi les âmes dont le sort est en suspens [3], j'attendais, lorsque je fus appelé par une dame si belle et si sainte que je la suppliai de me commander; ses yeux brillaient plus que les étoiles. Elle commença de me dire, en son langage, et d'une voix angélique, ces bonnes et douces paroles : « Ame courtoise de Mantoue, dont la renommée dure encore dans le monde et ne s'arrêtera qu'avec lui, celui qui m'aime plus qu'il n'aima la fortune, est si empêché dans son chemin, sur une pente déserte, que la peur le force à retourner en arrière. Peut-être même (c'est ma crainte), d'après ce que j'ai entendu dire dans le ciel, est-il déjà si fort égaré, que je me serais levée trop tard pour le secourir. Va donc, et avec ta parole harmonieuse, avec tout ce qu'il faut pour assurer son salut, porte-lui secours, si

E temo, che non sia già sì smarrito,
  Ch'io mi sia tardi al soccorso levata,
  Per quel, ch'io ho di lui, nel cielo, udito.

Or muovi, e con la tua parola ornata,
  E con ciò, che ha mestieri al suo campare,
  L'ajuta sì, ch'i' ne sia consolata.

I' son Beatrice, che ti faccio andare :
  Vegno di loco, ove tornar desio :
  Amor mi mosse, che mi fa parlare.

Quando sarò dinanzi al signor mio,
  Di te mi loderò sovente a lui :
  Tacette allora, e poi comincia' io :

O Donna di virtù, sola, per cui
  L'umana spezie eccede ogni contento
  Da quel ciel, ch'ha minor li cerchi sui :

Tanto m'aggrada 'l tuo comandamento,
  Che l'ubbidir, se già fosse, m'è tardi;
  Più non t'è uopo aprirmi 'l tuo talento.

Ma dimmi la cagion, che non ti guardi
  Dello scender quaggiuso, in questo centro,
  Dall'ampio loco, ove tornar tu ardi.

Da che tu vuoi saper cotanto addentro,
  Dirotti brevemente, mi rispose,
  Perch'i' non temo di venir qua entro.

bien que je sois consolée. C'est moi, c'est Béatrix qui
t'envoie ; je viens d'un lieu où je désire retourner ; c'est
l'amour qui m'amène ici et qui me fait parler. Lorsque
je serai de nouveau devant mon seigneur, je me louerai
souvent de toi auprès de lui. »

Quand elle eut parlé : « O dame de vertu, lui répondis-je, par qui la nature humaine surpasse tous les
êtres contenus sous le ciel dont les cercles sont le plus
rétrécis, tes commandements me sont si agréables,
que, si déjà je t'avais obéi, je croirais mon obéissance
trop tardive ; il n'est plus besoin que tu m'exprimes tes
désirs. Mais dis-moi comment tu ne crains pas de
quitter ces hautes demeures, où tu brûles de retourner,
pour descendre dans ces profondeurs ? »

« Puisque tu veux le savoir, je te dirai en peu de
mots, répondit-elle, pourquoi je n'ai pas craint de
venir ici.

Temer si dee di sole quelle cose,
    Ch'hanno potenza di fare altrui male:
    Dell'altre nò, chè non son paurose.

Io son fatta da Dio, sua mercè, tale,
    Che la vostra miseria non mi tange,
    Nè fiamma d'esto 'ncendio non m'assale.

Donna è gentil nel ciel, che si compiange
    Di questo impedimento, ov'i' ti mando,
    Sì che duro giudicio lassù frange.

Questa chiese Lucia in suo dimando,
    E disse: Ora abbisogna il tuo fedele
    Di te, ed io a te lo raccomando.

Lucia nimica di ciascun crudele,
    Si mosse, e venne al loco dov'i' era,
    Che mi sedea con l'antica Rachele:

Disse, Beatrice, loda di Dio vera,
    Che non soccorri quei, che t'amò tanto
    Ch'uscìo per te della volgare schiera?

Non odi tu la pieta del suo pianto,
    Non vedi tu la morte, che 'l combatte
    Su la fiumana, ove 'l mar non ha vanto?

Al mondo non fur mai persone ratte
    A far loi pro, ed a fuggir lor danno,
    Com'io, dopo cotai parole fatte,

« Rien n'est à redouter que les dangers véritables : à quoi bon s'effrayer de ce qui ne saurait nuire? La divine miséricorde a voulu que je fusse à l'abri de vos misères : elle m'a faite invulnérable aux flammes de cet incendie.

« Il est au ciel une âme bienveillante [4] qui s'afflige des obstacles contre lesquels je t'envoie; c'est elle qui, là-haut, fléchit la rigueur des jugements divins. Elle s'est adressée à Lucie [5] et lui a fait cette prière : « En « ce moment, celui qui t'est fidèle a besoin de toi; je le « recommande à tes soins. » Lucie, l'ennemie des cœurs durs, accourt aussitôt dans le lieu où j'étais assise auprès de l'antique Rachel : « Béatrix, me dit-elle, ô vraie louange du très-haut, que tardes-tu de venir en aide à celui qui t'aima tant, que, par amour pour toi, il s'est élevé au-dessus du vulgaire? N'entends-tu pas sa plainte émouvante? Regarde comme il se débat contre la mort, sur les bords de ce fleuve encore plus orageux que l'Océan? »

« Personne, au milieu des hommes que pousse le gain ou que la perte agite, n'a plus de hâte que je n'en eus moi-même après avoir entendu ce discours. Voilà

Venni quaggiù dal mio beato scanno,
   Fidandomi nel tuo parlare onesto,
   Ch' onora te, e quei, ch' udito l' hanno.

Poscia che m' ebbe ragionato questo,
   Gli occhi lucenti, lagrimando, volse :
   Perchè mi fece del venir più presto :

E venni a te così, com' ella volse ;
   Dinanzi a quella fiera ti levai,
   Che del bel monte il corto andar ti tolse.

Dunque che è? perchè, perchè ristai?
   Perchè tanta viltà nel cuore allette?
   Perchè ardire e franchezza non hai?

Poscia che tai tre donne benedette
   Curan di te nella corte del cielo,
   E 'l mio parlar tanto ben t' impromette?

Quale i fioretti, dal notturno gielo
   Chinati e chiusi, poi che 'l Sol gl' imbianca,
   Si drizzan tutti aperti in loro stelo,

Tal mi fec' io di mia virtute stanca :
   E tanto buono ardire al cuore mi corse,
   Ch' i' cominciai, come persona franca :

O pietosa colei, che mi soccorse,
   E tu cortese, ch' ubbidisti tosto
   Alle vere parole, che ti porse!

comment, loin de mon siége de gloire, je suis venue
ici, me fiant à cette noble parole qui fait ton honneur
et l'honneur de ceux qui t'écoutent. »

« Parlant ainsi, elle tourna sur moi ses yeux brillants
de larmes, et je n'en fus que plus empressé d'obéir :
je suis accouru à toi, selon qu'elle le voulait, et je t'ai
délivré de cette louve sauvage qui te fermait le plus
court chemin de la belle montagne.

« Et quoi maintenant? Qui t'arrête? D'où te vient cette
peur dans ton âme, et pourquoi manquerais-tu de
courage et de confiance, lorsque trois femmes bénies
s'occupent de toi dans la cour des cieux, et que mes
paroles te promettent tant de bien? ›

Comme une fleur se penche, fermée par le froid de
la nuit, et se redresse, ouverte sur sa tige, sitôt que le
soleil la colore ; ainsi se releva mon courage abattu, et
une si bonne confiance me vint au cœur, que je m'écriai,
comme une personne devenue libre :

« O qu'elle fut charitable celle qui me vint en aide,
et que tu as été bon, toi, en obéissant si vite aux ordres
qu'elle t'apporta !

Tu m' hai con desiderio il cuor disposto
Sì al venir, con le parole tue,
Ch'i' son tornato nel primo proposto.

Or va, ch' un sol volere è d'amendue :
Tu duca, tu signore, e tu maestro :
Così li dissi : e poichè mosso fue,

Entrai per lo cammino alto e silvestro.

« Tes paroles ont si bien disposé mon cœur à te suivre
et m'en donnent un tel désir, que je reviens à mon
premier dessein. Va donc, qu'une seule volonté soit
pour nous deux ; te voilà mon guide, mon seigneur et
mon maître. »

Ainsi parlai-je ; il se mit en marche, et je m'enfoncai
avec lui dans l'abrupt et sauvage sentier.

CANTO TERZO

Per me si va nella città dolente :
   Per me si va nell'eterno dolore :
   Per me si va tra la perduta gente.

Giustizia mosse 'l mio alto fattore :
   Fecemi la divina potestate,
   La somma sapienzia , e 'l primo amore.

Dinanzi a me non fur cose create,
   Se non eterne, ed io eterno duro :
   Lasciate ogni speranza, voi che 'ntrate.

Queste parole di colore oscuro
   Vid'io scritte al sommo d'una porta :
   Perch'io, Maestro , il senso lor m'è duro.

Ed egli a me, come persona accorta ,
   Qui si convien lasciare ogni sospetto :
   Ogni viltà convien, che qui sia morta.

CHANT TROISIÈME

—

«Par moi l'on entre dans la cité des douleurs; par
moi, dans la plainte éternelle; par moi, au milieu des
races perdues. La justice inspira mon sublime fondateur ;
je suis l'œuvre de la divine volonté, de la souveraine
sagesse et du premier amour [1]. Avant moi rien n'était,
sinon ce qui est éternel, et moi aussi je dure éternellement. Laissez toute espérance, vous qui entrez. »

Ces paroles, je les lisais, écrites en caractères sombres
au sommet d'une porte. « Qu'est-ce à dire, ô mon
maître, et que le sens de ces mots est cruel ! »

Comme un sage, il me répondit : « Ici tu dois laisser
la crainte; il faut ici que toute lâcheté s'arrête. Nous
sommes en ce lieu où tu verras, je te l'ai dit,

Noi sem venuti al luogo, ov'i' t'ho detto,
  Che tu vedrai le genti dolorose,
  Ch'hanno perduto 'l ben dello 'ntelletto.

E poichè la sua mano alla mia pose,
  Con lieto volto, ond' i' mi confortai,
  Mi mise dentro alle segrete cose.

Quivi sospiri, pianti, e alti guai
  Risonavan, per l'aer senza stelle,
  Perch'io al cominciar ne lagrimai.

Diverse lingue, orribili favelle,
  Parole di dolore, accenti d'ira,
  Voci alte e fioche, e suon di man con elle.

Facevano un tumulto, il qual s'aggira
  Sempre 'n quell'aria senza tempo tinta,
  Come la rena, quand 'l turbo spira.

Ed io, ch'avea d'error la testa cinta,
  Dissi, Maestro, che è quel, ch'i' odo?
  E che gent'è, che par nel duol sì vinta?

Ed egli a me : Questo misero modo
  Tengon l'anime triste di coloro,
  Che visser sanza infamia, e sanza lodo.

Mischiate sono a quel cattivo coro
  Degli angeli, che non furon ribelli.
  Ne fur fedeli a Dio, ma per se foro.

les races désolées qui ont perdu la grâce divine. »

Il posa sa main sur la mienne, et, m'encourageant d'un visage serein, il me conduisit au milieu des choses mystérieuses [2].

Des soupirs, des plaintes et de profonds gémissements résonnaient sous cette voûte sans étoiles [3], et je me pris à pleurer.

Idiomes divers, horribles langages, paroles de douleur, accents de colère, voix profondes et rauques, froissements de mains qui s'entrechoquent : tel était le tumulte tourbillonnant dans cet espace éternellement sombre : on eût dit le sable ardent tournoyant dans une trombe sans fin.

Moi, qui avais la tête encore pleine d'erreurs, je lui dis : « Maître, qu'entends-je ? et qui sont les malheureux navrés de cette atroce douleur ? » Et lui : « Ce misérable châtiment afflige les âmes incomplètes de ceux qui vécurent, tout à la fois, sans honneur et sans infamie. Elles sont confondues avec la foule des mauvais anges qui, sans être ni fidèles ni rebelles à Dieu, ne furent que pour eux. Chassés du ciel (ils en eussent terni la beauté), l'enfer n'en a pas voulu dans ses profondeurs : en les voyant près d'eux, les grands coupables se seraient peut-être glorifiés. »

Cacciarli i Ciel, per non esser men belli :
 Nè lo profondo inferno gli riceve,
 Ch'alcuna gloria i rei avrebber d' elli.

Ed io : Maestro, che è tanto greve
 A lor, che lamentar gli fa sì forte?
 Rispose : Dicerolti molto breve.

Questi non hanno speranza di morte :
 E la lor cieca vita e tanto bassa,
 Che 'nvidiosi son d'ogni altra sorte.

Fama di loro il mondo esser non lassa;
 Misericordia e giustizia gli sdegna.
 Non ragioniam di lor, ma guarda, e passa.

Ed io, che riguardai, vidi una insegna,
 Che girando correva tantoratta,
 Che d'ogni posa mi pareva indegna :

E dietro le venìa sì lunga tratta
 Di gente, ch'i' non avrei mai creduto,
 Che morte tanta n'avesse disfatta.

Poscia ch'io v'ebbi alcun riconosciuto,
 Guardai, e vidi l'ombra di colui,
 Che fece, per viltate, il gran rifiuto.

Incontanente intesi, e certo fui,
 Che quest'era la setta de' cattivi
 A Dio spiacenti, ed a' nemici sui.

« Maître, dis-je à mon tour, quelle est donc l'espèce
de tourments qui leur fait jeter ces cris affreux ? »

Et lui : « Je vais te le dire en peu de mots : ces
malheureux n'ont plus l'espérance de la seconde mort,
et leur condition présente est si abjecte, que tout autre
sort leur paraît préférable. Le monde n'a pas voulu
garder leur mémoire, la miséricorde et la justice divines
les dédaignent. N'en parlons plus : regarde seulement,
et passons. »

Et comme je regardais, je vis un étendard tournoyant
avec tant de rapidité, qu'on eût dit qu'il ne pouvait
s'arrêter nulle part ; à sa suite couraient des bandes
innombrables ; certes je n'aurais jamais pensé que la
mort en eût autant défait. Au milieu de ces âmes (j'en
reconnus quelques-unes), je découvris l'ombre de celui
qui, par lâcheté, avait formulé le grand refus [4]. Aussitôt
je compris et je fus certain que c'était la secte des
méchants qui déplaisent également à Dieu et à ses
ennemis.

Questi sciaurati, che mai non fur vivi,
   Erano ignudi, e stimolati molto
   Da mosconi, e da vespe, ch'eran ivi.

Elle rigavan lor di sangue il volto,
   Che mischiato di lagrime a' lor piedi
   Da fastidiosi vermi era ricolto.

E poi, ch'a riguardare oltre mi diedi,
   Vidi gente alla riva d'un gran fiume :
   Perch'i' dissi, Maestro, or mi concedi,

Ch' io sappia, quali sono, e qual costume,
   Le fa parer di trapassar sì pronte,
   Com'io discerno per lo fioco lume.

Ed egli a me : le cose ti fien conte,
   Quando noi fermerem li nostri passi
   Su la trista riviera d'Acheronte.

Allor con gli occhi vergognosi e bassi,
   Temendo, no 'l mio dir gli fusse grave,
   In fino al fiume di parlar mi trassi.

Ed ecco verso noi venir, per nave,
   Un vecchio bianco per antico pelo,
   Gridando, Guai a voi, anime prave :

Non isperate mai veder lo cielo :
   I' vegno, per menarvi all'altra riva
   Nelle tenebre eterne, in caldo e 'n gielo :

Ces infortunés, qui ne furent jamais vivants, étaient
tout nus et harassés de la piqûre des guêpes et de hideux
moucherons. Le sang ruisselait sur leur figure et, se
mêlant à leurs larmes, tombait à leurs pieds où s'en
repaissaient des vers immondes.

Et comme je regardais plus au loin, je découvris une
foule sur la rive d'un grand fleuve '. « Maître, de grâce,
apprends-moi quelles sont ces âmes et quel ordre les
pousse à gagner l'autre rive, autant du moins que j'en
puis voir à travers cette lueur blafarde. »

« Ces choses, je te les dirai lorsque nous arrêterons
nos pas sur les bords de l'Achéron, la sombre rivière. »

Il dit ; et moi, confus, les yeux baissés, de peur que
mes paroles ne lui devinssent importunes, j'attendis
que nous fussions au bord du fleuve et je ne dis plus
un mot.

Et sur les eaux je vis, venant à nous, une barque, et
sur cette barque un vieillard blanchi depuis bien des
années. « Malheur à vous, âmes perverses ! criait le
vieillard ; ne l'espérez pas, vous ne verrez jamais le ciel.
Je viens pour vous jeter à l'autre rive, dans les ténèbres
éternelles de la chaleur et de la glace. Eloigne-toi, âme
vivante, de ceux qui sont morts ! »

E tu, che se' costì, anima viva,
    Partiti da cotesti, che son morti :
    Ma poi ch'e' vide, ch'i' non mi partiva,

Disse : Per altre vie, per altri porti
    Verrai a piaggia, non qui, per passare :
    Più lieve legno convien, che ti porti.

E 'l duca a lui : Caron, non ti crucciare :
    Vuolsi così colà, dove si puote
    Ciò che si vuole : e più non dimandare.

Quinci fur quete le lanose gote
    Al nocchier della livida palude,
    Che 'ntorno agli occhi ave' di fiamme ruote.

Ma quell' anime, ch' eran lasse e nude,
    Cangiar colore, e dibattéro i denti,
    Ratto che 'nteser le parole crude.

Bestemmiavano Iddio, e i lor parenti,
    L' umana spezie, il luogo, il tempo, e 'l seme
    Di lor semenza, e di lor nascimenti.

Poi si ritrasser tutte quante insieme,
    Forte piangendo, alla riva malvagia,
    Ch' attende ciascun 'uom, che Dio non teme.

Caron dimonio, con occhi di bragia,
    Loro accennando, tutte le raccoglie.
    Batte col remo, qualunque s'adagia.

Et, comme je ne m'éloignais pas, il ajouta : « C'est par un autre chemin et par d'autres flots que tu passeras sur la rive opposée [6]. Par ici la traversée est impossible. Il faut pour te porter une barque qui flotte mieux. »

Mon guide, à ces mots : « Caron, lui dit-il, cesse de te tourmenter ; ceci est la volonté de celui qui peut tout ce qu'il veut. Que cela te suffise. »

Aussitôt s'adoucit la face laineuse du vieux nocher de ce marais livide ; autour de ses yeux tournoyaient des cercles flamboyants.

Dès qu'elles entendirent ces paroles cruelles, les âmes, qui étaient fatiguées et nues, pâlirent encore, et, dans un grincement horrible, elles blasphémaient, maudissant leur père et leur mère ; maudissant la race humaine ; maudissant le jour et le lieu de leur naissance ; maudissant les enfants de leurs enfants. Toutes gémissantes elles se retirèrent sur la rive fatale où doit venir tout homme qui n'est pas craignant Dieu.

D'un geste impérieux, l'infernal Caron, aux yeux embrasés, pousse en troupeau ces âmes errantes, et frappe à coups de rame celles qui ne se hâtent pas.

Come d'Autunno si levan le foglie,
 L'una appresso dell'altra, infin che 'l ramo
 Rende alla terra tutte le sue spoglie,

Similemente il mal seme d'Adamo :
 Gittansi di quel lito ad una ad una,
 Per cenni, com'augel per suo richiamo.

Così sen vanno su per l'onda bruna,
 E avanti che sien di là discese,
 Anche di quà nuova schiera s'aduna.

Figliuol mio, disse il maestro cortese,
 Quelli, che muojon nell'ira di Dio,
 Tutti convengon qui d'ogni paese :

E pronti sono al trapassar del rio,
 Che la divina giustizia gli sprona,
 Sì che la tema si volge in disio.

Quinci non passa mai anima buona :
 E però se Caron di te si lagna,
 Ben puoi saper omai, che 'l suo dir suona.

Finito questo, la buja campagna
 Tremò sì forte, che dello spavento
 La mente di sudore ancor mi bagna.

La terra lagrimosa diede vento,
 Che balenò una luce vermiglia,
 La qual mi vinse ciascun sentimento :
E caddi, come l'uom, cui sonno piglia.

Au souffle du vent d'automne, les feuilles s'envolent une à une, jusqu'à ce que chaque rameau ait rendu toutes ses dépouilles à la terre ; de même se précipite du rivage la perverse postérité d'Adam, chaque âme obéissant au signe du nocher comme l'oiseau qui se rend à l'appeau.

Ainsi s'en vont les âmes à travers l'onde noire et à peine se sont-elles éloignées du rivage, qu'une nouvelle foule s'y rassemble déjà.

« Mon fils, me dit le maître avec bonté, tous ceux qui meurent dans la colère de Dieu accourent ici de tous les côtés de l'univers. L'aiguillon de la justice divine les pousse à traverser le fleuve, et leur terreur se change en hâte. Ici ne passa jamais une âme innocente, et si Caron t'a repoussé, tu comprends maintenant pourquoi. »

Ces paroles dites, la formidable campagne fut secouée jusqu'en ses fondements (à ce souvenir terrible, la sueur inonde encore mon visage), et de cette terre des lamentations surgit un grand vent qui, dardant une lueur rouge, me frappa de stupeur ; je tombai semblable à un homme accablé de sommeil.

CANTO QUARTO

Ruppemi l' alto sonno nella testa
   Un greve tuono, sì ch'i' mi riscossi,
   Come persona, che per forza è desta :

E l' occhio riposato intorno mossi,
   Dritto levato, e fiso riguardai,
   Per conoscer lo loco dov' io fossi.

Vero è, che 'n su la proda mi trovai
   Della valle d' abisso dolorosa,
   Che tuono accoglie d' infiniti guai.

Oscura, profond' era, e nebulosa,
   Tanto, che per ficcar lo viso al fondo
   I' non vi discernea veruna cosa.

Or discendiam quaggiù nel cieco mondo,
   Incominciò 'l poeta tutto smorto :
   I' sarò primo, e tu sarai secondo.

CHANT QUATRIÈME

Un bruit comparable à l'éclat du tonnerre rompit le sommeil qui chargeait ma tête. L'homme qu'on réveille en sursaut n'est pas secoué plus violemment. Debout, et promenant autour de moi des yeux encore endormis, je regardai bientôt plus fixement pour reconnaître le lieu où j'étais. J'étais sur le bord de l'abîme et de la vallée maudite, qui retentit de gémissements sans fin ; elle était si profonde, si chargée de vapeurs et de ténèbres, que mes yeux, perdus dans cet abîme, n'y pouvaient rien distinguer.

« Or, maintenant, il nous faut descendre là-bas, dans cette sombre région, me dit le poète en pâlissant ; je vais le premier, marche avec moi. »

Ed io, che del color mi fui accorto,
   Dissi : Come verrò, se tu paventi,
   Che suoli al mio dubbiare esser conforto ?

Ed egli a me : L'angoscia delle genti,
   Che son quaggiù, nel viso mi dipigne
   Quella pietà, che tu, per tema, senti.

Andiam, che la via lunga ne sospigne :
   Così si mise, e così mi fe' 'ntrare
   Nel primo cerchio, che l'abisso cigne.

Quivi, secondo che per ascoltare,
   Non avea pianto, ma che di sospiri,
   Che l'aura eterna facevan tremare :

E ciò avvenìa di duol senza martiri,
   Ch'avean le turbe, ch'eran molte, e grandi,
   D'infanti, e di femmine, e di viri.

Lo buon maestro a me : Tu non dimandi,
   Che spiriti son questi, che tu vedi?
   Or vo' che sappi, innanzi che più andi,

Ch'ei non peccaro : e s'egli hanno mercedi,
   Non basta, perch'e' non ebber battesmo,
   Ch'è porta della fede, che tu credi;

E se furon dinanzi al Cristianesmo,
   Non adorar debitamente Dio :
   E di questi cotai son' io medesmo.

Et moi, qui m'aperçus de sa pâleur, je lui dis :
« Comment irai-je, si tu as peur, toi, qui m'es envoyé
pour m'encourager et pour me soutenir ? »

Et lui : « L'angoisse de ces misérables enfouis là-
dessous trouble mon visage d'une compassion que tu
prends pour de la peur. Marchons, la route est longue,
il faut nous hâter. »

Il entre alors et me fait entrer à sa suite dans le
premier cercle qui entoure l'abîme. Là, si mon oreille
ne m'a pas trompé, ce n'étaient pas des gémissements
que l'on entendait, mais des soupirs qui remplissaient
d'un grand trouble l'air éternel; c'étaient des regrets
sans souffrances qu'exprimait cette foule si pressée et
si nombreuse d'hommes, de femmes et d'enfants.

« Tu ne veux donc pas savoir, me dit le bon maître,
quelles sont les âmes que tu vois là? il faut cependant
que tu saches, avant de passer outre, que ces esprits
n'ont pas péché; mais ils n'eurent pas le baptême,
qui est la source de la foi à laquelle tu es fidèle, et
leurs vertus mêmes ne leur sont pas comptées; venus
en ce monde avant le Christ, ils n'ont pas adoré Dieu
dignement; moi qui te parle je suis du nombre de
ceux-là.

Per tai difetti, e non per altro rio,
  Semo perduti, e sol di tanto offesi,
  Che sanza speme vivemo in disio.

Gran duol mi prese al cor, quando lo 'ntesi,
  Perocchè gente di molto valore
  Conobbi, che 'n quel limbo eran sospesi.

Dimmi, Maestro mio, dimmi, signore,
  Comincia' io, per volere esser certo
  Di quella fede, che vince ogni errore :

Uscinne mai alcuno, o per suo merto,
  O per altrui, che poi fosse beato?
  E quei, che 'ntese 'l mio parlar coverto,

Rispose : Io era nuovo in questo stato,
  Quando ci vidi venire un possente,
  Con segno di vittoria incoronato.

Trasseci l' ombra del primo parente,
  D' Abel suo figlio, e quella di Noè,
  Di Moisè legista, e ubbidente :

Abraam patriarca, e David Re :
  Israel con suo padre, e co' suoi nati,
  E con Rachele per cui tanto fe :

E altri molti, e fecegli beati :
  E vo', che sappi, che dinanzi ad essi,
  Spiriti umani non eran salvati.

« C'est à cause de cet état d'imperfection et non pour aucune autre faute que nous sommes condamnés ; nous vivons dans un désir sans espérance, et c'est tout notre châtiment. »

Une grande douleur me prit au cœur lorsque j'entendis ces paroles, car j'avais reconnu des personnages de grand renom dont ces limbes tenaient le sort en suspens.

« Je t en prie, maître, je t'en prie, seigneur, lui dis-je, voulant me confirmer dans cette foi triomphante de l'erreur, quelque âme, par ses propres mérites ou par ceux d'autrui, put-elle jamais sortir d'ici et s'élever à l'éternelle félicité ?

Et lui, qui comprit le sens détourné de ma question : « J'étais nouveau venu dans cette demeure lorsque j'y vis descendre un Puissant [1] couronné des attributs de la victoire. Il en tira l'ombre de notre premier père, d'Abel, son fils, l'ombre de Noe et de Moise, fidèle à la loi qu'il avait faite. Il en tira aussi Abraham, le patriarche, et le roi David ; Israel avec son père et ses enfants, et Rachel, pour qui ce dernier avait tant fait, et beaucoup d'autres enfin qu'il rendit à la vie heureuse ; mais sache bien qu'avant ceux-là nul des esprits purement humains n'avait été sauvé. »

Non lasciavam l'andar, perch'e' dicessi.
   Ma passavam la selva tuttavia,
   La selva dico di spiriti spessi.

Non era lungi ancor la nostra via
   Di qua dal sommo; quand'i' vidi un foco,
   Ch'emisperio di tenebre vincia.

Di lungi v'eravamo ancora un poco,
   Ma non sì, ch'io non discernessi in parte,
   Ch'orrevol gente possedea quel loco.

O tu, ch'onori ogni scienza, ed arte:
   Questi chi son, ch'hanno cotanta orranza,
   Che dal modo degli altri gli diparte?

E quegli a me: L'onrata nominanza,
   Che di lor suona su nella tua vita,
   Grazia acquista nel ciel, che sì gli avanza.

Intanto voce fu, per me, udita,
   Onorate l'altissimo poeta.
   L'ombra sua torna, ch'era dipartita.

Poichè la voce fu restata, e queta,
   Vidi quattro grand'ombre a noi venire:
   Sembianza avevan nè trista, nè lieta.

Lo buon maestro cominciò a dire:
   Mira colui, con quella spada in mano,
   Che vien dinanzi a' tre, sì come sire.

Nous ne laissions pas d'aller tandis qu'il parlait, et nous avancions dans cette forêt, c'est-à-dire au plus épais de cette foule d'âmes. Notre route ne nous tenait pas bien éloignés de l'orifice du gouffre, lorsque je vis un grand feu qui triomphait de ces ténèbres. Nous étions encore un peu loin, et pourtant je distinguais déjà que plus d'une ombre illustre était retenue en ce séjour.

« O toi, l'honneur de toute poésie et de toute science, dis-moi le nom de ces esprits qui ont obtenu la grande faveur d'être ainsi séparés des autres ! »

Et lui : « Le bruit qui se fait encore dans le monde autour de leur nom glorieux leur a mérité dans le ciel la grâce de cette distinction. »

Alors une voix se fit entendre, qui disait : « Honorez le poete sublime ! Son ombre était partie, elle est de retour ! »

Aussitôt que la voix eut fait silence, je vis quatre grandes ombres qui venaient à nous. Leur aspect n'annonçait ni tristesse ni joie.

« Regarde, me dit le bon maître, celui qui, l'épée en main, marche en avant des trois autres comme leur seigneur, c'est Homère le poete souverain; celui qui

Quegli è Omero poeta sovrano :
     L'altro è Orazio satiro, che viene,
     Ovvidio è 'l terzo, e l'ultimo è Lucano.

Perocchè ciascun meco si conviene
     Nel nome, che sonò la voce sola ;
     Fannomi onore, e di ciò fanno bene.

Così vidi adunar la bella scuola
     Di quel signor dell'altissimo canto,
     Che sovra gli altri, com'aquila, vola.

Da ch'ebber ragionato 'nsieme alquanto.
     Volsersi a me, con salutevol cenno :
     E 'l mio maestro sorrise di tanto :

E più d'onore ancora assai mi fenno,
     Ch'ei si mi fecer della loro schiera.
     Sì ch'i' fui sesto, tra cotanto senno.

Così n'andammo insino alla lumiera,
     Parlando cose, che 'l tacere è bello,
     Sì com'era 'l parlar, colà dov'era.

Venimmo al piè d'un nobile castello.
     Sette volte cerchiato d'alte mura,
     Difeso 'ntorno d'un bel fiumicello.

Questo passammo, come terra dura :
     Per sette porte intrai, con questi savi :
     Giugnemmo in prato di fresca verdura.

vient ensuite est Horace, le satirique; Ovide est le
troisième, et le dernier Lucain. Ce nom de poete dont
ils me saluent d'une seule voix nous réunit dans une
gloire commune; ils me rendent honneur, et ils font
bien. »

Donc, je vis cette noble ecole réunie autour du maître
de toute sublime poésie, qui, dans son vol, plane au-
dessus de tous, comme l'aigle.

Après s'être parlé quelque temps ensemble, se tournant vers moi, ils me donnèrent le salut de la bienvenue,
et ici mon maître se prit doucement à sourire. Ils vou-
lurent même, pour comble d'honneur, me reconnaître
comme l'un des leurs, et je pris place, sixième, dans la
glorieuse compagnie.

Nous cheminions ensemble du côté de la lumière,
en causant de choses qu'il me faut taire à présent : il
convenait alors d'en parler.

Ainsi nous arrivâmes au pied d'un noble château sept
fois entouré de hautes murailles [2]; une petite rivière aux
eaux limpides lui servait de fossé; et, marchant sur
cette rivière comme sur la terre ferme, nous franchîmes
sept portes avant d'arriver en un pré frais et verdoyant.

Genti v'eran, con occhi tardi e gravi,
  Di grande autorità ne' lor sembianti :
  Parlavan rado, con voci soavi.

Traemmoci così dall'un de' canti,
  In luogo aperto, luminoso, e alto,
  Sì che veder si poten tutti quanti.

Colà diritto, sopra 'l verde smalto,
  Mi fur mostrati gli spiriti magni,
  Che di vederli, in me stesso, n'esalto.

I' vidi Elettra, con molti compagni,
  Tra' quai conobbi ed Ettore, ed Enea,
  Cesare armato, con gli occhi grifagni.

Vidi Cammilla, e la Pentesilea,
  Dall'altra parte, e vidi 'l Re Latino,
  Che con Lavina sua figlia sedea.

Vidi quel Bruto, che cacciò Tarquino,
  Lucrezia, Julia, Marzia, e Corniglia,
  E solo in parte vidi 'l Saladino.

Poi che 'nnalzai un poco più le ciglia,
  Vidi 'l maestro di color che sanno,
  Seder tra filosofica famiglia.

Tutti l'ammiran, tutti onor gli fanno.
  Quivi vid'io e Socrate, e Platone,
  Che 'nnanzi agli altri più presso gli stanno.

Là se trouvaient des personnages illustres aux regards calmes et graves; leur contenance était pleine d'autorité; leur parole était rare; harmonieuse était leur voix.

Nous nous retirâmes un peu à l'écart, dans un lieu découvert, élevé et lumineux; de là nous pouvions à notre aise les voir tous ensemble. Debout sur la verte prairie, elles me furent montrées ces grandes ombres, et mon extase dure encore [3].

Je vis d'abord Electre [4]; au milieu de ses compagnons, je reconnus Hector, Enée et César, encore armé de ses yeux d'épervier [5]. Je vis aussi Camille et Penthésilée [6]; et je vis le roi Latinus assis à côté de sa fille Lavinie.

Je vis ce Brutus qui chassa Tarquin; je vis Lucrèce, Julie, Marcia, Cornélie, et seul, à l'écart, Saladin [7]. Je vis aussi, en levant la tête, le maître de toute science [8], au milieu de la famille des philosophes, qui tous l'admiraient et lui faisaient honneur.

A ses côtés, je vis, plus rapprochés que tous les autres, Socrate et Platon, puis Démocrite, qui fait du monde un coup du hasard; je vis aussi Diogène, Anaxagore et

Democrito, che 'l mondo a caso pone,
    Diogenes, Anassagora, e Tale,
    Empedocles, Erachto, e Zenone :

E vidi 'l buon accoglitor del quale,
    Dioscoride dico : e vidi Orfeo,
    Tullio, e Lino, e Seneca morale :

Euclide geometra, e Tolommeo,
    Ippocrate, Avicenna, e Galieno,
    Averrois, che 'l gran comento feo.

I' non posso ritrar di tutti appieno,
    Perocchè sì mi caccia 'l lungo tema,
    Che molte volte al fatto il dir vien meno.

La sesta compagnia in duo si scema :
    Per altra via mi mena 'l savio duca,
    Fuor della queta, nell' aura che trema :

E vengo in parte, ove non è, che luca.

Thalès; Empédocle, Héraclite, Zénon et cet ingénieux investigateur de la nature, appelé Dioscoride[9]; je vis Orphée et Cicéron, et Linus et Sénèque le moraliste; Euclide, le géomètre; Ptolémée, Hippocrate, Avicenne et Galien, Averrhoes, le grand commentateur[10].

Je ne saurais les nommer tous, le temps presse et me pousse en avant : pour tant de choses, de brèves paroles ne suffiraient pas.

Ici la compagnie des six fut diminuée de deux : mon guide me mena par une autre voie hors de l'air tranquille, dans la région agitée, et j'arrivai en un lieu d'éternelle obscurité.

CANTO QUINTO

Così discesi del cerchio primajo
    Giù nel secondo, che men luogo cinghia,
    E tanto più dolor, che pugne a guajo.

Stavvi Minos orribilmente, e ringhia:
    Esamina le colpe nell'entrata ·
    Giudica, e manda, secondo ch'avvinghia.

Dico, che quando l'anima mal nata
    Li vien dinanzi, tutta si confessa:
    E quel conoscitor delle peccata,

Vede qual luogo d'Inferno è da essa:
    Cignesi con la coda tante volte,
    Quantunque gradi vuol che giù sia messa.

Sempre dinanzi a lui ne stanno molte:
    Vanno, a vicenda, ciascuna al giudizio:
    Dicono, e odono, e poi son giù volte.

CHANT CINQUIÈME

—

Ainsi du premier cercle nous arrivâmes au second :
dans un moindre espace, il enserre plus de douleurs;
douleurs si vives qu'elles éclatent en cris.

Là siége Minos, le juge aux grincements horribles.
A mesure qu'elles entrent, il examine les âmes, et, à la
façon dont il replie sa queue, elles savent leur châtiment.
Ainsi, à peine une âme comparaît devant lui, elle est forcée
de tout dire ; cet inquisiteur de nos péchés voit aussitôt
quel cercle de l'enfer lui revient, et il s'entoure de sa queue
autant de fois que l'âme a de degrés à descendre.

Toujours la foule des âmes est grande devant lui :
chacune à son tour se présente au jugement ; elle parle,
elle écoute son arrêt et s'abîme dans le gouffre.

O tu, che vieni al doloroso ospizio,
   Disse Minos a me, quando mi vide,
   Lasciando l' atto di cotanto ufizio,

Guarda, com' entri, e di cui tu ti fide :
   Non t'inganni l' ampiezza dell' entrare.
   E 'l duca mio a lui : Perchè pur gride?

Non impedir lo suo fatale andare :
   Vuolsi così colà, dove si puote
   Ciò che si vuole, e più non dimandare.

Ora incomincian le dolenti note
   A farmisi sentire : or son venuto,
   Là dove molto pianto mi percuote.

I' venni in luogo d'ogni luce muto,
   Che mugghia, come fa mar, per tempesta,
   Se da contrari venti è combattuto.

La bufera infernal, che mai non resta,
   Mena gli spirti con la sua rapina,
   Voltando, e percotendo gli molesta.

Quando giungon davanti alla ruina ;
   Quivi le strida, il compianto, e 'l lamento :
   Bestemmian quivi la virtù divina.

Intesi, ch'a così fatto tormento
   Eran dannati i peccator carnali,
   Che la ragion sommettono al talento.

« O toi qui viens dans ce séjour des douleurs, dit
Minos, en suspendant, à ma vue, l'exercice de son terrible
ministère, prends garde à ton entrée ; prends garde
à qui tu te fies ; par cette large porte ne te laisse pas
abuser. »

« A quoi bon tous ces cris ? dit mon guide, cesse de
t'opposer à ce voyage : il est écrit là-haut, où vouloir
c'est pouvoir : que ceci te suffise. »

En ce moment commencent à se faire entendre des
accents plaintifs, et j'arrive dans un lieu où le bruit des
sanglots frappe mon oreille ; lieu d'obscurité morne et
qui mugissait comme fait la mer battue par des vents
contraires pendant la tempête.

La tourmente infernale, qui ne s'arrête jamais, emporte
au loin les esprits dans son tourbillon qui les roule et qui
les brise en mille chocs douloureux. Arrivés sur le bord
de l'enceinte, c'est un redoublement de cris, de pleurs,
d'imprécations et de blasphèmes a la vertu divine.

Ce châtiment, je l'appris alors, était réservé aux
grossiers esclaves de la chair, qui soumettent la raison
à l'appétit des sens. Comme on voit, au temps froid,

E come gli stornei ne portan l'ali
   Nel freddo tempo, a schiera larga e piena,
   Così quel fiato gli spiriti mali

Di qua, di là, di giù, di su gli mena :
   Nulla speranza gli conforta mai,
   Non che di posa, ma di minor pena.

E come i grù van cantando lor lai,
   Facendo in aer di se lunga riga,
   Così vid'io venir, traendo guai,

Ombre portate dalla detta briga.
   Per ch'io dissi, Maestro, chi son quelle
   Genti, che l'aer nero sì gastiga?

La prima di color, di cui novelle
   Tu vuo' saper, mi disse quegli allotta,
   Fu Imperadrice di molte favelle.

A vizio di lussuria fu sì rotta,
   Che libito fe licito in sua legge,
   Per torre il biasmo, in che era condotta.

Ell' è Semiramis, di cui si legge,
   Che succedette a Nino, e fu sua sposa :
   Tenne la terra, che 'l Soldan corregge.

L'altra è colei, che s'ancise amorosa,
   E ruppe fede al cener di Sicheo :
   Poi è Cleopatras lussuriosa.

en troupes larges et pressées, des étourneaux qu'emporte
la bise, ainsi ces malheureux esprits, heurtés et poussés,
de çà, de là, en bas et en haut, sont entraînés par la
bourrasque, et nul espoir de repos ou d'allégement jamais
ne les soulage. Et, comme des grues qui traversent les
airs en longues files et font entendre leur chant lamen-
table, ainsi je vis venir, traînant leur plainte, les ombres
apportées par l'ouragan.

« Maître, m'écriai-je, quelle est cette multitude que
châtie ainsi la noire tourmente ? »

Et il répondit :

« La première de ces âmes que tu demandes à
connaître régna sur une foule de peuples différents de
langage ; elle fut si adonnée à la luxure, que, pour se
soustraire au blâme qu'elle avait encouru, elle établit
par une loi que tout ce qui plaît est licite. C'est Sémi-
ramis ; l'histoire apprend qu'elle fut l'épouse de Ninus
et qu'elle régna à sa place : elle posséda la terre où
règne aujourd'hui le soudan. L'autre est celle qui se tua
par amour et trahit la foi jurée aux cendres de Sichée ;
puis vient Cléopâtre la luxurieuse. »

Elena vidi, per cui tanto reo
     Tempo si volse : e vidi 'l grande Achille,
     Che con amore al fine combatteo.

Vidi Paris, Tristano : e più di mille
     Ombre mostrommi, e nominolle a dito,
     Ch'amor di nostra vita dipartille.

Poscia ch'i' ebbi il mio dottore udito
     Nomar le donne antiche e i cavalieri,
     Pietà mi vinse, e fui quasi smarrito.

I' cominciai : Poeta, volentieri
     Parlerei a que' duo, ch 'nsieme vanno,
     E pajon sì al vento esser leggieri.

Ed egli a me : Vedrai, quando saranno
     Più presso a noi : e tu allor gli prega,
     Per quell' amor ch' ei mena ; e quei verranno.

Sì tosto, come 'l vento a noi gli piega,
     Mossi la voce, O anime affannate,
     Venite a noi parlar, s' altri nol niega.

Quali colombe dal disio chiamate
     Con l' ali aperte e ferme al dolce nido,
     Volan per l' aer dal voler portate :

Cotali uscir della schiera, ov' è Dido,
     A noi venendo per l' aer maligno,
     Sì forte fu l'affettuoso grido.

Je vis ensuite Hélène, qui fut la cause de temps si malheureux ; je vis l'invincible Achille [1] vaincu dans son dernier combat contre l'amour ; je vis Pâris et Tristan [2], (mon guide me les montrait du doigt) et plus de mille ombres que l'amour fit sortir du monde où nous vivons. Lorsqu'il m'eut nommé ces illustres personnes des temps anciens, la compassion me prit, et je fus sur le point de défaillir.

« O poete, si tu le permets, je serais heureux de parler à ces deux âmes, qui vont ensemble et que le vent emporte si légères. »

Il me répondit : « Attends qu'elles soient plus près de nous ; alors, conjure-les au nom de cet amour qui les entraîne encore, et elles viendront à ta voix. »

Au même instant, comme le vent nous les apportait : « O âmes infortunées, m'écriai-je, si rien ne s'y oppose, approchez-vous et parlez-nous. »

Telles deux colombes, attirées par le même désir, volent d'une aile ouverte et sûre au nid bien-aimé, emportées dans l'air par le même élan ; ainsi les deux âmes, sortant de la foule où se cachait Didon, viennent à nous, à travers cet air sombre ; à ce point leur agréait notre appel affectueux.

O animal grazioso, e benigno,
    Che visitando vai, per l' aer perso,
    Noi, che tignemmo 'l mondo di sanguigno.

Se fosse amico il Re dell' universo,
    Noi pregheremmo lui, per la tua pace,
    Poch' hai pietà del nostro mal perverso.

Di quel, ch' udire, e che parlar ti piace :
    Noi udiremo, e parleremo a vui,
    Mentrechè 'l vento, come fa, si tace.

Siede la terra, dove nata fui,
    Su la marina, dove 'l Po discende,
    Per aver pace co' seguaci sui.

Amor, ch' al cor gentil ratto s' apprende,
    Prese costui della bella persona,
    Che mi fu tolta, e 'l modo ancor m' offende.

Amor, ch' a null' amato amar perdona,
    Mi prese, del costui piacer, sì forte,
    Che, come vedi, ancor non m' abbandona.

Amor condusse noi ad una morte :
    Caina attende, chi 'n vita ci spense :
    Queste parole da lor ci fur porte.

Da ch' io 'ntesi quell' anime offense,
    Chinai 'l viso, e tanto 'l tenni basso,
    Fin che 'l poeta mi disse, Che pense?

— « Être gracieux et bon, dit l'une d'elles, qui viens,
dans cette région ténébreuse, nous visiter, nous, qui
avons teint le monde de notre sang ; si le roi de l'univers
nous était favorable, nous le prierions pour ton repos,
puisque tu as eu compassion de notre peine cruelle. Ce
qu'il vous plaît de dire, nous l'écouterons, et nous dirons
ce qu'il vous plaira d'apprendre ; justement l'ouragan
s'apaise un peu.

« La terre où je suis née est voisine de la mer, au lieu
même où se jette le Pô pour se reposer avec ses nombreux
affluents. L'amour, dont s'éprend si vite un cœur tendre,
enflamma celui que tu vois près de moi pour les beautés
du corps que j'ai perdu. (L'indigne coup qui me les ravit
me navre encore !) L'amour, qui veut que nul ne soit aimé
qu'il n'aime à son tour, m'attira si fort à ce charme, que
rien, tu le vois, n'a pu m'en détacher. L'un et l'autre
l'amour nous conduisit à une même mort ; le séjour de
Caïn, le meurtrier, attend celui qui nous ôta la vie.

Telles furent leurs paroles. Dès que j'eus entendu ces
deux âmes plaintives, je baissai la tête et je la tins longtemps baissée ; à la fin le poete : « A quoi penses-tu ?

Quando risposi, cominciai, O lasso,
    Quanti dolci pensier, quanto disio
    Menò costoro al doloroso passo!

Po' mi rivolsi a loro, e parla' io,
    E cominciai : Francesca, i tuoi martiri
    A lagrimar mi fanno tristo e pio.

Ma dimmi : Al tempo de' dolci sospiri,
    A che, e come concedette amore,
    Che conosceste i dubbiosi desiri?

Ed ella a me : Nessun maggior dolore,
    Che ricordarsi del tempo felice
    Nella miseria, e ciò sa 'l tuo dottore.

Ma s' a conoscer la prima radice
    Del nostro amor tu hai cotanto affetto,
    Farò come colui, che piange, e dice.

Noi leggiavamo un giorno, per diletto,
    Di Lancilotto, come amor lo strinse :
    Soli eravamo, e senza alcun sospetto.

Per piu fiate gli occhi ci sospinse
    Quella lettura, e scolorocci 'l viso :
    Ma solo un punto fu quel, che ci vinse.

Quando leggemmo il disiato riso
    Esser baciato da cotanto amante,
    Questi, che mai da me non fia diviso,

me dit-il. » « Hélas ! lui répondis-je, que de douces
pensées, que d'enivrants désirs les ont entraînés, l'un et
l'autre, à cette fin douloureuse ! » Et, me retournant
vers eux, je leur dis : « Françoise [3], ton martyre
m'arrache des larmes de tristesse et de pitié. Mais,
dis-moi, au temps des doux soupirs, à quel signe et
comment l'amour vous laissa-t-il deviner le secret de vos
cœurs ? » Et elle à moi : « Se rappeler, dans la misère,
le bonheur d'autrefois, quelle douleur plus grande ?
Demande-le à ton maître [4].

« Mais si tu ás tant à cœur de connaître la première
source de notre amour, je ferai comme celui qui pleure
et qui parle en pleurant.

« Nous lisions un jour, lui et moi, par plaisir, comment
l'amour vint au cœur de Lancelot [5]. Nous étions seuls et
sans défiance ; plus d'une fois, à cette lecture, nos yeux
se rencontrèrent, et la rougeur nous vint au visage ; mais
ce fut un seul passage qui triompha de nous. Lorsque
nous lûmes que le sourire de la bien-aimée avait été baisé
par un amant si tendre, alors celui qui de moi ne sera
jamais séparé, tout tremblant, me baisa la bouche. Le
livre et celui qui l'écrivit furent pour nous un autre
Galléhaut ; et, ce jour-là, nous ne lûmes pas davantage. »

La bocca mi baciò tutto tremante :
   Galeotto fu il libro, e chi lo scrisse :
   Quel giorno più non vi leggemmo avante.

Mentre che l' uno spirto questo disse,
   L' altro piangeva sì, che di pietade
   I' venni men, così com' io morisse,

E caddi, come corpo morto cade.

Tandis que cette ombre parlait ainsi, l'autre versait des larmes amères, et moi, pénétré de pitié, je me sentis défaillir comme si j'allais mourir. Et je tombai, comme tombe un corps mort.

CANTO SESTO

— —

Al tornar della mente, che si chiuse,
  Dinanzi alla pietà de' duo cognati,
  Che di tristizia tutto mi confuse,

Nuovi tormenti, e nuovi tormentati
  Mi veggio intorno, come ch' i' mi muova,
  E come ch' i' mi volga, e ch' i' mi guati.

I' sono al terzo cerchio della piova
  Eterna, maladetta, fredda, e greve :
  Regola, e qualità mai non l' è nuova.

Grandine grossa, e acqua tinta, e neve,
  Per l' aer tenebroso si riversa :
  Pute la terra, che questo riceve.

Cerbero, fiera crudele, e diversa,
  Con tre gole caninamente latra
  Sovra la gente, che quivi è sommersa.

CHANT SIXIÈME

Défailli de tristesse et de pitié à la vue des deux âmes
fraternelles, à peine je recouvrais mes esprits, que je me
vis entouré de nouveaux tourments et de nouveaux tourmentés, quel que fût le lieu où se portaient et mes yeux
et mes pas. J'avais atteint le troisième gouffre, le gouffre
de la pluie éternelle, maudite, froide et lourde, qui tombe
sans cesse et sans fin, toujours la même. Une grêle
épaisse, de l'eau noirâtre mêlée de neige, sont versées
à torrents dans cet air ténébreux : la terre, qui en est
trempée, devient fétide.

Cerbère, cruelle et difforme bête, ouvre, en aboyant,
ses trois gueules de chien sur cette foule d'inondés. Il
a les yeux rouges, la barbe sale et noire, le ventre

Gliocchi ha vermigli, e la barba unta, e atra,
   E 'l ventre largo, e unghiate le mani :
   Graffia gli spirti, gli scuoja, ed isquatra.

Urlar gli fa la pioggia, come cani :
   Dell' un de' lati fanno all' altro schermo :
   Volgonsi spesso i miseri profani.

Quando ci scorse Cerbero il gran vermo,
   Le bocche aperse, e mostrocci le sanne :
   Non avea membro, che tenesse fermo.

E 'l duca mio distese le sue spanne
   Prese la terra, e con piene le pugna,
   La gittò dentro alle bramose canne.

Qual' è quel cane, ch' abbajando agugna,
   E si racqueta, poichè 'l pasto morde,
   Che solo a divorarlo intende, e pugna,

Cotai si fecer quelle facce lorde
   Dello demonio Cerbero, che 'ntrona
   L' anime sì, ch' esser vorrebber sorde.

Noi passavam su per l' ombre, ch' adona
   La greve pioggia, e ponavam le piante,
   Sopra lor vanità, che par persona.

Elle giacèn per terra tutte quante,
   Fuor ch' una, ch' a seder si levò, ratto
   Ch' ella ci vide passarsi davante.

immense et ses mains sont armées de crochets. Il griffe,
il écorche, il déchire ces misérables. La pluie les fait
hurler eux-mêmes comme des chiens : les malheureux se
retournent sans cesse, abritant un de leurs côtés par
l'autre.

A notre aspect, Cerbère, le grand reptile, ouvrit ses
gueules et nous montra ses crocs ; il n'avait pas un de ses
membres qui ne fût en convulsion.

Mon guide ouvrit les mains, prit de la terre et la jeta
à poignées dans ces gosiers voraces. Tel un dogue que
fait aboyer la convoitise, et qui s'apaise en mordant à
la pâture qu'il s'acharne à dévorer ; ainsi firent les gueules
immondes de l'infernal Cerbère, qui étourdit tellement les
âmes qu'elles voudraient être sourdes.

Nous passons outre, en foulant ces ombres que fouette
la lourde pluie, et nous mettions les pieds sur ce vide qui
simule un corps.

Elles étaient toutes couchées par terre, hormis une
seule, qui se redressa à demi dès qu'elle nous vit venir
près d'elle en passant.

O tu, che se ' per questo 'nferno tratto,
  Mi disse, riconoscimi, se sai :
  Tu fosti prima, ch' io disfatto, fatto.

Ed io a lei : L' angoscia, che tu hai,
  Forse ti tira fuor della mia mente,
  Sì, che non par, ch' i' ti vedessi mai.

Ma dimmi, chi tu se', che 'n sì dolente
  Luogo se' messa, e a sì fatta pena,
  Che s' altra è maggio, nulla è sì spiacente.

Ed egli a me : La tua città, ch' è piena
  D' invidia sì, che già trabocca il sacco,
  Seco mi tenne in la vita serena.

Voi, cittadini, mi chiamaste Ciacco :
  Per la dannosa colpa della gola,
  Come tu vedi, alla pioggia mi fiacco :

Ed io anima trista non son sola,
  Che tutte queste, a simil pena stanno,
  Per simil colpa : e più non fe parola.

Io gli risposi : Ciacco, il tuo affanno
  Mi pesa sì, ch' a lagrimar m' invita :
  Ma dimmi, se tu sai, a che verranno

Li cittadin della città partita :
  S' alcun v' è giusto : e dimmi la cagione,
  Perchè l' ha tanta discordia assalita.

« O toi, qui as été amené dans cet enfer, me dit-elle,
est-ce donc que tu ne me reconnais pas? Tu étais déjà,
avant que je cessasse d'être. »

« Peut-être, lui dis-je, l'excès de ta souffrance, en
ce moment, t'a chassé de ma mémoire, car il ne me
semble pas que je t'aie jamais vu. Mais, dis-moi, qui
es-tu, toi, qui as été jeté dans un lieu si triste, subissant
un tel supplice, le plus dégoûtant de tous, s'il n'en est pas
le plus cruel? »

Et lui à moi : « Ta cité, qui est si pleine d'envie,
que la mesure est comble, m'a vu aux jours de ma
vie sereine. Vous, mes concitoyens, vous me nommiez
Ciacco [1]. C'est pour l'ignoble péché de gourmandise que
tu me vois, ici, battu par cette pluie. Et je ne suis pas
seul à souffrir : toutes ces âmes que tu vois subissent une
peine semblable à la mienne, pour un péché semblable
au mien. » Et puis il se tut.

« Ciacco, répondis-je, ton malheur me touche et me
pénètre jusqu'aux larmes; peux-tu cependant me dire à
quoi en viendront les citoyens de la ville divisée; s'il s'y
trouve encore un juste, et pourquoi tant de discordes
l'ont assaillie? »

Ed egli a me : Dopo lunga tenzone,
    Verranno al sangue; e la parte selvaggia
    Caccerà l'altra, con molta offensione.

Poi appresso convien, che questa caggia,
    Infra tre soli, e che l'altra sormonti,
    Con la forza di tal, che testè piaggia.

Alto terrà lungo tempo le fronti,
    Tenendo l'altra, sotto gravi pesi,
    Come che di ciò pianga, e che n'adonti.

Giusti son duo, ma non vi sono 'ntesi :
    Superbia, invidia, e avarizia sono
    Le tre faville, ch'hanno i cuori accesi,

Qui pose fine al lacrimabil suono.
    Ed io a lui : Ancor vo' che m'insegni,
    E che di più parlar mi facci dono.

Farinata, e 'l Tegghiajo, che fur sì degni,
    Jacopo Rusticucci, Arrigo, e 'l Mosca,
    E gli altri, ch'a ben far poser gl'ingegni,

Dimmi, ove sono, e fa, ch'io gli conosca,
    Che gran disio mi stringe di sapere,
    Se 'l ciel gli addolcia, o lo 'nferno gli attosca.

E quegli : Ei son tra l'anime più nere :
    Diverse colpe giù gli aggrava al fondo.
    Se tanto scendi, gli potrai vedere.

Et lui à moi : « Après des luttes prolongées, ils
arriveront à l'effusion du sang, et la faction qui *vient
des bois* [2] chassera l'autre avec une grande perte, jusqu'à
ce qu'elle tombe à son tour, après la révolution de trois
soleils. Alors la faction vaincue triomphera par l'assistance
d'un homme qui se tient habilement à l'écart [3]. Cette
dernière aura longtemps le dessus, imposant à l'autre
de lourdes charges, qui feront sa honte et son désespoir.
Deux justes [4] sont restés dans la ville, et personne ne
les écoute : l'orgueil, l'envie et l'avarice, autant de
torches brûlantes, ont enflammé tous les cœurs. »

Ici le désolé mit fin à son discours : « J'ai besoin,
lui dis-je alors, de savoir encore; fais-moi la grâce de
quelques paroles de plus. Farinata et Tegghiajo, qui
furent si vertueux, Jacobo Rusticucci, Arrigo et Mosca [5],
et les autres, qui appliquèrent leur intelligence à bien
faire, dis-moi, où sont-ils? J'ai un grand désir d'apprendre
s'ils ont les douceurs du ciel, ou si l'enfer les châtie. »

Et lui : « Ils sont parmi les ombres les plus noires :
des crimes divers les ont plongés au plus bas. Si tu
descends jusque-là, tu pourras les voir. Mais quand

Ma quando tu sarai nel dolce mondo,
    Pregoti, ch' alla mente altrui mi rechi:
    Più non ti dico, e più non ti rispondo.

Gli diritti occhi torse allora in biechi:
    Guardomm' un poco, e poi chinò la testa:
    Cadde con essa, a par degli altri ciechi.

E 'l duca disse a me, Più non si desta,
    Di qua dal suon dell' angelica tromba:
    Quando verrà lor nimica podesta;

Ciascun ritroverà la trista tomba,
    Ripiglierà sua carne, e sua figura,
    Udirà quel, che in eterno rimbomba.

Sì trapassammo per sozza mistura
    Dell' ombre, e della pioggia, a passi lenti,
    Toccando un poco la vita futura:

Perch' i' dissi: Maestro, esti tormenti
    Cresceranno ei, dopo la gran sentenza,
    O fien minori, o saran sì cocenti?

Ed egli a me: Ritorna a tua scienza,
    Che vuol quanto la cosa è più perfetta,
    Più senta 'l bene, e così la doglienza.

Tuttochè questa gente maladetta
    In vera perfezion giammai non vada,
    Di là, più che di qua, essere aspetta.

tu seras retourné sur notre douce terre, je t'en prie,
rapportes-y mon souvenir. J'ai dit : ne m'interroge
plus. »

Ses yeux, fixes d'abord, s'égarèrent et devinrent
louches; il me regarda un instant, puis il pencha la tête,
et, en même temps, il retomba au milieu des autres
réprouvés.

Mon maître me dit : « Il ne se réveillera plus qu'au
son de la trompette de l'Archange, quand viendra la
puissance vengeresse. Chacun alors, regagnant sa triste
sépulture, reprendra sa figure et son corps, et il entendra
l'arrêt qui doit retentir dans l'éternité.

Ainsi nous passâmes à travers ce sale pêle-mêle
d'ombres fangeuses et de pluie, à pas lents, et nous
entretenant de la vie à venir. Alors je dis : « Maître,
ces tourments augmenteront-ils après la grande sentence;
seront-ils atténués ou resteront-ils aussi cuisants? »

Et lui à moi : « Interroge ta science [6], elle te
répondra que plus un être est parfait, plus il ressent
vivement la joie et la douleur. Certes, cette race maudite
n'arrivera jamais à une véritable perfection; mais elle
attend mieux de l'avenir que du présent. »

Noi aggirammo a tondo quella strada,
    Parlando più assai, ch' i' non ridico :
    Venimmo al punto, dove si digrada :

Quivi trovammo Pluto il gran nemico.

Nous traversions ainsi cette route circulaire, causant de beaucoup de choses que je ne dois pas redire, et nous arrivâmes au point où l'on descend au cercle inférieur. Là nous trouvâmes Plutus [7], le grand corrupteur.

CANTO SETTIMO

Pape Satan, pape Satan aleppe,
    Cominciò Pluto, con la voce chioccia :
    E quel savio gentil, che tutto seppe,

Disse, per confortarmi : Non ti noccia
    La tua paura, che poder, ch' egli abbia,
    Non ti terrà lo scender questa roccia :

Poi si rivolse a quella enfiata labbia,
    E disse, Taci, maladetto lupo :
    Consuma dentro te, con la tua rabbia.

Non è sanza cagion l' andare al cupo ;
    Vuolsi nell' alto, là dove Michele
    Fe la vendetta del superbo strupo.

Quali dal vento le gonfiate vele
    Caggiono avvolte, poichè l' alber fiacca,
    Tal cadde a terra la fiera crudele.

CHANT SEPTIÈME

Pape Satan! Pape Satan! Aleppe[1]*!* se mit à crier Plutus d'une voix enrouée ; et le sage qui sait tout me dit gracieusement pour me rassurer : « Ne te laisse pas effrayer : Plutus est bien puissant, mais il ne t'empêchera pas de descendre ce rocher. »

Puis se tournant vers cette face toute bouffie de colère : « Tais-toi, loup maudit, s'écria-t-il ; consume-toi en toi-même de ta propre rage. Ce n'est pas sans raison qu'on pénètre dans l'abîme ; cela est ainsi voulu là-haut, où Michel tira vengeance du grand attentat de l'orgueil. »

Comme les voiles gonflées par le vent retombent sur elles-mêmes si le mât est rompu, ainsi tombe à terre l'affreuse bête.

Così scendemmo nella quarta lacca,
  Prendendo più della dolente ripa,
  Che 'l mal dell' universo tutto 'nsacca.

Ahi giustizia di Dio, tante chi stipa
  Nuove travaglie e pene, quante i' viddi?
  E perchè nostra colpa sì ne scipa?

Come fa l' onda là sovra Cariddi,
  Che si frange con quella, in cui s' intoppa,
  Così convien, che quì la gente riddi.

Quì vid' io gente, più ch' altrove, troppa,
  E d' una parte, e d' altra, con grand' urli,
  Voltando pesi, per forza di poppa:

Percotevansi incontro, e poscia pur lì
  Si rivolgea ciascun, voltando a retro,
  Gridando, Perchè tieni, e perchè burli?

Così tornavan, per lo cerchio tetro,
  Da ogni mano all' opposito punto,
  Gridandosi anche loro ontoso metro:

Poi si volgea ciascun, quand' era giunto,
  Per lo suo mezzo cerchio, all' altra giostra.
  Ed io, ch' avea lo cor quasi compunto,

Dissi: Maestro mio, or mi dimostra,
  Che gente è questa, e se tutti fur cherci,
  Questi chercuti, alla sinistra nostra.

Alors nous descendîmes dans la quatrième fosse, en pénétrant plus profondément dans cette région désolée, réceptacle du mal de tout l'univers.

O justice de Dieu! qui donc a pu entasser en ce lieu autant de peines et de tourments inconnus que j'en découvris? Est-il possible que nos crimes nous torturent ainsi?

Sur Charybde les flots se brisent contre les flots qui les heurtent : de même ici le damné se heurte au damné.

De ces ombres je vis une multitude plus nombreuse que partout ailleurs : de côtés opposés, avec d'affreux hurlements, elles partaient, poussant des poids énormes de toute la force de leur poitrine. A chaque rencontre, c'était un choc terrible, et, brisées, elles revenaient au point de départ en criant : « Pourquoi tout jeter? Pourquoi tout garder [2]? » Ainsi elles allaient, en sens opposé, dans le cercle ténébreux, toujours se renvoyant leur insultant reproche. Puis, quand elles étaient revenues au centre, elles se heurtaient, et un nouveau choc les rejetait.

Et moi, qui en avais le cœur navré, je dis : « Mon maître, quelle est cette foule? furent-ils prêtres tous ces tonsurés que je vois à notre gauche? »

Ed egli a me : Tutti quanti fur guerci
 Sì della mente, in la vita primaja,
 Che, con misura, nullo spendio ferci.

Assai la voce lor chiaro l'abbaja,
 Quando vengono a' duo punti del cerchio,
 Ove colpa contraria gli dispaja.

Questi fur cherci, che non han coperchio
 Piloso al capo, e Papi, e Cardinali,
 In cui usa avarizia il suo soperchio.

Ed io : Maestro, tra questi cotali
 Dovre' io ben riconoscere alcuni,
 Che furo immondi di cotesti mali.

Ed egli a me : Vano pensiero aduni :
 La sconoscente vita, che i fe sozzi,
 Ad ogni conoscenza or gli fa bruni.

In eterno verranno agli duo cozzi :
 Questi risurgeranno del sepulcro,
 Col pugno chiuso, e questi co' crin mozzi.

Mal dare, e mal tener lo mondo pulcro
 Ha tolto loro, e posti a questa zuffa :
 Qual' ella sia, parole non ci appulcro.

Or puoi, figliuol, veder la corta buffa
 De' ben, che son commessi alla fortuna,
 Perchè l'umana gente si rabbuffa.

Et lui à moi : « Tous, tant qu'ils sont, furent, dans la première vie, si aveugles d'esprit qu'ils ne surent jamais dépenser dans une juste mesure. Leur voix aboyante le dit assez haut, lorsqu'ils viennent des deux points du cercle où ils se repoussent par des vices contraires.

« Tous ceux dont la tête est dégarnie de cheveux furent prêtres, papes et cardinaux ; l'avarice a épuisé sur eux ses derniers excès. »

Et moi : « Maître, en cette foule je devrais bien reconnaître quelques-uns de ceux qui furent entachés de vices si honteux. »

« Tu le chercherais en vain, me répondit-il, leur ignoble vie les a rendus si difformes qu'ils en sont méconnaissables. Pour toute l'éternité, les voilà livrés à ce double choc, et ils sortiront du sépulcre, ceux-ci la tête rase, ceux-là le poing fermé. Mal donner et mal conserver les a fait exclure du séjour bienheureux et les a condamnés à cette lutte indescriptible et sans fin.

« Or, tu peux voir, mon fils, la vanité de ces biens de courte durée, qui dépendent de la fortune, et à la dispute desquels s'acharne l'espèce humaine. Car tout l'or qui

Che tutto l'oro, ch'è sotto la luna,
 O che già fu di quest'anime stanche,
 Non poterebbe farne posar' una.

Maestro, dissi lui, or mi dî anche :
 Questa fortuna, di che tu mi tocche,
 Che è, che i ben del mondo ha sì tra branche?

E quegli a me : O creature sciocche,
 Quanta ignoranza è quella, che v'offende!
 Or vo', che tu mia sentenza ne 'mbocche :

Colui, lo cui saver tutto trascende,
 Fece li cieli : e diè lor, chi conduce,
 Sì ch'ogni parte ad ogni parte splende,

Distribuendo ugualmente la luce :
 Similemente agli splendor mondani
 Ordinò general ministra e duce,

Che permutasse a tempo li ben vani,
 Di gente in gente, e d'uno in altro sangue,
 Oltre la difension de' senni umani :

Perch'una gente impera, e l'altra langue,
 Seguendo lo giudicio di costei,
 Ched è occulto, com'in erba l'angue.

Vostro saver non ha contrasto a lei :
 Ella provvede, giudica, e persegue
 Suo regno, come il loro gli altri Dei.

est et qui fut jamais sous la lune ne suffirait pas pour
donner du repos à une seule de ces âmes fatiguées. »

« Maître, lui dis-je, quelle est donc cette Fortune
dont tu parles, qui tient dans ses mains tous les biens de
l'univers ? »

Et lui à moi : « O créatures imprévoyantes, que votre
ignorance est grande et qu'elle vous est funeste ! Mais
je veux que mon enseignement te serve. Celui dont le
savoir est au-dessus de tout, créa les cieux et les fit
se mouvoir par une loi, qui, distribuant également la
lumière, fait que chaque point lumineux du ciel corres-
pond tour à tour à un point de la terre. Ainsi, pour les
splendeurs terrestres, il établit un ministre souverain,
qui, au moment voulu, déconcertant la résistance et les
conseils de la sagesse humaine, fait passer la vanité des
biens périssables de telle nation à telle nation, de telle
famille à telle famille. C'est ainsi qu'une nation domine
et que l'autre s'éteint, obéissant, l'une et l'autre, aux
secrets desseins de cette puissance, invisible comme le
serpent caché dans l'herbe, et sur laquelle votre prudence
ne saurait prévaloir [3]. Elle pourvoit, juge et gouverne
son empire, comme les autres divinités ; ses révolutions
n'ont pas de trêve, et la nécessité, qui la fait si rapide,
la précipite sans cesse à de nouvelles vicissitudes [4].

Le sue permutazion non hanno triegue :
   Necessità la fa esser veloce,
   Sì spesso vien, chi vicenda consegue.

Quest' è colei, ch' è tanto posta in croce,
   Pur da color, che le dovrian dar lode,
   Dandole biasmo a torto e mala voce.

Ma ella s' è beata, e ciò non ode :
   Con l' altre prime creature lieta
   Volve sua spera, e beata si gode.

Or discendiamo, omai, a maggior pieta :
   Già ogni stella cade, che saliva,
   Quando mi mossi, e 'l troppo star si vieta.

Noi ricidemmo 'l cerchio all' altra riva,
   Sovr' una fonte, che bolle, e riversa,
   Per un fossato, che da lei diriva.

L' acqua era buja molto più, che persa :
   E noi in compagnia dell' onde bige,
   Entrammo giù per una via diversa.

Una palude fa, ch' ha nome Stige,
   Questo tristo ruscel, quand' è disceso
   Al piè delle maligne piagge grige.

Ed io, che di mirar mi stava inteso,
   Vidi genti fangose in quel pantano,
   Ignude tutte, e con sembiante offeso.

«Telle est cette puissance que mettent si souvent en
croix ceux qui devraient le plus la bénir, et qui l'accablent
à tort de leurs outrages. Mais elle est heureuse et ne les
entend pas; sereine au milieu des créatures primitives,
elle donne le branle à sa roue, et se complaît dans ce
mouvement.

«Allons maintenant à des châtiments encore plus
terribles. Déjà chacune des étoiles qui se levaient quand
je me mis en marche, tombe et nous défend de tarder
davantage. »

Nous coupons le cercle, et, par le côté opposé, nous
arrivons près d'une source qui bouillonne. Un fossé
creusé par le courant reçoit ses eaux noirâtres. En
suivant le cours de ces ondes limoneuses, nous descendons
par une pente sinueuse. Au bas de ces plages sombres et
putrides, le triste ruisseau forme un étang qui s'appelle
le Styx. Comme j'étais tout occupé à regarder, je vis, au
milieu de ce bourbier, des âmes toutes nues, couvertes de
fange et le visage en fureur. Elles se frappaient entre
elles, des mains, de la tête, de la poitrine et des pieds.
Elles se déchiquetaient pièce à pièce à belles dents.

Questi si percotean, non pur con mano,
    Ma con la testa, e col petto, e co' piedi,
    Troncandosi co' denti a brano a brano.

Lo buon maestro disse; Figlio, or vedi
    L'anime di color, cui vinse l'ira ;
    E anche vo' che tu per certo credi,

Che sotto l'acqua ha gente, che sospira.
    E fanno pullular quest'acqua al summo,
    Come l'occhio ti dice, u' che s'aggira.

Fitti nel limo dicon, Tristi fummo
    Nell'aer dolce, che dal Sol s'allegra,
    Portando dentro accidioso fummo :

Or ci attristiam nella belletta negra.
    Quest'inno si gorgoglian nella strozza,
    Che dir nol posson con parola integra

Così girammo della lorda pozza,
    Grand'arco tra la ripa secca, e 'l mezzo,
    Con gli occhi volti a chi del fango ingozza :

Venimmo appiè d'una torre al dassezzo.

—

« Mon fils, me dit le maître, tu vois ici les esclaves
de la colère. Apprends aussi et tiens pour assuré que,
sous la fange, s'agite une autre foule, dont les soupirs
font bouillonner cette eau à la surface. Tu le peux voir
de quelque côté que se tournent tes regards. »

Plongées dans ce limon : « Autrefois, disaient ces âmes,
le ciel était si doux, si gaie était la lumière ; et nous,
nous étions tristes, portant en nous-mêmes une vapeur
malfaisante ! Et tristes encore nous sommes maintenant
sous cette bourbe noire ! »

Cet hymne de douleur forme une sorte de gargouillement
dans leur gosier, qui ne peut articuler des paroles entières.

Ainsi nous allions autour du fétide marais, décrivant
une grande courbe entre la rive solide et le bord des
eaux, les yeux tournés vers les âmes qui se gorgent de
fange.

Voilà qu'enfin nous arrivons au pied d'une tour.

CANTO OTTAVO

I' dico seguitando, ch'assai prima,
  Che no' fussimo al piè dell'alta torre,
  Gli occhi nostri n'andar suso alla cima,

Per duo fiammette, che vedemmo porre,
  E un'altra da lungi render cenno,
  Tanto, ch'a pena 'l potea l'occhio torre.

Ed io rivolto al mar di tutto 'l senno,
  Dissi :Questo che dice? e che risponde
  Quell'altro fuoco? e chi son que', che 'l fenno?

Ed egli a me : su per le sucide onde
  Già scorger puoi quello, che s'aspetta,
  Se 'l fummo del pantan nol ti nasconde.

Corda non pinse mai da se saetta,
  Che sì corresse via, per l'aer, snella,
  Com'i' vidi una nave piccioletta

CHANT HUITIÈME

Mon récit continuant, apprenez qu'avant d'atteindre au pied de cette tour, nos regards furent attirés à son faîte par deux petites flammes brillantes ; un autre feu répondait à ce signal, mais de si loin, que c'est à peine si mon œil le pouvait entrevoir.

Je me tournai vers mon guide, cet océan de science : « Oh ! lui dis-je, que signifient ces feux ? que répond cet autre là-bas, et quelles mains les dirigent ? »

Et lui : « Regarde sur les eaux fangeuses, et déjà, si le brouillard du marais te le permet, tu pourras voir qui l'on attend ici. »

Jamais corde tendue ne lança dans l'air une flèche qui volât plus rapide que la nacelle qui venait droit à nous, conduite par un seul nautonier. Il criait : « Te voilà donc enfin, âme maudite ! »

Venir per l'acqua verso noi in quella,
   Sotto 'l governo d'un sol galeoto,
   Che gridava, Or se' giunta, anima fella?

Flegiàs, Flegiàs, tu gridi a voto,
   Disse lo mio signore, a questa volta :
   Più non ci avrai, se non passando il loto.

Quale colui, che grande inganno ascolta,
   Che gli sia fatto, e poi se ne rammarca,
   Tal si fe Flegiàs nell' ira accolta.

Lo duca mio discese nella barca,
   E poi mi fece entrare appresso lui,
   E sol, quand' i' fui dentro, parve carca.

Tosto che 'l duca, ed io nel legno fui,
   Segando se ne va l'antica prora
   Dell' acqua, più che non suol con altrui.

Mentre noi corravam la morta gora,
   Dinanzi mi si fece un pien di fango,
   E disse : Chi se' tu, che vieni anzi ora?

Ed io a lui : S' i' vegno, non rimango :
   Ma tu chi se', che sì se' fatto brutto?
   Rispose : Vedi, che son un che piango.

Ed io a lui : Con piangere e con lutto,
   Spirito maladetto, ti rimani :
   Ch' i' ti conosco, ancor sie lordo tutto.

« Phlégias, Phlégias [1], cette fois tes cris sont vains, lui dit mon maître ; nous ne serons avec toi que pour passer le marais. »

Celui qui découvre soudain l'insigne tromperie qu'on lui a faite, en est vivement irrité ; ainsi Phlégias s'irrite et se contient pourtant.

Mon guide alors prend place dans la barque et m'appelle auprès de lui. La barque ne parut chargée que lorsque j'y fus entré.

Aussitôt que la nacelle nous eut reçus, mon guide et moi, l'antique proue creusa l'eau d'un sillon plus profond qu'elle n'avait jamais fait, chargée de ses passagers accoutumés [2].

Tandis que nous courions sur l'immobilité de cette eau morte, un damné tout fangeux, se dressant devant moi : « Qui es-tu, toi, et pourquoi ici avant l'heure ? » me dit-il.

« Je viens, lui dis-je, et je ne reste pas. Mais qui es-tu toi-même, sous cette dégradation ? »

« Tu le vois, je suis de ceux qui pleurent. »

Et moi : « Reste dans tes pleurs et dans ton désespoir, esprit maudit ; même dans ta fange et dans ta souillure, à présent je te reconnais. »

Allora stese al legno ambe le mani :
   Perchè 'l maestro, accorto, lo sospinse,
   Dicendo, Via costà, con gli altri cani.

Lo collo poi, con le braccia, mi cinse :
   Baciommi 'l volto, e disse : Alma sdegnosa,
   Benedetta colei, che 'n te s'incinse.

Que' fu al mondo persona orgogliosa :
   Bontà non è, che sua memoria fregi :
   Così s'è l'ombra sua qui furiosa.

Quanti si tengono or lassù gran regi,
   Che qui staranno, come porci in brago,
   Di se lasciando orribili dispregi.

Ed io : Maestro, molto sarei vago
   Di vederlo attuffare in questa broda,
   Prima che noi uscissimo del lago.

Ed egli a me : Avanti che la proda
   Ti si lasci veder, tu sara' sazio :
   Di tal disio converrà, che tu goda.

Dopo ciò poco vidi quello strazio
   Far di costui alle fangose genti,
   Che Dio ancor ne lodo, e ne ringrazio.

Tutti gridavano, a Filippo Argenti :
   Lo Fiorentino spirito bizzarro,
   In se medesmo si volgea co' denti.

Il tendit ses deux mains vers la barque ; mais le guide attentif : « Va-t'en, chien, avec les autres chiens! » s'écria-t-il en le repoussant.

Puis, m'entourant le cou de ses deux bras, il me baisa au visage et me dit : « Ame aux indignations généreuses, bénie soit celle qui t'a porté dans ses flancs! Celui que je chasse fut dans le monde un orgueilleux. Rien de bon ne recommande sa mémoire, et son ombre, ici, en est furieuse. Combien, là-haut, qui se prennent pour de grands rois, se rouleront ici dans la fange, à la façon des pourceaux, ne laissant après eux que d'effroyables mépris! »

Et moi : « Quelle joie, ô mon maître, si je voyais cette âme superbe se débattre dans cette bourbe, tandis que nous sommes encore sur le lac! »

Et lui : « Avant que le rivage se montre à nos yeux, tu seras content. Ton désir est juste : il sera satisfait. »
Presque aussitôt je vis les fangeux habitants du marais accabler ce superbe d'outrages si cruels, que j'en rends grâce encore et louanges au Seigneur. Tous criaient: « A Philippe Argenti! [3] » Et le Florentin altier, dans sa rage, se mordait et s'en prenait à lui-même.

Quivi 'l lasciammo, che più non ne narro :
   Ma negli orecchi mi percosse un duolo,
   Perch' i' avanti intento l' occhio sbarro :

E 'l buon maestro disse : Omai, fighuolo,
   S' appressa la città, ch' ha nome Dite,
   Co' gravi cittadin, col grande stuolo.

Ed io : Maestro, già le sue meschite
   Là entro certo nella valle cerno
   Vermiglie, come se di fuoco uscite

Fossero : ed ei mi disse : Il fuoco eterno,
   Ch' entro l' affuoca, le dimostra rosse,
   Come tu vedi in questo basso 'nferno.

Noi pur giugnemmo dentro all' alte fosse,
   Che vallan quella terra sconsolata :
   Le mura mi parea, che ferro fosse.

Non senza prima far grande aggirata,
   Venimmo in parte, dove 'l nocchier forte
   Uscite, ci gridò, quì è l' entrata.

I' vidi più di mille in su le porte
   Da ciel piovuti, che stizzosamente
   Dicean, Chi è costui, che, senza morte,

Va per lo regno della morta gente?
   E 'l savio mio maestro fece segno
   Di voler lor parlar segretamente :

Là nous le laissons, et je n'en dis plus rien.

Alors de grandes lamentations me frappèrent l'oreille, et je portai devant moi mes regards attentifs.

« A cette heure, dit le maître, est près de nous la ville dont le nom est Dité [4], avec son peuple immense, avec ses citoyens si rudement châtiés. »

« Oui, lui dis-je, et j'entrevois déjà dans la vallée ses mosquées, vermeilles [5] comme si-elles sortaient du brasier. »

« L'incendie éternel, répliqua-t-il, qui les brûle au dedans les fait paraître rouges, comme tu le vois, même dans cette partie basse de l'enfer. »

Arrivés aux fossés profonds qui entourent cette terre des désolations, il me sembla que les murs étaient d'airain.

Après quoi nous venons, par un long circuit, à l'endroit où le nocher, d'une voix forte, s'écrie : « Sortez, voici la porte ! »

En ce moment j'en vis par milliers, sur le seuil, de ces tombés du ciel comme une pluie, qui disaient avec colère : « Qui donc est celui-là, qui, sans être mort, s'en va par le royaume des morts ? »

Et mon maître témoigna par un signe qu'il voulait leur parler en secret.

Allor chiusero un poco il gran disdegno,
   E disser : Vien tu solo, e quei sen vada,
   Che sì ardito entrò per questo regno.

Sol si ritorni per la folle strada :
   Pruovi, se sa, che tu quì rimarrai,
   Che gli hai scorta sì buja contrada.

Pensa, Lettor, s' i' mi disconfortai,
   Nel suon delle parole maladette :
   Ch' i' non credetti ritornarci mai.

O caro duca mio, che più di sette
   Volte m' hai sicurtà renduta, e tratto
   D' alto periglio, che 'ncontra mi stette,

Non mi lasciar, diss' io, così disfatto :
   E se l' andar più oltre c' è negato,
   Ritroviam l' orme nostre insieme ratto.

E quel signor, che lì m' avea menato,
   Mi disse, Non temer : che 'l nostro passo
   Non ci può torre alcun, da tal n' è dato.

Ma quì m' attendi, e lo spirito lasso
   Conforta, e ciba di speranza buona :
   Ch' i' non ti lascerò nel mondo basso.

Così sen va, e quivi m' abbandona
   Lo dolce padre, ed io rimango in forse :
   Che sì, e nò nel capo mi tenzona.

Alors, réfrénant un peu leur colère, ils dirent : « Viens seul et que celui-ci s'en aille ; c'est déjà trop qu'il ait osé pénétrer jusqu'ici ; qu'il reprenne sa folle route ou que du moins il l'essaie : ici tu resteras, toi, qui l'as guidé dans cette ténébreuse région. »

Pense, à ce coup, lecteur, si je fus consterné par ces paroles maudites ! Je crus alors ne jamais revenir.

« O mon guide chéri ! m'écriai-je, plus de sept fois déjà tu m'as rendu le courage et tué des grands périls qui se dressaient contre moi, ne m'abandonne pas dans ma détresse, et, s'il m'est refusé d'aller plus loin, retrouvons promptement ensemble la trace de nos pas. »

Et lui qui m'avait conduit jusque-là : « Rassure-toi : nul ne peut nous fermer le passage, tant est grand le pouvoir qui nous l'accorde. Seulement, attends-moi là, raffermis ton esprit abattu, et nourris-le d'une bonne espérance : je ne t'abandonnerai pas dans ce monde infernal. »

A ces mots paternels, il s'en va, et moi, resté seul, je retombe en mon doute, avec le oui le non se querellant dans ma tête.

Udir non pote' quello, ch' a lor porse :
   Ma ei non stette là con essi guari.
   Che ciascun dentro a pruova si ricorse.

Chiuser le porte que' nostri avversari
   Nel petto al mio signor, che fuor rimase,
   E rivolsesi a me con passi rari.

Gli occhi alla terra, e le ciglia avea rase
   D' ogni baldanza, e dicea ne' sospiri,
   Chi m' ha negate le dolenti case?

E a me disse : Tu, perch' io m' adiri,
   Non sbigottir : ch' i' vincerò la pruova,
   Qual, ch' alla difension dentro s' aggiri.

Questa lor tracotanza non è nuova,
   Che già l' usaro a men segreta porta,
   La qual senza serrame ancor si truova.

Sovr' essa vedestù la scritta morta :
   E già di qua da lei discende l' erta,
   Passando, per li cerchi, senza scorta,

Tal che per lui ne fia la terra aperta.

Que dit-il à ces âmes? Je l'ignore; mais il ne resta guère avec elles : toutes s'enfuirent précipitamment vers leur abri, et l'ennemi ferma sa porte à la face de mon maître, qui resta dehors et s'en revint à pas lents de mon côté.

Les yeux à terre et le front abattu, il soupirait, se disant : « Qui donc m'a refusé l'entrée de la cité douloureuse? » Et, s'adressant à moi : « Si je suis indigné, me dit-il, ne te trouble pas; je viendrai à bout de cette épreuve, quelle que soit la résistance qui conspire là-dedans.

« Leur audace n'est pas nouvelle : ils en ont déjà fait l'essai sur une porte moins secrète et restée sans verroux [6]. Tu as lu, au-dessus, l'inscription fatale.

« Mais, en deçà de cette porte, il descend déjà le rocher, seul, sans guide, et venant de cercle en cercle, celui par qui la ville doit s'ouvrir. »

—

CANTO NONO

Quel color, che viltà di fuor mi pinse,
    Veggendo 'l duca mio tornare in volta,
    Più tosto dentro il suo nuovo ristrinse.

Attento si fermò, com' uom, ch' ascolta :
    Che l' occhio nol potea menare a lunga,
    Per l' aer nero, e per la nebbia folta.

Pure a noi converrà vincer la punga,
    Cominciò ei : se non, tal ne s' offerse.
    Oh quanto tarda a me, ch' altri qui giunga !

I' vidi ben, sì com' ei ricoperse
    Lo cominciar con l' altro, che poi venne,
    Che fur parole alle prime diverse.

Ma nondimen paura il suo dir dienne,
    Perch' i' traeva la parola tronca,
    Forse a piggior sentenzia, ch' e' non tenne.

CHANT NEUVIÈME

La couleur livide dont ma lâcheté me couvrit le visage, quand je vis mon guide s'en retourner sur ses pas, fit disparaître sa pâleur d'un moment. Attentif, il s'arrêta comme un homme qui écoute, car son regard ne pouvait aller bien loin par cet air sombre et dans ce brouillard épais.

« Il faut pourtant, disait-il, que ce soit ma volonté qui l'emporte! ou bien!.. Il s'est offert un tel appui! Oh! qu'il tarde à venir! »

Je vis bien que ces dernières paroles démentaient le commencement de son discours. Cependant ma frayeur en augmenta, parce que je tirai de ces mots entrecoupés un sens plus mauvais peut-être que celui qu'ils renfermaient. « Maître, au fond de cette triste fosse est-il jamais descendu quelque âme du premier cercle, où la seule peine est l'espérance perdue? »

In questo fondo della trista conca
　　Discende mai alcun del primo grado,
　　Che sol per pena ha la speranza cionca?

Questa question fec' io : e quei : Di rado
　　Incontra, mi rispose, che di nui
　　Faccia 'l cammino alcun, per quale i' vado.

Ver' è, ch' altra fiata quaggiù fui
　　Congiurato da quella Eriton cruda,
　　Che richiamava l' ombre a' corpi sui.

Di poco era di me la carne nuda :
　　Ch' ella mi fece 'ntrar dentro a quel muro,
　　Per trarne un spirto del cerchio di Giuda.

Quell' è il più basso luogo, e 'l più oscuro,
　　E 'l più lontan dal ciel, che tutto gira :
　　Ben so 'l cammin : però ti fa sicuro.

Questa palude, che 'l gran puzzo spira,
　　Cinge d' intorno la città dolente,
　　U' non potemo entrare omai sanz' ira ;

E altro disse : ma non l'ho a mente :
　　Perocchè l' occhio m' avea tutto tratto,
　　Ver l' alta torre alla cima rovente,

Ove in un punto vidi dritte ratto
　　Tre furie infernal, di sangue tinte,
　　Che membra femminili avèno, e atto,

A cette question il répondit : « Rarement il arrive qu'un de nous prenne le chemin que je suis en ce moment. Une fois cependant je fus forcé de descendre dans les bas fonds de l'enfer par les conjurations de cette infâme Erycto [1], qui rappelait à volonté les âmes à leurs corps. Il y avait peu de temps que ma chair était vide de moi, lorsque la sorcière me poussa dans ces murailles, afin d'en retirer un damné du cercle de Judas. C'est là le fond de l'abîme, c'est l'obscurité la plus profonde, c'est le point le plus éloigné du ciel, qui contient toutes choses. Sois tranquille; j'en connais le chemin.

« Ce marais, qui exhale la grande puanteur, entoure la cité de douleur où nous ne pouvons plus entrer maintenant sans combat. »

A ces paroles il en ajouta beaucoup d'autres; mais je n'ai rien de plus en mémoire; j'étais tout entier à la contemplation de cette tour aux cimes flamboyantes. Au même instant, trois furies infernales, trois femmes (elles en avaient le geste et la forme extérieure), toutes teintes de sang, se dressèrent devant moi. Une ceinture d'hydres verdâtres se tordait à leurs flancs; elles avaient pour

E con idre verdissime eran cinte :
   Serpentelli, e ceraste avean per crine,
   Onde le fiere tempie eran' avvinte.

E quei, che ben conobbe le meschine
   Della regina dell' eterno pianto,
   Guarda, mi disse, le feroci Erine.

Quest' è Megera dal sinistro canto :
   Quella, che piange dal destro, è Aletto :
   Tesifone è nel mezzo : e tacque a tanto.

Con l' unghie si fendea ciascuna il petto :
   Batteansi a palme, e gridavan sì alto,
   Ch' i' mi strinsi al poeta, per sospetto.

Venga Medusa : sì 'l farem di smalto,
   Dicevan tutte, riguardando in giuso :
   Mal non vengiammo in Teseo l'assalto.

Volgiti 'ndietro, e tien lo viso chiuso :
   Che se 'l Gorgon si mostra, e tu 'l vedessi,
   Nulla sarebbe del tornar mai suso :

Così disse 'l maestro : ed egli stessi
   Mi volse, e non si tenne alle mie mani,
   Che con le sue ancor non mi chiudessi.

O voi, ch' avete gl' intelletti sani,
   Mirate la dottrina, che s' asconde
   Sotto 'l velame degli versi strani.

chevelure des vipères et des aspics qui s'entrelaçaient sur leur tempes cruelles [2].

D'un coup d'œil, il reconnut les suivantes de la reine des lamentations éternelles. « Regarde-les, me dit-il, voilà les Furies. Tu vois Mégère, à la gauche ; celle qui pleure, à droite, c'est Alecto ; Tisiphone est au milieu. » Puis il se tut.

Chacune d'elles s'enfonçait les ongles dans la poitrine ; elles se battaient entre elles avec les mains, et poussaient des cris terribles ; dans ma frayeur, je me serrai contre le poete.

« Vienne donc Méduse ! criaient les trois Erinnyes, en regardant en bas, nous le changerons en pierre. Nous ne nous sommes pas assez vengées de Thésée et de son audacieuse entreprise. »

« Détourne-toi et prends garde à tenir tes yeux bien fermés, car si la Gorgone se montre et si ton regard vient à la rencontrer, tout espoir de remonter là-haut est perdu. »

Ainsi parla le maître ; et lui-même il me fit tourner le visage en arrière, et, ne se fiant pas assez à mes mains, avec les siennes encore il me couvrit les yeux.

O vous, qui avez l'entendement sain, soyez attentifs à la doctrine qui se cache sous ces vers mystérieux !

E già venìa su, per le torbid' onde,
    Un fracasso d'un suon pien di spavento,
    Per cui tremavano amendue le sponde,

Non altrimenti fatto, che d'un vento
    Impetuoso per gli avversi ardori,
    Che fier la selva, sanza alcun rattento :

Gli rami schianta, abbatte, e porta i fiori :
    Dinanzi polveroso va superbo,
    E fa fuggir le fiere, e gli pastori.

Gli occhi mi sciolse, e disse : or drizza 'l nerbo
    Del viso su per quella schiuma antica,
    Per indi, ove quel fummo è più acerbo.

Come le rane innanzi alla nimica
    Biscia per l'acqua si dileguan tutte,
    Fin ch' alla terra ciascuna s'abbica,

Vid' io più di mille anime distrutte
    Fuggir così dinanzi ad un, ch' al passo
    Passava Stige con le piante asciutte.

Dal volto rimovea quell' aer grasso,
    Menando la sinistra innanzi spesso,
    E sol di quell' angoscia parea lasso.

Ben m'accorsi ch' egli era del ciel messo,
    E volsimi al maestro, e quei fe' segno,
    Ch' i' stessi cheto, ed inchinassi ad esso.

Déjà, sur les ondes troublées, se prolongeaient, avec
un immense fracas, des bruits pleins d'épouvante ; ils
ébranlaient les deux bords du marais.

Ainsi il arrive, lorsque le vent, rendu plus impétueux
par des chaleurs ennemies, livre un combat sans relâche
à la forêt ; déchire les rameaux, les brise, les emporte,
et s'en va devant lui, dans son orgueil et sa poussière,
mettant en fuite les troupeaux et les bergers.

A la fin mon guide ouvrit mes yeux, en me disant :
« Dirige le nerf de ta vue sur cette écume antique, au
point même d'où s'exhale la plus épaisse vapeur. »

Devant la couleuvre ennemie, les grenouilles aussitôt
se dispersent et nagent çà et là, jusqu'à ce que toutes se
soient enfouies dans la vase ; de même je vis plus de mille
de ces âmes réprouvées s'enfuir devant quelqu'un qui
s'avançait sur le Styx à pied sec.

Il écartait de son visage cette vapeur impure en agitant
sa main gauche, et il paraissait n'avoir souci que de ce
travail.

Je m'aperçus bien que c'était un messager du ciel, et
je me retournai vers mon guide, qui m'avertit par un signe
de me taire et de me courber. Oh ! combien sur son visage

Ahi quanto mi parea pien di disdegno !
   Giunse alla porta , e con una verghetta
   L' aperse , che non v' ebbe alcun ritegno.

O cacciati del Ciel , gente dispetta ,
   Cominciò egli in su l'orribil soglia ,
   Ond' esta oltracotanza in voi s' alletta?

Perchè ricalcitrate a quella voglia ,
   A cui non puote 'l fin mai esser mozzo ,
   E che più volte v' ha cresciuta doglia?

Che giova nelle fata dar di cozzo?
   Cerbero vostro , se ben vi ricorda ,
   Ne porta ancor pelato il mento e 'l gozzo.

Poi si rivolse per la strada lorda ,
   E non fe motto a noi : ma fe sembiante
   D' uomo , cui altra cura stringa , e morda ,

Che quella di colui , che gli è davante :
   E noi movemmo i piedi inver la terra ,
   Sicuri appresso le parole sante.

Dentro v' entrammo , sanza alcuna guerra :
   Ed io , ch' avea di riguardar disio
   La condizion , che tal fortezza serra ,

Com' i' fu' dentro , l' occhio intorno invio ,
   E veggio ad ogni man grande campagna ,
   Piena di duolo , e di tormento rio.

se montrait de dédain! Arrivé près de la porte, avec une baguette il frappe, et la porte obéit.

« Vils exilés du ciel, race abjecte, s'écria-t-il sur l'horrible seuil, qui donc nourrit en vous une telle audace, et vous pousse une fois de plus contre cette volonté qui jamais ne manque son but, et qui tant de fois aggrava vos tourments? Que vous sert-il de vous heurter aux destins? Votre Cerbère, vous devriez le savoir, en est encore tout déchiré à la gorge et au museau [3]!»

Ceci dit, il s'en retourna par le sentier fangeux, sans nous adresser une parole. Tel un homme stimulé et mordu au cœur par un tout autre souci que celui des gens qu'il a sous les yeux.

Nous, cependant, rassurés par les saintes paroles, nous tournons nos pas vers cette terre de Dité, où nous pénétrons sans plus d'obstacle.

Et moi qui avais un grand désir de savoir quelles destinées renfermait cette enceinte fortifiée, à peine y fus-je entré, je portai mes regards à l'entour, et je vis de tous côtés une vaste campagne féconde en douleurs et en tourments.

Sì come ad Arli, ove 'l Rodano stagna,
   Sì com' a Pola presso del Quarnaro,
   Ch' Italia chiude, e i suoi termini bagna,

Fanno i sepolcri tutto 'l loco varo ;
   Così facevan quivi d' ogni parte,
   Salvo che 'l modo v' era più amaro :

Che tra gli avelli fiamme erano sparte,
   Per le quali eran sì del tutto accesi,
   Che ferro più non chiede verun' arte.

Tutti gli lor coperchi eran sospesi,
   E fuor n' uscivan sì duri lamenti,
   Che ben parean di miseri, e d' offesi.

Ed io : Maestro, quai son quelle genti,
   Che seppellite dentro da quell' arche
   Sì fan sentir con gli sospir dolenti?

Ed egli a me : Quì son gli eresiarche
   Co' lor seguaci d' ogni setta, e molto
   Più, che non credi, son le tombe carche.

Simile quì con simile è sepolto :
   E i monimenti son più, e men caldi :
   E poi ch' alla man destra si fu volto,

Passammo tra i martiri, e gli alti spaldi.

Aux lieux où le Rhône n'est plus qu'un marais, non
loin de la ville d'Arles[4], tout comme à Pola, voisine
du Quarnaro qui ferme l'Italie et baigne ses frontières,
d'anciennes tombes ont bossué le sol ; ainsi faisaient ici
les tombeaux pressés de toutes parts, mais avec un
redoublement d'horreur, car ces tombeaux étaient enveloppés de flammes au milieu desquelles ils devenaient
aussi incandescents que peut l'être le fer pour l'usage
d'aucun métier.

Tous leurs couvercles étaient soulevés, et il s'en
échappait des accents lamentables. C'était bien la désolation de malheureux torturés !

« Maître, quelles sont les âmes ensevelies au fond
de ces cercueils, qui s'annoncent par de si douloureux
gémissements? »

Et lui à moi : « Ce sont les hérésiarques et leurs
complices de toute secte. Ces tombes sont bien plus
encombrées que tu ne le penses : le semblable y est
enseveli à côté de son semblable. Mais le feu n'est pas
le même pour tous les tombeaux. »

Et, tournant à droite, nous passâmes entre les supplices
et les remparts.

CANTO DECIMO

Ora sen' va, per un segreto calle,
   Tra 'l muro della terra, e gli martiri,
   Lo mio maestro, ed io dopo le spalle.

O virtù somma, che per gli empi giri
   Mi volvi, cominciai, com' a te piace,
   Parlami, e soddisfammi a' miei desiri.

La gente, che, per li sepolcri, giace,
   Potrebbesi veder? già son levati
   Tutti i coperchi, e nessun guardia face.

Ed egli a me : Tutti saran serrati,
   Quando di Josaffà quì torneranno,
   Co i corpi, che lassù hanno lasciati.

Suo cimitero da questa parte hanno
   Con Epicuro tutti i suoi seguaci,
   Che l' anima col corpo morta fanno.

CHANT DIXIÈME

Par un sentier ménagé entre la muraille et les martyrisés, mon maître s'avance et je le suis.

« Puissant esprit, m'écriai-je, toi qui me fais tourner comme il te plaît dans les cercles impies, réponds et contente mon désir. Ces foules d'âmes, qui sont là, gisantes au fond des sépulcres, ne pourrait-on pas les voir? Tous les couvercles sont levés, et personne qui les surveille. »

Et lui : « Ils seront tous fermés quand les âmes retourneront ici de Josaphat, ayant repris les corps qu'elles ont laissés là-haut. Epicure et tous ses prosélytes, pour avoir affirmé que l'âme doit mourir avec le corps, sont enfouis de ce côté. C'est du fond de ces tombes qu'il sera fait réponse à la question que tu m'as adressée et même à celle que tu me tais. »

Però alla dimanda, che mi faci,
　　Quinc' entro soddisfatto sarai tosto,
　　E al disio ancor, che tu mi taci.

Ed io : Buon duca, non tegno nascosto
　　A te mio cuor se non per dicer poco,
　　E tu m' hai non pur mo a ciò disposto.

O Tosco, che per la città del foco
　　Vivo ten' vai così parlando onesto,
　　Piacciati di restare in questo loco.

La tua loquela ti fa manifesto
　　Di quella nobil patria natìo,
　　Alla qual forse fui troppo molesto.

Subitamente questo suono uscio
　　D' una dell' arche : pero m' accostai,
　　Temendo, un poco più, al duca mio.

Ed ei mi disse : Volgiti, che fai?
　　Vedi là Farinata, che s' è dritto :
　　Dalla cintola 'n su tutto 'l vedrai.

I' avea già 'l mio viso nel suo fitto :
　　Ed ei s' ergea col petto, e con la fronte,
　　Come avesse lo 'nferno in gran dispitto :

E l' animose man del duca, e pronte
　　Mi pinser tra le sepolture a lui,
　　Dicendo, le parole tue sien conte.

Et moi : « Bon guide, si je ne te dis pas toutes mes pensées, c'est pour être sobre de paroles et fidèle à cette discrétion que tu m'as toi-même recommandée. »   .

« O Toscan, qui vas ainsi, tout vivant, par la cité de feu, en parlant avec tant de courtoisie, qu'il te plaise de t'arrêter un moment. Ton langage dit clairement que tu es né dans ce noble pays, auquel je n'ai peut-être été que trop funeste. »

Telle fut la voix qui subitement sortit d'une de ces tombes; et, tout tremblant, je me rapprochai de mon guide.

« Que fais-tu? me dit-il; tourne-toi et regarde Farinata[1] qui se dresse dans sa tombe : de la tête au nombril tu peux le voir. » Déjà mes yeux étaient fixés sur les yeux de Farinata. Il se haussait de la poitrine et du front, comme s'il avait l'enfer en grand mépris.

Alors, d'une main prompte et confiante, mon guide me poussa vers lui à travers les sépultures, en disant : « Va et parle nettement. »

Tosto ch' al piè della sua tomba fui,
   Guardommi un poco, e poi, quasi sdegnoso,
   Mi dimandò : Chi fur gli maggior tui?

Io, ch' era d' ubbidir disideroso,
   Non ghel celai, ma tutto ghele apersi :
   Ond' ei levò le ciglia un poco in soso :

Poi disse : Fieramente furo avversi
   A me, e a' miei primi, e a mia parte ;
   Sì che per duo fiate gli dispersi.

S' ei fur cacciati, e' tornar d' ogni parte,
   Risposi lui, l' una, e l' altra fiata :
   Ma i vostri non appreser ben quell' arte.

Allor surse alla vista scoperchiata
   Un' ombra, lungo questa, infino al mento :
   Credo, che s' era inginocchion levata.

D' intorno mi guardò, come talento
   Avesse di veder, s' altri era meco :
   Ma, poi che 'l sospicciar fu tutto spento,

Piangendo disse : se per questo cieco
   Carcere vai per altezza d' ingegno ;
   Mio figlio ov' è, e perchè non è teco?

Ed io a lui : Da me stesso non vegno :
   Colui, ch' attende là, per qui mi mena,
   Forse cui Guido vostro ebbe a disdegno.

Dès que je fus au pied de sa tombe, il me regarda un instant : « Quels furent tes ancêtres? me demanda cet esprit dédaigneux. »

Empressé d'obéir, je lui dis qui j'étais et je lui nommai tous les miens. Alors, d'un sourcil plus hautain : « Tes ancêtres, dit-il, furent de cruels adversaires à moi, aux miens et à ceux de mon parti. Aussi bien les ai-je chassés par deux fois. »

« S'ils furent chassés deux fois, lui répondis-je, ils revinrent par deux fois de tous les côtés. Cet art de revenir, les vôtres ne l'ont guère bien appris [2].

Alors de cette tombe sans couvercle un autre esprit [3] se dressa près de celui qui me parlait, mais jusqu'au menton seulement; je crois qu'il s'était levé sur ses genoux.

Il regarda tout à l'entour comme pour s'assurer si quelque autre était avec moi. Puis, lorsque son soupçon fut écarté, il me dit en pleurant : « Puisque, grâce à ton génie sublime, tu viens visiter cette prison ténébreuse, réponds, où est mon fils, et pourquoi n'est-il pas avec toi? »

« Je ne viens pas de moi-même, lui répondis-je. Celui qui attend là m'a amené. Peut-être votre Guido eut-il pour lui trop de dédain. »

Le sue parole, e 'l modo della pena
   M' avevan di costui già letto il nome :
   Però fu la risposta così piena.

Disubito drizzato gridò : Come
   Dicesti, egli ebbe? non viv' egli ancora?
   Non fiere gli occhi suoi lo dolce lome?

Quando s' accorse d' alcuna dimora,
   Ch' i' faceva dinanzi alla risposta,
   Supin ricadde, e più non parve fuora.

Ma quell' altro magnanimo, a cui posta
   Restato m' era, non mutò aspetto,
   Ne mosse collo, nè piegò sua costa :

E se, continuando al primo detto,
   Egli han quell' arte, disse, male appresa,
   Ciò mi tormenta più, che questo letto.

Ma non cinquanta volte fia raccesa
   La faccia della donna, che qui regge,
   Che tu saprai quanto quell' arte pesa :

E se tu mai nel dolce mondo regge,
   Dimmi, perchè quel popolo è sì empio
   Incontr' a' miei, in ciascuna sua legge?

Ond' io a lui : Lo strazio, e 'l grande scempio,
   Che fece l' Arbia colorata in rosso,
   Tal orazion fa far nel nostro tempio.

Ses paroles et le genre de son châtiment m'avaient déjà
dit le nom de cette ombre; c'est pourquoi je lui répondis
si vite et si bien.

Se dressant brusquement, il s'écrie : « Comment dis-tu,
il eut? Mon fils ne vit-il plus? La douce lumière ne
frappe-t-elle plus ses yeux? »

J'hésitais; il s'aperçut que je cherchais ma réponse;
alors il tomba à la renverse et ne reparut plus.

Mais l'esprit magnanime pour qui je restais obstinément
à cette place, ne changea pas de visage. Immobile et
inflexible, il reprit l'entretien où il l'avait laissé.

« Si les miens, dit-il, ont mal appris cet art du
retour, j'en suis plus tourmenté que de ce lit de l'enfer.
Mais la Dame [1] qui commande ici n'aura pas rallumé
cinquante fois sa face éteinte, que tu sauras combien un
pareil art vaut peu. Dis-moi (et à ce prix puisses-tu
retrouver bientôt le doux monde!), dis-moi pourquoi ce
peuple, dans toutes ses lois, se montre si impitoyable
contre les miens? »

« Cette haine, répondis-je, qui parle contre vous dans
le temple des lois [1], c'est le souvenir sanglant du carnage
de l'Arbia [5] qui nous l'inspire. »

Poi ch' ebbe sospirando il capo scosso,
  A ciò non fu' io sol, disse, nè certo
  Sanza cagion sarei con gli altri mosso :

Ma fu' io sol colà, dove sofferto
  Fu per ciascun di torre via Fiorenza,
  Colui, che la difesi a viso aperto.

Deh se riposi mai vostra semenza,
  Prega' io lui, solvetemi quel nodo,
  Che qui ha inviluppata mia sentenza.

E' par, che voi veggiate, se ben odo,
  Dinanzi quel, che 'l tempo seco adduce,
  E nel presente tenete altro modo.

Noi veggiam, come quei, ch' ha mala luce,
  Le cose, disse, che ne son lontano ;
  Cotanto ancor ne splende 'l sommo Duce :

Quando s' appressano, o son, tutto è vano
  Nostro 'ntelletto, e s' altri non ci apporta,
  Nulla sapem di vostro stato umano.

Però comprender puoi, che tutta morta
  Fia nostra conoscenza da quel punto,
  Che del futuro fia chiusa la porta.

Allor, come di mia colpa compunto,
  Dissi : Or direte dunque a quel caduto,
  Che 'l suo nato è co' vivi ancor congiunto.

Il secoua la tête, et, en soupirant : « Je n'y étais pas seul à l'Arbia, dit-il, et certes ce n'est pas sans de puissants motifs que je pris part à l'action avec les autres. Mais j'étais vraiment seul quand tout le monde consentait à la destruction de Florence, et c'est moi seul qui la défendis à visage découvert. »

« Puisse le ciel, lui répondis-je, donner un jour la paix à votre postérité ! Mais ici un nœud secret étouffe ma pensée : c'est à vous à le trancher. Il paraît, si je vous comprends bien, que vous avez le don de prévoir les choses que le temps amène avec lui. et qu'en revanche, vous ne savez rien des choses du présent.

« Nous y voyons, répondit-il, comme celui qui a la vue mauvaise : nous voyons les choses qui sont loin de nous, dernier rayon dont nous éclaire le maître souverain ! Quand les événements s'approchent ou s'accomplissent, toute clairvoyance nous échappe, et, à moins qu'un autre ne vienne nous en instruire, nous ne savons rien de votre condition humaine. Tu peux donc comprendre maintenant que toute notre prescience s'éteindra du jour où, pour nous, se fermera la porte de l'avenir. »

Alors, comme repentant d'une faute commise, je dis : « Faites savoir à celui qui vient de tomber que son fils est encore parmi les vivants. Et si j'ai hésité tout à l'heure

E s'io fu' dianzi alla risposta muto,
 Fat'ei saper, che 'l fei, perchè pensava
 Già nell'error, che m'avete soluto.

E già'l maestro mio mi richiamava :
 Perch'i' pregai lo spirito più avaccio,
 Che mi dicesse, chi con lui si stava.

Dissemi : Qui con più di mille giaccio :
 Qua entro è lo secondo Federico,
 E 'l Cardinale, e degli altri mi taccio :

Indi s'ascose : ed io inver l'antico
 Poeta volsi i passi, ripensando
 A quel parlar, che mi parea nemico.

Egli si mosse : e poi così andando,
 Mi disse : Perchè se' tu sì smarrito?
 Ed io li soddisfeci al suo dimando.

La mente tua conservi quel, ch'udito
 Hai contra te, mi comandò quel saggio,
 E ora attendi qui, e drizzò 'l dito.

Quando sarai dinanzi al dolce raggio
 Di quella, il cui bell'occhio tutto vede,
 Da lei saprai di tua vita il viaggio.

Appresso volse a man sinistra il piede :
 Lasciammo 'l muro, e gimmo inver lo mezzo,
 Per un sentier, ch'ad una valle fiede,

Che 'n fin lassù facea spiacer suo lezzo.

à lui répondre, c'est que j'étais déjà tourmenté en moi-même du doute que vous venez d'éclaircir. »

Mais déjà le maître me rappelait, et je priai l'esprit plus instamment de me dire quels autres étaient avec lui.

Il répondit : « Je suis ici gisant au milieu de plus de mille : Là est Frédéric [6] ; ici, le cardinal [7]. Quant aux autres, je me tais. »

A ces mots, il s'enfonça dans sa tombe, et moi je tournai mes pas vers l'antique poete, repassant dans mon esprit ces paroles qui me paraissaient une prédiction menaçante.

Il se mit en marche, et, tout en allant, il me disait : « Pourquoi es-tu si troublé? » Et je lui dis pourquoi j'étais troublé.

« Prends bien soin de garder le souvenir de ces présages ; et cependant sois attentif, me dit-il, un doigt levé. Quand tu seras devant le doux rayon de celle [8] dont le bel œil voit tout, tu sauras d'elle les secrets du voyage de ta vie. »

Puis il se détourna vers la gauche, et nous laissâmes les murailles pour nous diriger au centre par un sentier aboutissant à une autre vallée ; déja elle laisait monter jusqu'à nous ses fétides exhalaisons.

CANTO DECIMOPRIMO

—

In su l' estremità d' un' alta ripa,
    Che facevan gran pietre rotte in cerchio,
    Venimmo sopra più crudele stipa :

E quivi per l'orribile soperchio
    Del puzzo, che 'l profondo abisso gitta,
    Ci raccostammo dietro ad un coperchio

D' un grand' avello, ov' io vidi una scritta,
    Che diceva : Anastagio Papa guardo,
    Lo qual trasse Fotin della via dritta.

Lo nostro scender conviene esser tardo,
    Sì, che s' ausi un poco prima il senso
    Al tristo fiato, e poi non fia riguardo :

Così 'l maestro : ed io, alcun compenso,
    Dissi lui, truova, che 'l tempo non passi
    Perduto : ed egli : Vedi, ch' a ciò penso.

CHANT ONZIÈME

A l'extrémité d'un escarpement formé par l'accumulation circulaire de grandes pierres brisées, nous parvenons à un ramas de damnés encore plus tourmentés. Mais l'insupportable excès de puanteur qui s'exhalait du profond abîme nous repoussa derrière le couvercle d'un grand tombeau qui portait une inscription : « Je garde le pape Anastase [1] que Photin détourna de la bonne voie. » Ainsi disait l'inscription.

« Il convient de descendre lentement, afin d'accoutumer peu à peu nos sens à ces émanations fétides : bientôt nous n'y prendrons plus garde. »

Ainsi parla le maître; et moi : « Trouve, lui dis-je, quelque expédient pour que le temps ne s'envole pas sans profit. »

Figliuol mio, dentro da cotesti sassi,
   Cominciò poi a dir, son tre cerchietti
   Di grado in grado, come que', che lassi.

Tutti son pien di spirti maladetti :
   Ma perchè poi ti basti pur la vista,
   Intendi come, e perchè son costretti.

D' ogni malizia, ch' odio in cielo acquista,
   Ingiuria è il fine, e ogni fin cotale,
   O con forza, o con frode altrui contrista.

Ma perchè frode è dell' uom proprio male,
   Più spiace a Dio : e però stan di sutto
   Gli frodolenti, e più dolor gli assale.

De' violenti il primo cerchio è tutto :
   Ma perchè si fa forza a tre persone,
   In tre gironi è distinto, e costrutto.

A Dio, a se, al prossimo si puone
   Far forza, dico in se, ed in lor cose,
   Com' udirai con aperta ragione.

Morte per forza, e ferute doghose
   Nel prossimo si danno, e nel suo avere
   Ruine, incendi, e tollette dannose :

Onde omicide, e ciascun, che mal fiere,
   Guastatori, e predon tutti tormenta
   Lo giron primo, per diverse schiere.

Et lui : « Ainsi fais-je. Mon fils, sous ce rempart de
rochers sont trois cercles qui vont se rétrécissant de degré
en degré, comme ceux que tu viens de quitter. Ils sont
chargés d'esprits maudits. Mais pour que tu ne t'arrêtes
pas à les interroger, apprends comment et pourquoi ils
y sont renfermés.

« Toute méchanceté qui provoque la colère céleste a
pour principe et pour fin l'injustice qui procède tantôt
par la violence, tantôt par la fraude. Et comme la fraude
est le vrai crime de l'humaine nature, il n'en est pas qui
déplaise à Dieu davantage. Aussi les frauduleux sont-ils
enfouis plus au fond et en proie à de plus cruels
châtiments.

« Le premier de ces trois cercles est occupé par les
hommes de violence. Mais comme la violence peut se
commettre à l'égard de trois sortes de personnes, ce
cercle se divise en trois enceintes d'expiation.

« On peut faire violence, en effet, à Dieu, à soi, à son
prochain, de deux manières : ou dans leur personne ou
dans les choses qui leur appartiennent. Un raisonnement
bien simple te le fera comprendre.

« On nuit au prochain, dans sa personne, par la mort
violente et par des blessures douloureuses; dans ses biens,
par la ruine, l'incendie et la spoliation. Ainsi le meurtrier,
qu'il tue ou qu'il blesse, le dévastateur et le voleur sont
tous, et par bandes distinctes, tourmentés dans la première
enceinte que voici.

Puote uomo avere in se man violenta,
   E ne' suoi beni : e però nel secondo
   Giron convien, che, sanza pro, si penta

Qualunque priva se del vostro mondo,
   Biscazza, e fonde la sua facultade.
   E piange, là dove esser dee giocondo.

Puossi far forza nella Deitade,
   Col cuor negando, e bestemmiando quella,
   E spregiando natura, e sua bontade :

E però lo minor giron suggella
   Del segno suo, e Soddoma, e Caorsa,
   E chi, spregiando Dio, col cuor favella.

La frode, ond' ogni coscienza è morsa,
   Può l'uomo usare in colui, che 'n lui fida,
   Ed in quei, che fidanza non imborsa.

Questo modo di retro par, ch' uccida
   Pur lo vincol d'amor, che fa natura,
   Onde nel cerchio secondo s' annida

Ipocrisia, lusinghe, e chi affattura,
   Falsità, ladroneccio, e simonia,
   Ruffian, baratti, e simile lordura.

Per l'altro modo quell' amor s' obblia,
   Che fa natura, e quel, ch' è poi aggiunto,
   Di che la fede spezial si cria :

« L'homme peut aussi porter sur soi-même ou sur ses biens une main violente : il est juste alors que, dans la seconde enceinte, celui-là soit puni d'un repentir sans mérites, qui s'exile volontairement de votre monde ; celui-là aussi qui dissipe follement sa fortune et se rend misérable avec toutes les conditions du bonheur.

« On violente, en le reniant, Dieu lui-même ; le blasphème est une violence ; une violence aussi, le mépris de la nature et de ses bienfaits.

« Voilà pourquoi, dans l'enceinte la plus étroite, sont marqués du même sceau brûlant Sodome et Cahors [2], et quiconque, en pensée ou par paroles, attente à la suprême majesté.

« La fraude, qui laisse à toute conscience qu'elle mord une trace de sa morsure, peut nuire également et à l'homme qui se fie à nous et à celui qui nous refuse sa confiance. Ce dernier genre de fraude, moins coupable que le premier, brise seulement les liens d'affection naturelle qui rapprochent les hommes. Aussi c'est dans la seconde enceinte que sont enserrés les hypocrites, les flatteurs, ceux qui jettent des sorts, les faussaires, les escrocs et les simoniaques, les rufiens, les filous et autre engeance impure.

« Mais par la première espèce de fraude, on met en oubli tout à la fois et cet amour que la nature inspire, et cet autre sentiment plus particulier d'où naît une mutuelle confiance.

Onde nel cerchio minore, ov' è il punto
   Dell' universo, in su che Dite siede,
   Qualunque trade, in eterno è consunto.

Ed io : Maestro, assai chiaro procede
   La tua ragione, e assai ben distingue
   Questo baratro, e 'l popol, che 'l possiede.

Ma dimmi : Quei della palude pingue,
   Che mena 'l vento, e che batte la pioggia,
   E che s' incontran con sì aspre lingue,

Perchè non dentro della città roggia
   Son ei puniti, se Dio gli ha in ira?
   E se non gli ha, perchè sono a tal foggia?

Ed egli a me : Perchè tanto delira,
   Disse, lo 'ngegno tuo da quel, ch' e' suole?
   Over la mente dove altrove mira?

Non ti rimembra di quelle parole,
   Con le quai la tua Etica pertratta
   Le tre disposizion, che 'l Ciel non vuole,

Incontinenza, malizia, e la matta
   Bestialitade? e come incontinenza
   Men Dio offende, e men biasimo accatta?

Se tu riguardi ben questa sentenza,
   E rechiti alla mente, chi son quelli,
   Che su di fuor sostengon penitenza,

« Voilà pourquoi, au fond du dernier cercle, au centre
de cet univers, au lieu même où siége Dité [3], quiconque
trahit est éternellement consumé. »

Et moi : « Maître, ton raisonnement est parfaitement
clair : il m'explique très-bien les divisions de cet abîme
et du peuple qu'il renferme. Dis-moi cependant, ceux
qui se vautrent dans le lac de boue, ceux qu'emporte le
vent, que fouette la pluie, et ceux qui s'entre-choquent
avec ces paroles sauvages, pourquoi ne sont-ils pas châtiés
dans la cité ardente, si Dieu les a dans sa colère ; sinon,
pourquoi les châtier ainsi ? »

Et lui à moi : « Pourquoi ton esprit, ordinairement si
juste, s'égare-t-il ainsi ? Serait-ce donc qu'un autre objet
l'attire ailleurs ? Ne te souvient-il plus en quels termes le
maître [4] a parlé de ces trois mauvais penchants que Dieu
réprouve. à savoir, l'incontinence, la méchanceté et la
stupide brutalité ? L'incontinence, disait-il, est une
moindre offense à Dieu, et mérite moins de blâme. Si tu
approfondis bien cette doctrine, et si tu reportes ta pensée
à ceux qui subissent leur châtiment hors de cette enceinte,
tu comprendras pourquoi ils sont séparés de ces pervers
et pourquoi la justice de Dieu les frappe avec moins de
courroux. »

Tu vedrai ben, perchè da questi felli
    Sien dipartiti, e perchè men crucciata
    La divina giustizia gli martelli.

O sol, che sani ogni vista turbata.
    Tu mi contenti sì, quando tu solvi,
    Che non men, che saver, dubbiar m'aggrata.

Ancora un poco 'ndietro ti rivolvi,
    Diss'io, là dove dî, ch'usura offende
    La divina bontade, e 'l groppo svolvi.

Filosofia, mi disse, a chi l'attende,
    Nota non pure in una sola parte.
    Come natura lo suo corso prende

Dal divino 'ntelletto, e da sua arte :
    E se tu ben la tua Fisica note,
    Tu troverai, non dopo molte carte,

Che l'arte vostra quella, quanto puote,
    Segue, come 'l maestro fa il discente,
    Sì che vostr'arte a Dio quasi è nipote.

Da queste due, se tu ti rechi a mente
    Lo Genesi dal principio. conviene
    Prender sua vita, e avanzar la gente.

E perchè l'usuriere altra via tiene.
    Per se natura, e per la sua seguace,
    Dispregia, poichè in altro pon la spene.

« O lumière qui guérirais la vue la plus malade, toute
difficulté est par toi si clairement résolue, que le doute a
presque autant de charme pour moi que la certitude ! Si
pourtant il te plaisait de revenir un peu en arrière, tu
m'expliquerais comment il se fait que l'usure soit une
offense à la divine bonté ! »

« La philosophie bien comprise, me dit-il, nous apprend
et nous répète que la nature est une pure émanation de
l'intelligence de Dieu et de son art; or, si tu te reportes
à la physique d'Aristote, tu trouveras, sans trop de
recherches, que l'art, autant qu'il est en lui, se conforme
à la nature, comme un disciple qui marche sur les pas
du maître ; si bien qu'il est, pour ainsi dire, le petit-fils
de Dieu [5].

« Tu comprends maintenant, si tu te souviens des
premiers versets de la Genèse, que l'humanité puise
justement à ces deux sources la vie et le progrès.
Quiconque, comme l'usurier, marche par une autre voie,
insulte tout à la fois la nature et l'art qui en est l'imitation : celui-là a placé ses espérances où il ne devait pas
les placer [6].

Ma seguimi oramai, che 'l gir mi piace :
 Che i Pesci guizzan su per l'orizzonta,
 E 'l Carro tutto sovra 'l Coro giace,

E 'l balzo via là oltre si dismonta.

« A présent suis-moi ; il faut que j'avance : déjà les Poissons brillent sur l'horizon et le Chariot[7] touche à Corus. Encore un pas : c'est par là qu'on descend le rocher. »

CANTO DECIMOSECONDO

—

Era lo loco, ove a scender la riva
   Venimmo, alpestro, e per quel ch'iv'er'anco,
   Tal, ch'ogni vista ne sarebbe schiva.

Qual' è quella ruina, che nel fianco
   Di qua da Trento l'Adice percosse,
   O per tremuoto, o per sostegno manco :

Che da cima del monte, onde si mosse,
   Al piano è sì la roccia discoscesa,
   Ch'alcuna via darebbe a chi su fosse ;

Cotal di quel burrato era la scesa :
   E 'n su la punta della rotta lacca
   L'infamia di Creti era distesa,

Che fu concetta nella falsa vacca :
   E quando vide noi, se stessa morse,
   Sì come quei, cui l'ira dentro fiacca.

CHANT DOUZIÈME

Véritablement la roche était affreuse : l'escarpement et ce qu'on y découvrait auraient effrayé le regard le plus hardi.

A cette grande ruine, qu'un tremblement de terre ou le manque d'appui jeta en deçà de la ville de Trente, sur un des flancs de l'Adige, la roche est si abrupte depuis la cime où se fit la chute jusqu'à la plaine, que sur ses pentes aucun chemin n'est possible. Ainsi s'escarpait la descente de ce précipice, et sur le sommet brisé d'une roche était étendu le fléau de la Crète ¹, ce Minotaure que la fausse Génisse avait conçu.

Dès qu'il nous vit, de rage il se mordit lui-même.

Lo savio mio in ver lui gridò : Forse,
 Tu credi, che qui sia 'l Duca d'Atene,
 Che su nel mondo la morte ti porse?

Partiti, bestia, che questi non viene
 Ammaestrato dalla tua sorella,
 Ma vassi per veder le vostre pene.

Qual' è quel toro, che si slaccia in quella,
 Ch'ha ricevuto già 'l colpo mortale,
 Che gir non sa, ma qua e là saltella,

Vid' io lo Minotauro far cotale :
 E quegli accorto gridò, corri al varco :
 Mentre ch'è 'n furia, è buon, che tu ti cale.

Così prendemmo via giù per lo scarco
 Di quelle pietre, che spesso moviensi,
 Sotto i miei piedi, per lo nuovo carco.

Io gìa pensando : e quei disse : Tu pensi
 Forse a questa rovina, ch'è guardata
 Da quell'ira bestial, ch'io ora spensi.

Or vo', che sappi, che l'altra fiata,
 Ch'i' discesi quaggiù nel basso 'nferno,
 Questa roccia non era ancor cascata.

Ma certo poco pria (se ben discerno),
 Che venisse colui, che la gran preda
 Levò a Dite del cerchio superno,

Et mon guide : « Crois-tu par hasard que tu vas rencontrer ici le prince d'Athènes qui de toi là-haut fit justice? Loin d'ici, brute! celui que voici ne vient pas endoctriné par ta sœur. Il n'est ici que pour voir vos supplices. »

Semblable au taureau qui se précipite du côté où déjà il reçut le coup mortel, et qui, ne pouvant courir, bondit çà et là; tel je vis le Minotaure.

Et mon guide attentif me cria : « Vite, cours à l'entrée; descends, il en est temps, ne vois-tu pas qu'il est furieux ? »

Nous reprîmes notre route par cet amas de cailloux qui, chargés d'un poids inconnu, roulaient sous nos pieds à chaque pas.

Je marchais tout rêveur, et le maître : « Tu songes peut-être à ces ruines gardées par la fureur brutale que je viens d'amortir? Écoute-moi : la première fois que je descendis au fond de l'enfer, cette roche n'était pas encore ainsi fracassée. Mais certainement peu de temps, si mon compte est exact, avant la venue de celui[2] qui enleva la grande proie au cercle supérieur de Dité, l'infecte et profonde vallée éprouva de toutes parts de violentes convulsions; je crus alors que l'univers tressaillait encore de cet amour créateur[3] qui a donné à croire que le monde était plus d'une fois retombé dans le chaos. Et

Da tutte parti l' alta valle feda
   Tremò sì, ch' i' pensai, che l' universo
   Sentisse amor, per lo quale è, chi creda

Più volte 'l Mondo in Caos converso :
   Ed in quel punto, questa vecchia roccia,
   Quì, e altrove tal fece riverso.

Ma ficca gli occhi a valle : che s' approccia
   La riviera del sangue, in la qual bolle,
   Qual che per violenza in altrui noccia.

O cieca cupidigia, o ira folle,
   Che sì ci sproni nella vita corta,
   E nell' eterna poi sì mal c' immolle !

I' vidi un' ampia fossa in arco torta,
   Come quella, che tutto 'l piano abbraccia,
   Secondo ch' avea detto la mia scorta :

E tra 'l piè della ripa, ed essa in traccia
   Correan Centauri armati di saette,
   Come solean nel mondo andare a caccia.

Vedendoci calar ciascun ristette,
   E della schiera tre si dipartiro,
   Con archi, e asticciuole prima elette :

E l' un gridò da lungi : A qual martiro
   Venite voi, che scendete la costa ?
   Ditel costinci, se non l' arco tiro.

la vieille roche se rompit, et ses débris ont formé tous
ces précipices.

« Mais fixe les yeux sur la vallée : nous approchons de
la rivière de sang où ceux-là sont condamnés à bouillir,
qui ont violenté leurs semblables. O aveugle passion, ô
colère insensée qui, dans notre courte vie, nous presses
de tes aiguillons, et, morts, nous submerges dans ce
bouillonnement éternel! »

Et je vis une immense fosse (mon guide me l'avait
bien dit), creusée en arc comme celle qui enceint toute
la plaine. Entre le pied du rocher et le bord de cette
fosse, couraient des Centaures armés de flèches, comme
c'était leur coutume quand ils allaient à la chasse sur la
terre.

A mesure que nous descendons, ils s'arrêtent, et trois
d'entre eux s'écartent de la troupe, l'arc en main et la
flèche sur la corde tendue.

Et l'un cria de loin : « Pour quel supplice descendez-
vous la côte? Répondez de l'endroit où vous êtes, sinon
je tire. »

Lo mio maestro disse : La risposta
　　Farem noi a Chiron, costà di presso :
　　Mal fu la voglia tua sempre sì tosta.

Poi mi tentò, e disse : Quegli è Nesso,
　　Che morì per la bella Dejanira,
　　E fe di se la vendetta egli stesso :

E quel di mezzo, ch'al petto si mira,
　　È 'l gran Chirone, il qual nudrì Achille :
　　Quell'altr'è Folo, che fu sì pien d'ira.

Dintorno al fosso vanno a mille a mille,
　　Saettando quale anima si svelle
　　Del sangue più che sua colpa sortille.

Noi ci appressammo a quelle fiere snelle :
　　Chiron prese uno strale, e con la cocca
　　Fece la barba indietro alle mascelle.

Quando s'ebbe scoperta la gran bocca,
　　Disse a' compagni : Siete voi accorti,
　　Che quel di rietro muove ciò ch'c' tocca?

Così non soglion fare i piè de' morti.
　　E 'l mio buon duca, che già gli era al petto,
　　Ove le duo nature son consorti,

Rispose : Ben è vivo, e sì soletto
　　Mostrarli mi convien la valle buja :
　　Necessità 'l c'induce, e non diletto.

Mon maître dit : « Mal t'en a pris d'être toujours si emporté dans tes désirs : c'est à Chiron que nous répondrons tout à l'heure. »

Puis, me touchant légèrement, il me dit : « Celui-ci est Nessus qui est mort pour la belle Déjanire et qui sut lui-même tirer vengeance de sa propre mort.

« Celui du milieu qui se regarde à la poitrine, c'est le Centaure Chiron, le précepteur d'Achille. Cet autre, c'est Pholus, le furieux.

« Ils courent par milliers, autour de la fosse, transperçant de leurs flèches toute âme qui sort de la rivière de sang au delà du niveau que lui assigne sa faute. »

Bientôt nous fûmes près de ces monstres agiles : Chiron saisit une flèche ; de la coche il retrousse sa barbe derrière l'une et l'autre mâchoire, et, sa grande bouche ainsi découverte, il dit à ses compagnons : « Avez-vous pris garde à celui qui vient le dernier ? il fait mouvoir ce qu'il touche ! Les pieds des morts n'ont pas coutume de faire ainsi. »

Déjà mon guide avait rejoint le Centaure : il le touchait au point où les deux natures se marient. « Certes, répliqua-t-il, il est bien vivant, et je suis chargé de lui montrer la vallée ténébreuse. Il ne cède pas, en venant ici, à une vaine curiosité : il obéit à une loi suprême. Elle [4] a un moment suspendu l'éternel *Alleluia* celle qui

Tal si partì da cantare alleluja,
　　Che ne commise quest' uficio nuovo,
　　Non è ladron, nè io anima fuja.

Ma per quella virtù, per cu' io muovo
　　Li passi miei per sì selvaggia strada,
　　Danne un de' tuoi, a cui noi siamo a pruovo,

Che ne dimostri, là ove si guada,
　　E che porti costui in su la groppa,
　　Che non è spirto, che per l' aer vada.

Chiron si volse in su la destra poppa,
　　E disse a Nesso : Torna, e sì gli guida,
　　E fa cansar, s' altra schiera v' intoppa.

Noi ci movemmo con la scorta fida
　　Lungo la proda del bollor vermiglio,
　　Ove i bolliti facèno alte strida.

I' vidi gente sotto infino al ciglio :
　　E 'l gran Centauro disse : Ei son tiranni,
　　Che dier nel sangue, e nell'aver di piglio.

Quivi si piangon gli spietati danni :
　　Quiv' è Alessandro, e Dionisio fero,
　　Che fe Cicilia aver dolorosi anni :

E quella fronte, ch'ha 'l pel così nero,
　　E Azzolino; e quell' altro, ch' è biondo,
　　E Obizzo da Esti, il qual per vero

m'a donné cette mission nouvelle. Il n'est pas un réprouvé, et moi-même je ne suis pas une âme criminelle.

« Donc, au nom de la puissance qui conduit mes pas dans ce chemin sauvage, donne-nous, pour voyager de compagnie avec nous, un de tes Centaures qui nous enseigne où la rivière est guéable, et qui porte en croupe ce vivant qui ne sait pas voler dans les airs comme un esprit. »

Chiron, tournant la tête à droite : « Va, dit-il à Nessus; sois leur guide et les protège si une autre troupe vient à les rencontrer. »

Sous cette escorte fidèle, nous longeons les rivages de ce sang en ébullition où les damnés, en bouillant, jetaient d'effroyables cris.

J'en vis qui en avaient jusqu'aux sourcils, et le grand Centaure : « Tu vois, dit-il, les tyrans dont la vie a été pleine de meurtres et de rapines. Ici s'expient les crimes des cœurs qui furent sans pitié. Voici Alexandre de Phère et Denys le Tyran, qui a donné à la Sicile de si sombres années.

« Le front que recouvre une si noire chevelure, c'est Ezzelino [5]; cet autre est le blond Obizzo d'Est qui, très-certainement, fut tué là-haut par son beau-fils. »

Fu spento dal figliastro su nel mondo.
　　Allor mi volsi al poeta, e quei disse,
　　Questi ti sia or primo, ed io secondo.

Poco più oltre 'l Centauro s'affisse
　　Sovr'una gente, che 'n fino alla gola
　　Parea, che di quel Bulicame uscisse.

Mostrocci un'ombra dall'un canto sola,
　　Dicendo : Colui fesse in grembo a Dio
　　Lo cuor, che 'n su Tamigi ancor si cola.

Po' vidi genti, che di fuor del rio
　　Tenean la testa, e ancor tutto 'l casso :
　　E di costoro assai riconobb' io.

Così a più a più si facea basso
　　Quel sangue sì, che copria pur li piedi :
　　E quivi fu del fosso il nostro passo.

Sì come tu da questa parte vedi
　　Lo Bulicame, che sempre si scema,
　　Disse 'l Centauro, voglio che tu credi,

Che da quest'altr'a più a più giù prema
　　Lo fondo suo, infin ch'ei si raggiunge,
　　Ove la tirannia convien, che gema.

La divina giustizia di qua punge
　　Quell' Attila, che fu flagello in terra,
　　E Pirro, e Sesto, ed in eterno munge

A ces mots, je me tournai vers le poete : « Oui, dit-il, que Nessus soit ici le premier à t'instruire, je serai le second. »

Quelques pas plus loin, le Centaure s'arrêta au-dessus d'une foule qui paraissait avoir la tête hors de ce lac bouillant, et, nous montrant un damné seul à l'écart, il dit : « En voilà un qui frappa jusque dans le sein de Dieu [6], un cœur toujours honoré aux bords de la Tamise. »

J'en vis d'autres qui avaient la tête et toute la poitrine hors du lac. Parmi ceux-là j'en reconnus plusieurs.

De plus en plus s'abaissait le niveau du sang : à peine s'il baignait les pieds des coupables quand nous fûmes arrivés au point du fleuve où se fit notre passage.

Et le Centaure : « De ce côté, tu le vois, la source sanglante va sans cesse en décroissant; apprends que, de l'autre côté, elle va toujours plus profonde et plus pesante, jusqu'à ce qu'elle s'arrête au point même où les tyrans, submergés, reçoivent leur punition.

« C'est là que le Dieu juste tourmente Attila, qui fut le fléau de la terre, Pyrrhus et Sextus [7]. C'est là que, pour l'éternité, à chaque bouillonnement qui les met en

Le lagrime, che col bollor disserra
A Rinier da Corneto, a Rinier Pazzo,
Che fecero alle strade tanta guerra :

Poi si rivolse, e ripassossi 'l guazzo.

lambeaux, la douleur arrache des pleurs à René de
Corneto et à René de Pazzi [8], ces héros de grands
chemins. »

Il dit, se retourne et repasse le gué.

CANTO DECIMOTERZO

Non era ancor di là Nesso arrivato,
  Quando noi ci mettemmo per un bosco,
  Che da nessun sentiero era segnato.

Non frondi verdi, ma di color fosco;
  Non rami schietti, ma nodosi e 'nvolti;
  Non pomi v' eran, ma stecchi con tosco.

Non han sì aspri sterpi, nè sì folti
  Quelle fiere selvagge, che 'n odio hanno
  Tra Cecina e Corneto i luoghi colti.

Quivi le brutte Arpie lor nido fanno,
  Che cacciar delle Strofade i Trojani,
  Con tristo annunzio di futuro danno.

Ale hanno late, e colli, e visi umani,
  Piè con artigli, e pennuto 'l gran ventre:
  Fanno lamenti in su gli alberi strani.

CHANT TREIZIÈME

—

Nessus n'avait pas encore atteint l'autre rive, que déjà nous pénétrions dans un bois où nul sentier n'était tracé.

Là, au lieu de vertes feuilles, un feuillage de couleur sinistre ; point de rameaux lisses, mais un branchage noueux et tourmenté, et, au lieu de fruits, des épines et du poison.

Les bêtes fauves qui ont en horreur les campagnes cultivées entre la Cécina et Corneto [1], n'habitent pas des repaires plus âpres et plus épais.

C'est là qu'elles font leur nid les affreuses harpies [2] qui, aux Strophades, mirent les Troyens en fuite avec le triste présage de leurs malheurs à venir. Elles ont de larges ailes, le cou et le visage de forme humaine, des pieds armés de serres, un ventre énorme recouvert de plumes : du haut de ces arbres hideux, elles jettent leurs lamentations.

E 'l buon maestro : Prima che più entre,
    Sappi, che se' nel secondo girone,
    Mi cominciò a dire, e sarai, mentre

Che tu verrai nell'orribil Sabbione.
    Però riguarda bene, e sì vedrai
    Cose, che torrien fede al mio sermone.

I' sentia d'ogni parte tragger guai,
    E non vedea persona, che 'l facesse :
    Perch'io tutto smarrito m'arrestai.

I' credo, ch'ei credette, ch'io credesse,
    Che tante voci uscisser tra que' bronchi
    Da gente, che per noi si nascondesse :

Però, disse 'l maestro, se tu tronchi
    Qualche fraschetta d'una d'este piante,
    Li pensier, ch'hai, si faran tutti monchi.

Allor porsi la mano un poco avante,
    E colsi un ramuscel da un gran pruno,
    E 'l tronco suo gridò, Perchè mi schiante ?

Da che fatto fu poi di sangue bruno,
    Ricominciò a gridar, Perchè mi scerpi ?
    Non hai tu spirto di pietate alcuno ?

Uomini fummo, ed or sem fatti sterpi ;
    Ben dovrebb'esser la tua man più pia,
    Se state fossim'anime di serpi.

Et le bon maître : « Avant d'aller plus loin, sois averti que nous voici dans la seconde enceinte : elle va se prolongeant jusqu'aux sables affreux. Regarde bien, et tu verras des choses dont le récit paraîtrait incroyable. »

J'entendais gémir de toutes parts, et je ne voyais cependant personne qui gémît. Etonné, je m'arrêtai.

Mon guide crut sans doute que je croyais que ces cris étaient poussés par des esprits qui se cachaient de nous au milieu de cet épais fourré.

« Si tu brises, me dit-il, quelque petit rameau d'un de ces arbres, toutes te spensées seront bientôt déconcertées. »

Alors, avançant la main, je détache une petite branche d'un grand arbre épineux, et le tronc crie aussitôt : « Ah ! pourquoi me déchirer[3] ? »

Et tout noir de sang, il criait encore : « Pourquoi me briser? es-tu donc sans pitié? Nous avons été des hommes; maintenant nous sommes des arbres. Ne fussions-nous que des âmes de reptiles, ta main devrait être plus charitab'e. »

Come d'un stizzo verde, che arso sia
   Dall'un de' capi, che dall'altro geme,
   E cigola, per vento, che va via,

Così di quella scheggia usciva insieme
   Parole, e sangue : ond'i' lasciai la cima
   Cadere, e stetti, come l'uom, che teme.

S'egli avesse potuto creder prima,
   Rispose 'l savio mio, anima lesa,
   Ciò ch'ha veduto, pur con la mia rima,

Non averebbe in te la man distesa :
   Ma la cosa incredibile mi fece
   Indurlo ad ovra, ch'a me stesso pesa.

Ma dilli, chi tu fosti, sì che 'n vece
   D'alcuna ammenda, tua fama infreschi
   Nel mondo su, dove tornar gli lece.

E 'l tronco ; Sì, col dolce dir, m'adeschi,
   Ch'i' non posso tacere : e voi non gravi,
   Perch'io un poco a ragionar m'inveschi.

I' son colui, che tenni ambo le chiavi
   Del cuor di Federigo, e che le volsi,
   Serrando e disserrando, sì soavi,

Che dal segreto suo quasi ogni uom tolsi :
   Fede portai al glorioso ufizio
   Tanto, ch'i ne perde' le vene e' polsi.

Un tison vert qui brûle par un bout, pleure à l'autre bout en petillant avec l'air qui s'en dégage ; ainsi de ce rameau brisé s'échappèrent tout ensemble des paroles et du sang. Je laissai tomber le rameau, et je restai comme un homme qui a peur.

« Ame blessée, reprit mon guide, s'il avait pu croire ce qu'il a pourtant lu dans mes vers, il n'aurait pas ainsi porté la main sur toi. Mais la chose était si peu vraisemblable, que je l'ai poussé à une action que je me reproche à moi-même.

« Dis-lui, cependant, qui tu étais là-haut, pour qu'il puisse te dédommager, en ravivant ta mémoire dans le monde où le retour lui est permis. »

Et l'arbre, à son tour : « Ta parole est si engageante. que je ne saurais me taire ; mais que du moins je ne vous sois pas importun si je m'engage dans un trop long parler.

« C'est moi qui tins, de mon vivant, les deux clés du cœur de l'empereur Frédéric [4]. Pour ouvrir et pour fermer j'avais la main si douce, que personne n'eut, comme moi, sa confiance. A ce glorieux office j'apportai tant de fidélité, que j'y perdis le sommeil et les battements de la vie.

La meretrice, che mai dall'ospizio
   Di Cesare non torse gli occhi putti,
   Morte comune, e delle corti vizio,

Infiammò contra me gli animi tutti,
   E gl'infiammati infiammar sì Augusto,
   Che i lieti onor tornaro in tristi lutti.

L'animo mio, per disdegnoso gusto,
   Credendo, col morir, fuggir disdegno,
   Ingiusto fece me, contra me, giusto.

Per le nuove radici d'esto legno
   Vi giuro, che giammai non ruppi fede
   Al mio signor, che fu d'onor sì degno:

E se di voi alcun nel mondo riede,
   Conforti la memoria mia, che giace
   Ancor del colpo, che 'nvidia le diede.

Un poco attese, e poi, da ch'ei si tace,
   Disse 'l poeta a me, Non perder l'ora,
   Ma parla, e chiedi a lui se più ti piace.

Ond'io a lui: Dimandal tu ancora
   Di quel, che credi, ch'a me soddisfaccia:
   Ch'i' non potrei, tanta pietà m'accora.

Però ricominciò: Se l'uom ti faccia
   Liberamente ciò, che 'l tuo dir piega,
   Spirito 'ncarcerato: ancor ti piaccia

« Cette courtisane, cette peste⁵, la perte des cours,
dont le regard impudent interroge sans cesse les palais
de César, enflamma contre moi tous les esprits. A leur
tour ils enflammèrent Auguste de leurs ressentiments, et
le joyeux éclat de mes honneurs se changea bientôt en
tristesse et en funérailles. Mon âme, dans un excès
d'indignation, crut par la mort échapper au mépris :
innocent, je portai sur moi une main coupable !

« Je jure, par les racines nouvelles de cet arbre, que
je restai fidèle à un maître qui mérita si bien d'être
honoré ; si l'un de vous deux retourne au monde, qu'il
y relève la mémoire de Pierre Desvignes, encore abattue
sous les coups de l'envie. »

Le poete attendit, et bientôt : « Puisqu'il se tait, me
dit-il, profite du moment, parle et demande encore ce
qu'il te plaît de savoir. »

Et moi à lui : « Toi-même interroge-le sur les choses
que j'aurais à demander : quant à moi, je ne pourrais,
tant la pitié m'attriste. »

Et Virgile reprit : « Si cet homme est prêt à obéir à ta
parole, âme captive, qu'il te plaise encore de nous dire
comment les âmes sont liées dans ces troncs noueux,

Di dune, come l'anima si lega
   In questi nocchi : e dinne, se tu puoi,
   S'alcuna mai da tai membra si spiega.

Allor soffiò lo tronco forte, e poi
   Si convertì quel vento in cotal voce ;
   Brevemente sarà risposto a voi.

Quando si parte l'anima feroce
   Dal corpo, ond'ella stessa s'è disvelta,
   Minos la manda alla settima foce.

Cade in la selva, e non l'è parte scelta,
   Ma là dove fortuna la balestra :
   Quivi germoglia, come gran di spelta.

Surge in vermena, ed in pianta silvestra :
   L'Arpìe pascendo poi delle sue foglie
   Fanno dolore, e al dolor finestra.

Come l'altre, verrem per nostre spoglie,
   Ma non però ch'alcuna sen rivesta :
   Che non è giusto aver ciò, ch'uom si toglie.

Qui le strascineremo, e per la mesta
   Selva saranno i nostri corpi appesi,
   Ciascuno al prun dell'ombra sua molesta.

Noi eravamo ancora al tronco attesi,
   Credendo ch'altro ne volesse dire,
   Quando noi fummo d'un romor sorpresi,

et, autant que tu le peux, dis-nous si jamais âme se
dépouille d'une si rude enveloppe. »

Alors il s'échappa du tronc même un souffle violent,
et ce souffle devint une voix : « On vous répondra, dit-
elle, en peu de mots.

« Quand l'âme, dans sa fureur, quitte le corps dont elle
s'est elle-même violemment séparée, Minos la plonge au
septième cercle. Elle tombe dans la forêt, n'importe où ;
mais en quelque lieu que le hasard la sème, elle germe
comme un grain d'épeautre. Puis le germe devient un
arbrisseau, et l'arbrisseau devient un arbre de la forêt.
Les harpies broutent son feuillage et de chaque déchirure
font sortir une douleur.

« Pour nous aussi le jour viendra où nous irons pour
reprendre nos dépouilles mortelles, sans pouvoir nous en
revêtir : il n'est pas juste que l'homme recouvre ce qu'il
s'est volontairement ravi à lui-même. Nous les traînerons
ici même, et, dans la forêt sinistre, ces misérables
corps resteront suspendus, chacun à l'arbre de son âme
emprisonnée. »

Comme nous écoutions encore, attendant que l'arbre
en dît davantage, nous fûmes attirés par un bruit
semblable à celui qu'entend le chasseur à l'affût, lorsque

Similemente a colui, che venire
    Sente 'l porco, e la caccia alla sua posta,
    Ch'ode le bestie e le frasche stormire.

Ed ecco duo dalla sinistra costa
    Nudi, e graffiati, fuggendo sì forte,
    Che della selva rompieno ogni rosta.

Quel dinanzi: Ora accorri, accorri, Morte;
    E l'altro, a cui pareva tardar troppo,
    Gridava, Lano, sì non furo accorte

Le gambe tue alle giostre del Toppo.
    E poichè forse gli fallia la lena,
    Di se e d'un cespuglio fe' un groppo.

Dnietro a loro era la selva piena
    Di nere cagne, bramose, e correnti,
    Come veltri, ch'uscisser di catena.

In quel, che s'appiattò, miser li denti,
    E quel dilacerato a brano a brano,
    Poi sen' portar quelle membra dolenti.

Presemi allor la mia scorta per mano,
    E menommi al cespuglio, che piangea,
    Per le rotture sanguinenti. invano.

O Jacopo, dicea, da sant'Andrea,
    Che t'è giovato di me fare schermo?
    Che colpa ho io della tua vita rea?

accourt le sanglier entraînant la chasse entière, aux cris
de la meute et aux craquements des broussailles brisées.

Et voici venir à notre gauche deux malheureux, nus
et déchiquetés, qui fuyaient si vite, que, dans leur course,
ils rompaient toutes les branches de la forêt.

L'un allait devant en s'écriant : « Viens donc, viens
donc, ô mort ! » Et l'autre, inquiet de sa propre lenteur :
« O Lano, disait-il, elles ne couraient pas si vite, tes deux
jambes, à l'escarmouche de la Pieve del Toppo[6] ! »
En ce moment sans doute l'haleine lui manque, il
s'arrête près d'un buisson, et ne fait avec lui qu'un seul
et même groupe immobile.

Derrière eux cependant la forêt, hurlante, lançait de
toutes parts des chiennes noires, affamées et rapides
comme des lévriers dont la chaîne vient de se rompre.
Leurs dents s'enfonçant dans les chairs de celui qui s'était
arrêté, le déchirent par morceaux, et elles emportent à
leur gueule ces lambeaux gémissants.

Mon guide alors me prend par la main et me rapproche
du buisson qui pleurait (peine inutile !), à travers ses
sanglantes mutilations.

« O Jacques de Saint-André[7], disait-il, à quoi t'a servi
de t'abriter à mon ombre ? Qu'y a-t-il de commun entre
tes crimes et les miens ? »

Quando 'l maestro fu sovr'esso fermo,
     Disse : Chi fusti, che, per tante punte,
     Soffi col sangue doloroso sermo ?

E quegli a noi : O anime, che giunte
     Siete a veder lo strazio disonesto,
     Ch'ha le mie frondi sì da me disgiunte,

Raccoglietele al piè del tristo cesto ;
     I' fui della città, che nel Battista
     Cangiò 'l primo padrone : ond'e' per questo

Sempre con l'arte sua la farà trista :
     E se non fosse, che 'n sul passo d'Arno
     Rimane ancor di lui alcuna vista ;

Quei cittadin, che poi la rifondarno,
     Sovra 'l cener, che d'Attila rimase,
     Avrebber fatto lavorare indarno ;

I' fe' giubbetto a me delle mie case.

Le maître, arrêté près du buisson : « Qui donc as-'u été, lui dit-il, toi qui, par tant de déchirures, laisses échapper, avec du sang, ces paroles douloureuses ? »

Et lui : « Ames qui arrivez pour être témoins de l'affreuse dévastation qui me dépouille de mes feuilles, ramassez-les au pied de mes tristes rameaux. J'appartiens à la cité qui abandonna, pour saint Jean-Baptiste, Mars, son premier patron [8]. Celui-ci, par vengeance, ne cessera pas de lui faire sentir son terrible géme. Et si ce n'était qu'il reste encore de lui un vestige respecté sur le pont de l'Arno, les citoyens qui rebâtirent la cité de Florence, sur les ruines laissées par Attila, auraient entrepris une tâche vaine.

« Quant à moi, d'une poutre de ma maison, je me fis un gibet ! »

CANTO DECIMOQUARTO

Poichè la carità del natìo loco
  Mi strinse, raunai le fronde sparte,
  E rendéle a colui, ch'era già roco:

Indi venimmo al fine, onde si parte
  Lo secondo giron dal terzo, e dove
  Si vede di giustizia orribil'arte.

A ben manifestar le cose nuove
  Dico, che arrivammo ad una landa,
  Che dal suo letto ogni pianta rimuove.

La dolorosa selva l'è ghirlanda
  Intorno, come 'l fosso tristo ad essa:
  Quivi fermammo i piedi, a randa a randa.

Lo spazzo era una rena arida, e spessa,
  Non d'altra foggia fatta, che colei,
  Che fu da' piè di Caton già soppressa.

CHANT QUATORZIÈME

—

Telles furent ses dernières paroles, et moi, touché
jusque au fond de l'âme par le souvenir de la terre
natale, je recueillis ces feuilles dispersées et je les lui
rendis.

Nous arrivâmes ensuite à l'extrême limite où la seconde
enceinte conduit à la troisième. Là se manifeste en toute
sa terreur l'industrie de la justice divine.

Pour vous bien rendre compte de tant de choses
incroyables, j'ai à dire que nous parvînmes à une lande
dont le sol répugne à toute végétation. La forêt douloureuse l'entoure comme une affreuse guirlande; elle est
elle-même entourée par le triste fossé.

Là, nos pieds s'arrêtèrent sur la lisière du sol nouveau.
La vaste étendue offrait à nos yeux un sable aride et
profond, pareil à celui que les pas de Caton ¹ jadis
avaient foulé.

O vendetta di Dio, quanto tu dei
    Esser temuta da ciascun, che legge
    Ciò che fu manifesto agli occhi miei!

D'anime nude vidi molte gregge,
    Che piangean tutte assai miseramente,
    E parea posta lor diversa legge.

Supin giaceva in terra alcuna gente:
    Alcuna si sedea tutta raccolta,
    E altra andava continuamente.

Quella, che giva intorno, era più molta,
    E quella men, che giaceva al tormento,
    Ma più al duolo avea la lingua sciolta.

Sovra tutto 'l sabbion d'un cader lento
    Piovén di fuoco dilatate falde,
    Come di neve in alpe sanza vento.

Quali Alessandro in quelle parti calde
    D'India vide sovra lo suo stuolo
    Fiamme cadere infino a terra salde:

Perch'e' provvide a scalpitar lo suolo
    Con le sue schiere, perciocchè 'l vapore
    Me' si stingueva, mentre ch'era solo:

Tale scendeva l'eternale ardore:
    Onde la rena s'accendea, com' esca,
    Sotto focile a doppiar lo dolore.

O vengeance de Dieu ! quelle terreur à qui lira plus tard le spectacle qui se découvrit à mes yeux !

J'aperçus des troupeaux d'âmes dépouillées ; toutes elles pleuraient ; si l'amertume était la même, le supplice semblait différent. Celles-ci étaient par terre, étendues sur le dos ; celles-là, accroupies et ramassées sur elles-mêmes ; d'autres marchaient sans cesse et sans fin.

Les âmes qui couraient ainsi en tourbillon étaient les plus nombreuses ; celles qui, pour leur supplice, gisaient à terre, avaient la langue plus active à la plainte. Sur cette arène tombaient, en pluie, et d'une chute lente, de larges flocons de feu, comme fait la neige, quand le vent se tait, sur le sommet des Alpes.

Alexandre le Grand, dans ces brûlantes régions de l'Inde, voyant descendre sur son armée des flammes qui, tombées sur le sol, brûlaient encore, s'avisa de les faire piétiner par ses soldats, étouffant ainsi, en l'isolant, la vapeur embrasée.

De même descendait la flamme éternelle, et l'arène, prenant feu comme l'amorce au choc de la pierre, redoublait le supplice des âmes. Avec leurs misérables

Sanza riposo mai era la tresca
    Delle misere mani, or quindi, or quinci,
    Iscotendo da se l' arsura fresca.

I' cominciai : Maestro, tu, che vinci
    Tutte le cose, fuor che i Dimon duri,
    Ch' all' entrar della porta incontro uscinci :

Chi è quel grande, che non par che curi
    Lo 'ncendio, e giace dispettoso e torto
    Sì, che la pioggia non par che 'l maturi?

E quel medesmo, che si fue accorto,
    Ch'i' dimandava 'l mio duca di lui,
    Gridò, Quale i' fu' vivo, tal son morto.

Se Giove stanchi il suo fabbro, da cui
    Crucciato prese la folgore acuta,
    Onde l' ultimo dì percosso fui,

O s' egli stanchi gli altri, a muta a muta,
    In Mongibello alla fucina negra,
    Gridando, Buon Vulcano, ajuta ajuta ;

Sì com' e' fece alla pugna di Flegra,
    E me saetti di tutta sua forza,
    Non ne potrebbe aver vendetta allegra.

Allora 'l duca mio parlò di forza
    Tanto, ch'i' non l'avea sì forte udito,
    O Capaneo in ciò, che non s'ammorza

mains qui s'agitaient sans cesse et dans tous les sens,
elles se débattaient pour écarter de nouvelles brûlures.

Et moi : « Maître, toi qui as triomphé de tout, hormis
des rudes démons qui, sur le seuil de la porte, s'opposaient
à notre entrée, quel est ce grand réprouvé qui paraît
n'avoir souci de l'incendie, et qui, dédaigneux et insultant, reste étendu comme s'il était à l'abri de la pluie
de feu ? »

Le damné, comprenant que je parlais de lui à mon
guide, s'écria : « Mort, je suis ce que je fus vivant ! Que
Jupiter accable sous le travail de l'enclume le forgeron
qui arma sa colère des foudres aiguës dont je fus frappé
à mon dernier jour ; qu'il fatigue l'un après l'autre, dans
leurs forges enfumées du mont Gibel, tous les Cyclopes,
en s'écriant, comme il fit au combat de Phlégra [2] : « A
l'aide, bon Vulcain, à mon secours ! » Enfin que, de toute
sa force, il me perce des flèches de son tonnerre, il
n'aura jamais, par ma soumission, les pleines joies de la
vengeance ! »

Alors mon guide (il n'avait pas parlé encore avec
cette énergie et avec cet accent) : « O Capanée, en vain
tu blasphèmes : il y a un châtiment dans ton orgueil

La tua superbia, se tu più punito :
    Nullo martiro, fuor che la tua rabbia,
    Sarebbe al tuo furor dolor compito.

Poi si rivolse a me con miglior labbia,
    Dicendo, Quel fu l'un de' sette regi,
    Ch'assiser Tebe; ed ebbe, e par ch'egli abbia

Dio in disdegno, e poco par, che 'l pregi :
    Ma, com'i' dissi lui, li suoi dispetti
    Sono al suo petto assai debiti fregi.

Or mi vien dietro, e guarda, che non metti
    Ancor li piedi nella rena arsiccia :
    Ma sempre al bosco gli ritieni stretti.

Tacendo divenimmo, là 've spiccia,
    Fuor della selva, un picciol fiumicello,
    Lo cui rossore ancor mi raccapriccia.

Quale del Bulicame esce 'l ruscello,
    Che parton poi tra lor le peccatrici,
    Tal per la rena giù sen' giva quello.

Lo fondo suo, e ambo le pendici
    Fatt'eran pietra, e i margini dallato :
    Perch'i' m'accorsi, che 'l passo era lici.

Tra tutto l'altro, ch'io t'ho dimostrato,
    Posciachè noi entrammo, per la porta,
    Lo cui sogliare a nessuno è serrato,

indompté. Nul supplice au delà de ta propre rage ne
serait une digne expiation de tes fureurs. »

Et se tournant vers moi, d'une voix plus douce, il me
dit : « Celui-ci fut un des sept chefs devant Thèbes ².
Toujours il eut Dieu en grand mépris, et il lui refuse
encore sa prière. Insensé ! (je tenais à le lui dire) comme
si ces mépris-là n'étaient pas l'inséparable cortége de son
orgueil !

« Or, maintenant, viens derrière moi et prends garde
de ne pas poser ton pied sur ce sable embrasé. Marche
avec soin sur l'extrême lisière de la forêt. »

Nous arrivons, sans plus rien dire, à l'endroit où jaillit
du bois une petite rivière dont la couleur sanglante est
pour moi encore un objet d'épouvante.

Semblable à la source qui s'échappe en bouillonnant
du Bulicame ⁴, et dont les prostituées de Viterbe se
disputent les eaux tièdes, cette rivière se perdait dans
les sables. Ses deux rives s'étaient durcies : elle avait
même changé en pierre le limon de son lit. Je compris
que c'était là qu'il fallait passer.

« Parmi toutes les choses que je t'ai montrées depuis
que nous sommes entrés par la porte, hélas ! trop ouverte
à tous les coupables, tes yeux n'ont encore vu rien d'aussi

Cosa non fu dagli tu' occhi scorta
    Notabile, com' è 'l presente rio,
    Che sopra se tutte fiammelle ammorta :

Queste parole fur del duca mio :
    Perchè 'l pregai, che mi largisse 'l pasto,
    Di cui largito m' aveva 'l disio.

In mezzo 'l mar siede un paese guasto,
    Diss' egli allora, che s' appella Creta,
    Sotto 'l cui rege fu già 'l mondo casto.

Una montagna v' è, che già fu lieta
    D' acque, e di fronde, che si chiamò Ida,
    Ora è diserta, come cosa vieta.

Rea la scelse già per cuna fida
    Del suo fighuolo, e, per celarlo meglio,
    Quando piangea, vi facea far le grida.

Dentro dal monte sta dritto un gran veglio,
    Che tien volte le spalle inver Damiata,
    E Roma guarda, sì come suo speglio.

La sua testa è di fin' oro formata,
    E puro argento son le braccia, e 'l petto,
    Poi è di rame infino alla forcata :

Da indi in giuso è tutto ferro eletto,
    Salvo che 'l destro piede è terra cotta,
    E sta 'n su quel, più che 'n sul' altro eretto.

merveilleux que ce ruisseau : toute flamme s'éteint qui
passe au dessus de ses vapeurs. »

Telles furent les paroles de mon guide, et je le priai
d'accorder à ma curiosité l'aliment dont il venait de
l'affamer.

Alors il me répondit : « Au milieu de la mer existe une
contrée, entièrement dévastée, dont le nom est la Crète.
Cette contrée eut un roi [5] sous lequel le monde vécut dans
l'innocence.

« Là s'élève une montagne qui s'appelait le mont Ida ;
elle était autrefois charmante de verdure et de belles
eaux ; et, aujourd'hui, comme tout ce qui a vieilli, elle
est déserte et abandonnée.

« Jadis Rhéa la choisit comme l'abri fidèle du berceau
de son fils ; pour mieux cacher l'enfant, elle étouffait
ses cris sous les cris de ses serviteurs.

« Dans les flancs mêmes de la montagne se tient debout
un grand vieillard [6], dont les épaules sont tournées vers
Damiette, dont le regard est fixé sur Rome comme sur
son miroir. Sa tête est de l'or le plus pur, ses bras et
sa poitrine sont du plus bel argent ; il est de cuivre
jusqu'au buste, et du buste à ses pieds, tout est de fer
affiné ; seulement le pied droit est d'argile, et sur ce pied
d'argile il se pose plus souvent que sur l'autre. De ce
colosse chaque partie, à l'exception de l'or, est entamée
par une brisure d'où s'épanchent goutte à goutte des
larmes qui s'amassent et filtrent à travers la montagne.

Ciascuna parte, fuor che l'oro, è rotta
D'una fessura, che lagrime goccia,
Le quali accolte foran quella grotta.

Lor corso in questa valle si diroccia :
Fanno Acheronte, Stige, e Flegetonta :
Poi sen' va giù per questa stretta doccia

Infin là, ove più non si dismonta :
Fanno Cocito : e qual sia quello stagno,
Tu 'l vederai : però qui non si conta.

Ed io a lui : Se 'l presente rigagno
Si deriva così dal nostro mondo,
Perchè ci appar pure a questo vivagno?

Ed egli a me : Tu sai, che 'l luogo è tondo,
E tutto che tu sii venuto molto,
Pure sinistra giù calando al fondo :

Non se ancor per tutto 'l cerchio volto.
Perchè se cosa n'apparisce nuova,
Non dee addur maraviglia al tuo volto.

Ed io ancor : Maestro, ove si truova
Flegetonte, e Leteo, che dell'un taci,
E l'altro dî, che si fa d'esta piova?

In tutte tue question certo mi piaci,
Rispose : ma 'l bollor dell'acqua rossa
Dovea ben solver l'una, che tu faci.

Leur cours les précipite dans cette vallée, où elles
forment l'Achéron, le Styx et le Phlégéton [7]. Bientôt
elles s'écoulent par cet étroit canal, jusqu'au point où
l'on ne descend plus. Alors elles deviennent le Cocyte.
Je ne te parle pas de cet étang : tu le verras bientôt. »

Et moi : « Si cette rivière a sa source dans le monde
habité, comment se fait-il qu'on ne la découvre qu'au
bord de cette enceinte ? »

« Ce lieu est de forme circulaire, me dit-il, tu le sais :
tu as déjà beaucoup marché ; mais toujours en descendant
et tournant à ta gauche ; ainsi le cercle entier n'est pas
encore parcouru ; c'est pourquoi, à chaque rencontre
nouvelle, il ne faut pas qu'un nouvel étonnement se
montre sur ton visage. »

Et moi, insistant : « Maître, où se trouvent le Phlégéton
et le Léthé ? De l'un tu ne parles pas, et l'autre, dis-tu,
a sa source dans les larmes que la montagne laisse
suinter ? »

Et lui : « Certes, tes questions n'ont rien qui me
déplaise ; mais à l'une d'elles le bouillonnement de l'eau
rouge était une réponse suffisante. Tu verras bientôt,

Lete vedrai, ma fuor di questa fossa,
  Là ove vanno l'anime a lavarsi,
  Quando la colpa pentuta è rimossa.

Poi disse, Omai è tempo da scostarsi
  Dal bosco : fa, che diretro a me vegne :
  Li margini fan via, che non son arsi,

E sopra loro ogni vapor si spegne.

mais hors de cette enceinte, le Léthé, où les âmes se purifient quand le pardon de la faute a été accordé au repentir.

« Mais le moment est venu de quitter la forêt. Allons et marche avec précaution derrière moi. Le passage nous est ouvert sur les bords du ruisseau : ils ne sont pas brûlants, car en tombant sur eux toute flamme s'éteint. »

CANTO DECIMOQUINTO

Ora cen' porta l'un de' duri margini,
    E 'l fummo del ruscel di sopra aduggia
    Sì, che dal fuoco salva l'acqua, e gli argini.

Quale i Fiamminghi tra Guzzante, e Bruggia
    Temendo 'l fiotto, che in ver lor s'avventa,
    Fanno lor schermo, perchè 'l mar si fuggia.

E quale i Padovan, lungo la Brenta,
    Per difender lor ville, e lor castelli,
    Anzi che Chiarentana il caldo senta;

A tale imagine eran fatti quelli,
    Tutto che nè sì alti, nè sì grossi,
    Qual che si fosse, lo maestro felli.

Già eravam dalla selva rimossi
    Tanto, ch'i' non avrei visto dov'era,
    Perch'io 'ndietro rivolto mi fossi,

CHANT QUINZIÈME

Nous suivions donc un de ces sentiers pétrifiés : la
vapeur du ruisseau forme au dessus un nuage humide et
préserve du feu le cours de l'onde et ses bords.

A l'exemple des Flamands, entre Cadsandt et Bruges,
qui élèvent contre les flots menaçants des digues capables
d'arrêter l'Océan ; ou comme les Padouans, le long de
la Brenta, qui protégent d'un large rempart leurs villes et
leurs châteaux , avant que les glaciers de la Chiarentana [1]
aient senti le soleil du printemps ; de même, ici, les
berges étaient faites à cette image ; mais le maître inconnu
qui les façonna, les avait construites moins hautes et
moins épaisses.

Déjà nous étions si loin de la forêt, que vainement
pour la revoir je me serais retourné tout à fait, lorsque
vint à notre rencontre une troupe d'âmes longeant la

Quando 'ncontrammo d'anime una schiera,
  Che venia lungo l'argine, e ciascuna
  Ci riguardava, come suol da sera

Guardar l'un l'altro sotto nuova luna;
  E sì ver noi aguzzavan le ciglia,
  Come vecchio sartor fa nella cruna.

Così adocchiato da cotal famiglia,
  Fu' conosciuto da un, che mi prese
  Per lo lembo, e gridò : Qual maraviglia?

Ed io, quando 'l suo braccio a me distese,
  Ficcai gli occhi per lo cotto aspetto,
  Sì che 'l viso abbruciato non difese

La conoscenza sua al mio 'ntelletto :
  E chinando la mano alla sua faccia
  Risposi : Siete voi quì, ser Brunetto?

E quegli : O figliuol mio, non ti dispiaccia
  Se Brunetto Latini un poco teco,
  Ritorna in dietro, e lascia 'ndar la traccia.

Io dissi lui : Quanto posso, ven' preco.
  E se volete, che con voi m'asseggia,
  Faról, se piace a costui, che vo seco.

O figliuol, disse, qual di questa greggia
  S'arresta punto, giace poi cent'anni,
  Sanza arrostarsi, quando 'l fuoco il feggia.

rivière, et chacune d'elles nous regardait comme on a
coutume de se regarder le soir, à l'indécise clarté de la
lune nouvelle; et sur nous elles clignaient les yeux comme
fait le vieux tailleur sur le chas de son aiguille.

Parmi tous ces esprits curieux qui me regardaient avec
tant d'attention, il y en eut un qui me reconnut : « Quel
miracle ! » s'écria-t-il en me tirant par ma robe. Comme il
tendait les bras, mes yeux se posèrent attentivement sur
ses traits noircis, et je le reconnus enfin à travers les
brûlures de son visage. Alors, abaissant ma figure vers la
sienne : « Est-ce bien vous qui êtes ici, Ser Brunetto²? »

Et lui : « O mon fils, je t'en prie, laisse aller cette
foule, et ne trouve pas mauvais que Brunetto Latini
retourne un peu sur ses pas avec toi. »

« Je vous en prie aussi, et de tout mon pouvoir, lui
répondis-je; et si vous voulez que je m'asseye avec vous,
je le ferai volontiers, avec le consentement de celui qui
m'accompagne. »

« O mon fils, reprit-il, il est une loi pour ces esprits en
peine : qui s'arrête un instant, reste exposé, immobile,
pendant un siècle, aux atteintes de ce feu dévorant. Ainsi

Però va oltre : i'ti verrò a' panni,
 E poi rigiugnerò la mia masnada,
 Che va piangendo i suoi eterni danni.

I' non osava scender della strada,
 Per andar par di lui : ma 'l capo chino
 Tenea, com'uom, che riverente vada.

Ei cominciò : Qual fortuna, o destino,
 Anzi l'ultimo dì quaggiù ti mena?
 E chi è questi, che mostra 'l cammino?

Lassù di sopra in la vita serena,
 Rispos'io lui, mi smarrì in una valle,
 Avanti che l'età mia fosse piena.

Pur jer mattina le volsi le spalle :
 Questi m'apparve, ritornando, in quella,
 E riducemi a ca per questo calle.

Ed egli a me : Se tu segui tua stella,
 Non puoi fallire a glorioso porto,
 Se ben m'accorsi nella vita bella :

E s'i' non fossi, sì per tempo, morto,
 Veggendo 'l Cielo a te così benigno,
 Dato t'avrei all'opera conforto.

Ma quello 'ngrato popolo maligno,
 Che discese di Fiesole ab antico,
 E tiene ancor del monte e del macigno,

marchons toujours; j'irai ton pas et je rejoindrai plus tard
ces autres esprits qui s'en vont pleurant leurs éternelles
douleurs. »

Et moi, sans quitter le sentier, tant j'avais peur de
toucher aux sables, j'allais, baissant la tête en signe de
déférence et de respect.

Il commença : « Quel accident ou quelle destinée
t'amène ici-bas avant ton heure dernière; et celui qui te
guide, qui est-il? »

« Là-haut, lui répondis-je, dans la vie sereine, avant
d'avoir accompli tous mes jours, je m'égarai au fond
d'une vallée. Mais, hier au matin, je l'avais laissée
derrière moi, m'égarant de plus en plus, lorsque ce bon
guide m'apparut. Par cette route il me ramène dans le
monde des vivants. »

Et lui : « Obéis à ton étoile [3]; si j'ai bien auguré de toi
dans le monde, elle te mènera glorieusement au port. Je
suis mort trop tôt : te voyant le ciel si propice, je t'aurais
soutenu dans tes labeurs. Ce peuple ingrat et malveillant
qui jadis descendit de Fiesole [4], ce peuple qui, par sa
rudesse, tient encore de la montagne et du rocher, mieux
tu feras, plus il sera ton ennemi. Quoi d'étrange? vit-on
jamais, au milieu des âpres cormiers, mûrir les doux
fruits du figuier?

Tı si farà , per tuo ben far, nimico :
   Ed è ragion : che tra gli lazzi sorbi
   Sı disconvien fruttare al dolce fico.

Vecchia fama nel mondo li chiama orbi ;
   Gente avara, invidiosa, e superba ;
   Da' lor costumı fa, che tu ti forbı.

La tua fortuna tanto onor ti serba ,
   Che l'una parte, e l'altra avranno fame
   Di te : ma lungi fia dal becco l'erba.

Faccian le bestie Fiesolane strame
   Dı lor medesme , e non tocchın la pianta ;
   S'alcuna surge ancor nel lor letame ,

In cui rıviva la sementa santa
   Di quei Roman , che vi rimaser, quando
   Fu fatto 'l nıdıo dı malızia tanta.

Se fosse pıeno tutto 'l mıo dımando ,
   Rısposı luı , voı non sarcste ancora
   Dell'umana natura posto ın bando :

Che ın la mente m'è fitta, ed or m'accuora
   La cara buona ımagıne paterna
   Di voı , quando nel mondo ad ora ad ora

Mı 'nscgnavate , come l'uom s'eterna :
   E quant' ıo l'abbo in grado ; mentr'ıo vıvo ,
   Convıen , che nella mıa lıngua sı scerna.

« Tu sais comment les nomme, là-haut, ces Florentins, une ancienne tradition! O race d'aveugles en effet[5]! ô race avare, pleine d'orgueil et d'envie! Honte à toi, mon fils, si tu te laissais corrompre à de pareilles mœurs!

« Ton destin te promet tant de gloire, que l'un et l'autre parti en seront affamés. Mais prends garde que l'aliment reste loin de leur bouche. Ces brutes de Fiesole[6] peuvent se faire litière d'elles-mêmes, mais qu'elles ne touchent pas à la fleur, s'il en reste encore une sur leur fumier, en qui renaît la sainte semence de ces Romains si attachés à cette contrée, qu'ils y sont restés quand fut construit ce nid d'impiété. »

« Si toutes mes prières eussent été exaucées, lui répondis-je, vous ne seriez pas exilé de la terre des hommes; car j'ai toujours dans la mémoire (et maintenant ce souvenir m'attriste!) votre chère image, si bienveillante et si paternelle, alors que, dans le monde, à chaque instant, vous m'appreniez par quels efforts l'homme devient immortel. De ma reconnaissance filiale il faudra que, moi vivant, la trace se retrouve en toutes mes paroles.

Ciò che narrate di mio corso, scrivo,
  E serbolo a chiosar con altro testo
  A donna, che 'l saprà, s'a lei arrivo.

Tanto vogl'io, che vi sia manifesto,
  Pur che mia coscienza non mi garra,
  Ch'alla fortuna, come vuol, son presto.

Non è nuova agli orecchi miei tale arra :
  Però giri fortuna la sua ruota,
  Come le piace, e 'l villan la sua marra.

Lo mio maestro allora in su la gota
  Destra si volse 'ndietro, e riguardommi :
  Poi disse : Bene ascolta, chi la nota :

Nè per tanto di men, parlando, vommi
  Con ser Brunetto, e dimando, chi sono
  Li suoi compagni più noti e più sommi.

Ed egli a me : Saper d'alcuno è buono :
  Degli altri fia laudabile il tacerci,
  Che 'l tempo saria corto a tanto suono.

In somma sappi, che tutti fur cherci,
  E letterati grandi, e di gran fama,
  D'un medesmo peccato al mondo lerci.

Priscian sen' va con quella turba grama,
  E Francesco d'Accorso anco, e vedervi,
  S'avessi avuto di tal tigna brama,

« Cet avenir que vous m'annoncez, j'en conserve le souvenir en mon cœur, précieusement gardé pour une Dame (puissé-je être bientôt auprès d'elle!) qui saura l'expliquer à l'aide d'une autre prédiction [7]. Au reste, il faut que vous le sachiez bien, pourvu que je sois en paix avec ma conscience, je suis résigné à tout ce que les destins me réservent. Ce n'est pas la première fois que j'entends de telles prédictions. Ainsi donc qu'à son gré la fortune tourne sa roue et le laboureur son hoyau! »

Mon maître alors se tournant à droite : « Bon entendeur qui a bonne mémoire! » me dit-il.

Cependant je marchais toujours en parlant avec Sei Brunetto, et je finis par lui demander le nom de ses compagnons les plus connus et les plus éminents.

Et lui à moi : « En connaître quelques-uns, à la bonne heure; mais sur les autres il est sage de se taire. D'ailleurs trop peu de temps nous reste pour de si longs récits : sache, en somme, que tu as sous les yeux des clercs, des savants lettrés, tous de grand renom, mais tous également souillés du même vice infâmant.

« Voilà Priscien [8] qui s'en va avec cette troupe misérable, et François d'Accurse avec lui; et si l'aspect d'une telle vermine ne t'était pas trop déplaisant, je te montrerais

Colui potei, che dal servo de' servi
    Fu trasmutato d'Arno in Bacchiglione,
    Ove lasciò li mal protesi nervi.

Di più direi : ma 'l venir, e 'l sermone
    Più lungo esser non può, però ch'i' veggio
    Là surger nuovo fummo dal sabbione.

Gente vien, con la quale esser non deggio :
    Sieti raccomandato 'l mio Tesoro,
    Nel quale i' vivo ancora ; e più non cheggio :

Poi si rivolse, e parve di coloro,
    Che corrono a Verona 'l drappo verde,
    Per la campagna, e parve di costoro

Quegli, che vince, e non colui, che perde.

—

l'évêque dont le souverain pontife a délivré les bords de
l'Arno, pour le reléguer aux rives du Bacchiglione, où il
laissa enfin les lambeaux de son vieux corps [9].

« J'en dirais davantage ; hélas ! je ne puis ni parler ni
t'accompagner plus longtemps : ici s'élève des sables une
nouvelle vapeur, et près de nous s'avance une troupe
que je ne dois pas rencontrer. Adieu ; je te recommande
mon *Trésor*, le livre de ma vie. C'est là mon vœu
suprême. »

Il dit, se retourne, et, semblable à ceux qui dans la
campagne de Vérone courent au Drap-Vert [10], il s'enfuit,
rapide non comme ceux qui perdent, mais comme celui
qui gagne le prix de la course.

CANTO DECIMOSESTO

Già era in loco, ove s'udia 'l rimbombo
 Dell'acqua, che cadea nell'altro giro,
 Simile a quel, che l'arme fanno rombo;

Quando tre ombre insieme si partiro,
 Correndo d'una torma, che passava,
 Sotto la pioggia dell'aspro martiro.

Venien ver noi : e ciascuna gridava,
 Sostati tu, che all'abito nè sembri
 Essere alcun di nostra terra prava.

Aimè, che piaghe vidi ne' lor membri
 Recenti e vecchie dalle fiamme incese !
 Ancor men' duol, pur ch'i' me ne rimembri.

Alle lor grida il mio dottor s'attese,
 Volse 'l viso ver me, e, Ora aspetta,
 Disse : a costor si vuole esser cortese :

CHANT SEIZIÈME

Déjà nous entendions le bruit des eaux qui tombent dans le cercle où nous allions entrer, comme on entend le bourdonnement de l'abeille autour des ruches, lorsque trois ombres à la fois se détachèrent, en courant, d'une troupe qui passait sous la pluie martyrisante. Elles venaient à nous, chacune en criant : « Arrête ! à tes habits on te reconnaît pour être de notre cité perverse ! »

ı

Hélas ! que de plaies sur les membres de ces malheureux ! plaies anciennes, plaies récentes, incessamment brûlées par les flammes ! Je souffre encore à m'en souvenir.

Mon maître, attentif à leurs clameurs, se tourna de mon côté : « Attends ! me dit-il ; en voilà qui sont dignes de ta courtoisie, et bien plus, sans la flamme qui darde

E se non fosse il fuoco, che saetta
   La natura del luogo, i' direi,
   Che meglio stesse a te, ch'a lor la fretta.

Ricominciar, come noi ristemmo, ei
   L'antico verso, e quando a noi fur giunti,
   Fenno una ruota di se tutti e trei.

Qual soleano i campion far nudi e unti,
   Avvisando lor presa e lor vantaggio,
   Prima che sien tra lor battuti, e punti:

Così rotando ciascuna il visaggio,
   Drizzava a me, sì che 'n contrario il collo
   Faceva a' piè continuo viaggio:

E se miseria d'esto loco sollo
   Rende in dispetto noi, e nostri preghi,
   Cominciò l'uno, e 'l tristo aspetto e brollo;

La fama nostra il tuo animo pieghi
   A dirne, chi tu se', che i vivi piedi
   Così sicuro, per lo 'nferno, freghi.

Questi, l'orme di cui pestar mi vedi,
   Tutto che nudo e dipelato vada,
   Fu di grado maggior, che tu non credi:

Nepote fu della buona Gualdrada:
   Guidoguerra ebbe nome, ed in sua vita
   Fece col senno assai, e con la spada.

ses traits sur les sables, je dirais que c'est à toi, non pas
à eux, à faire les premières avances. »

Nous voyant arrêtés, les âmes reprirent leur triste
refrain, et lorsqu'elles furent près de nous, elles se
mirent toutes trois à former un cercle en tournant autour
de nous.

Des athlètes, nus et frottés d'huile, avant de s'étreindre
et de se frapper, s'observent, cherchant une prise ou un
avantage; ainsi ces ombres, en tournant, fixaient leurs
regards sur moi, si bien que le mouvement de leur tête
et l'action de leurs pieds se contrariaient sans cesse.

« Si le triste aspect de ce sol mouvant, dit l'une d'elles,
et nos misérables figures toutes calcinées nous attirent
tes mépris et te font dédaigner nos prières, que du moins
notre renommée incline ta volonté à nous dire qui tu es,
toi, qui poses hardiment le pied d'un vivant sur le 'sol de
l'enfer.

« Celui-là que je suis à la trace est bien nu, bien
écorché; et pourtant il tenait dans le monde un rang
plus haut que tu ne penses.

« Petit-fils de la bonne Gualdrada [1], il eut nom
Guidoguerra et fut aussi puissant par l'esprit que par
l'épée.

L'altro, ch'appresso me la rena trita,
  È Tegghiajo Aldobrandi, la cui voce
  Nel mondo su dovrebbe esser gradita :

Ed io, che posto son con loro in croce,
  Jacopo Rusticucci fui ; e certo
  La fiera moglie, più ch'altro, mi nuoce.

S'i' fussi stato dal fuoco coverto,
  Gittato mi sarei tra lor disotto,
  E credo, che 'l dottor l'avria sofferto.

Ma perch'i' mi sarei bruciato e cotto,
  Vinse paura la mia buona voglia,
  Che di loro abbracciar mi facea ghiotto.

Poi cominciai : Non dispetto, ma doglia
  La vostra condizion dentro mi fisse
  Tanto, che tardi tutta si dispoglia :

Tosto che questo mio signor mi disse
  Parole, per le quali io mi pensai,
  Che qual voi siete, tal gente venisse.

Di vostra terra sono : e sempre mai
  L'ovra di voi, e gli onorati nomi
  Con affezion ritrassi e ascoltai.

Lascio lo fele, e vo pei dolci pomi
  Promessi a me per lo verace duca :
  Ma fino al centro pria convien ch'i' tomi.

« L'autre, qui foule ma trace dans le sable, c'est Tegghiajo Aldobrandi [2]. Là-haut, dans le monde, sa haute sagesse devrait être écoutée! Et moi, qui porte cette croix avec eux, j'ai été Jacopo Rusticucci [3]; c'est mon impérieuse femme qui fut la cause de ma perte. »

Si j'avais pu me mettre à couvert du feu, assurément je me serais jeté parmi ces âmes, et je crois que mon guide ne m'en eût pas empêché. Mais la crainte d'être consumé l'emporta sur la bonne intention et le désir qui me poussait dans leurs bras.

« Certes, dis-je, ce n'est pas du mépris que j'éprouve; c'est au contraire une ineffaçable compassion de votre horrible sort dont j'ai été touché au premier mot que m'a dit mon maître, en m'expliquant quelles grandes âmes j'allais rencontrer. Nous sommes, en effet, du même pays, et j'ai toujours aimé à redire comme à entendre citer vos belles actions et vos noms honorés.

« Je vais, en traversant l'amertume, vers les doux fruits qui me sont promis par mon guide fidèle. Mais il faut auparavant que je descende au fond même de l'abîme. »

Se lungamente l'anima conduca
   Le membra tue, rispose quegli alloia,
   E se la fama tua dopo te luca,

Cortesia e valoi, dî, se dimora
   Nella nostra città, sì come suole,
   O se del tutto se n'è gito fuora?

Che Guglielmo Borsiere, il qual si duole
   Con noi per poco, e va là co i compagni
   Assai ne cruccia con le sue paiole.

La gente nuova, e i subiti guadagni,
   Orgoglio, e dismisura han generata,
   Fiorenza, in te, sì che tu già ten' piagni :

Così gridai con la faccia levata :
   E i tre, che ciò inteser per risposta,
   Guardar l'un l'altro, come al ver si guata.

Se l'altre volte sì poco ti costa,
   Risposer tutti, il soddisfare altrui,
   Felice te, che sì parli a tua posta.

Però se campi d'esti luoghi bui,
   E torni a riveder le belle stelle,
   Quando ti gioverà dicere, l' fui,

Fa che di noi alla gente favelle :
   Indi rupper la ruota, e, a fuggirsi
   Ale sembiaron le lor gambe snelle.

« Puisse la vie longtemps animer ton corps mortel ! me répondit-il ; puisse ta renommée resplendir longtemps après toi ! Apprends-moi cependant si la courtoisie et le courage habitent encore notre cité, ou si elles en ont été chassées sans retour. Guillaume Borsiere [4], un nouveau venu dans ce lieu de douleur, et qui chemine là-bas parmi nos compagnons, n'a pas cessé de nous affliger de mille odieux récits. »

« O Florence ! la génération nouvelle et les fortunes subites ont engendré en ton sein un tel orgueil et tant de déréglement, que toi-même tu as fini par en gémir ! »

Ainsi m'écriai-je en levant la tête ; et les trois ombres, comprenant cette réponse, se regardèrent l'une l'autre comme on fait lorsqu'on acquiesce à une vérité.

« En toute occasion, s'il t'en coûte si peu de satisfaire autrui, reprirent les trois âmes, sois béni, toi qui parles avec tant d'abandon !

« Mais si tu échappes à ces ténèbres, et s'il t'est permis de revoir le firmament étoilé, lorsque avec plaisir tu diras : « J'étais là, je les ai vus, » puisses-tu rendre bon témoignage de nous à nos compatriotes ! »

Un ammen non saria potuto dirsi
    Tosto così, com' ei furo spariti :
    Perchè al maestro parve di partirsi.

Io lo seguiva, e poco eravam'iti,
    Che 'l suon dell' acqua n'era sì vicino,
    Che per parlar saremmo appena uditi.

Come quel fiume, ch'ha proprio cammino,
    Prima da monte Veso in ver levante,
    Dalla sinistra costa d' Apennino,

Che si chiama Acquacheta suso avante,
    Che si divalli giù nel basso letto,
    E a Forlì quel nome è vacante,

Rimbomba là sovra San Benedetto
    Dall'alpe, per cadere ad una scesa,
    Dove dovria per mille esser ricetto ;

Così, giù d'una riva discoscesa
    Trovammo risonar quell'acqua tinta,
    Sì che 'n poca ora avria l'orecchia offesa :

Io aveva una corda intorno cinta,
    E con essa pensai, alcuna volta,
    Prender la lonza alla pelle dipinta.

Poscia, che l'ebbi tutta da me sciolta,
    Sì come 'l duca m'avea comandato,
    Porsila a lui aggroppata e ravvolta.

A ces mots, ils rompirent le cercle, et pour fuir, on eût dit que leurs pieds avaient des ailes. Le temps de dire *Amen*, ils avaient disparu.

Le maître aussi voulut partir. Je le suivais et nous avions déjà fait quelques pas en avant, lorsque le bruit de l'eau se fit si voisin de nous, qu'en parlant nous aurions eu peine à nous entendre.

Tel ce fleuve ' qui, toujours seul dans son cours, va du Mont-Viso vers l'orient, sur la gauche des Apennins; qui, sur la hauteur, et avant d'avoir dévalé dans son lit inférieur, se nomme Acquacheta, et bientôt, perdant son nom à Forli, retentit et se précipite dans les ravins de Saint-Benoît, où mille cénobites devraient trouver asile; ainsi, au pied de la roche escarpée, retentissait avec un épouvantable fracas cette eau teinte de sang : le bruit, en peu d'instants, nous aurait assourdis.

J'avais gardé autour de moi la corde avec laquelle je voulais tantôt prendre la panthère au pelage nuancé. Sur l'ordre du maître, je déroule ma corde, et, l'enroulant de nouveau, je la lui mets entre les mains.

Ond' ei si volse inver lo destro lato ,
    E , alquanto di lungi dalla sponda ,
    La gittò giuso in quell' alto burrato.

E pur convien, che novità risponda ,
    Dicea fra me medesmo, al nuovo cenno,
    Che 'l maestro con l' occhio sì seconda.

Ahi quanto cauti gli uomini esser denno,
    Presso a color, che non veggon pur l' opra ,
    Ma perentro i pensier miran col senno !

Ei disse a me : Tosto verrà di sopra
    Ciò, ch' i' attendo, e che 'l tuo pensier sogna .
    Tosto convien ch' al tuo viso si scuopra.

Sempre a quel ver, ch' ha faccia di menzogna
    De' l' uom chiuder le labbra quant' ei puote;
    Però che sanza colpa fa vergogna :

Ma qui tacer nol posso : e per le note
    Di questa commedía, lettor, ti giuro,
    S' elle non sien di lunga grazia vote,

Ch' i' vidi, per quell' aer grosso e scuro,
    Venir, notando, una figura in suso,
    Meravigliosa ad ogni cuor sicuro,

Sì come torna colui, che va giuso
    Talora a solver áncora , ch' aggrappa
    O scoglio, o altro, che nel mare è chiuso,
Che 'n su si stende, e da piè si rattrappa.

Aussitôt, non loin du bord, à droite, il lance la corde dans les profondeurs du gouffre.

« Il faudra bien, me disais-je à part moi, que quelque nouveau prodige réponde à ce nouveau signal : ce n'est pas pour rien que l'œil du maître surveille avec tant d'attention. »

Oh! comme on doit être circonspect près de ceux qui ne voient pas seulement l'action, mais la pensée, et dont le regard pénètre au fond de l'âme !

Car il me dit : « Tout à l'heure va venir de là-bas ce que j'attends ; tout à l'heure va se montrer à tes yeux ce que rêve ta pensée. »

L'homme sage doit toujours, avec soin, tenir ses lèvres closes pour toute vérité qui prend l'apparence du mensonge. Autrement, exempt de faute, il s'expose à la honte. Mais ici je ne saurais me taire. Je jure, ô lecteur, par les chants de ce poeme (puisse-t-il mériter une longue faveur !), je jure qu'en ce moment je vis surgir, nageant dans cet air épais et sombre, une figure faite pour étonner le plus ferme courage. Elle venait semblable au plongeur qui, au fond de l'eau, a dégagé l'ancre accrochée à l'écueil ou à tout autre obstacle caché sous les flots, et qui remonte ensuite, les bras étendus et les jambes repliées.

CANTO DECIMOSETTIMO

—

Ecco la fiera con la coda aguzza,
  Che passa i monti, e rompe' muri e l'armi :
  Ecco colei, che tutto 'l mondo appuzza :

Si cominciò lo mio duca a parlarmi,
  E accennolle, che venisse a proda,
  Vicino al fin de' passeggiati marmi :

E quella sozza imagine di froda
  Sen' venne, e arrivò la testa e 'l busto :
  Ma 'n su la riva non trasse la coda.

La faccia sua era faccia d'uom giusto,
  Tanto benigna avea di fuor la pelle,
  E d'un serpente tutto l'altro fusto.

Duo branche avea pilose infin l'ascelle :
  Lo dosso, e 'l petto, ed amenduo le coste
  Dipinte avea di nodi e di rotelle,

CHANT DIX-SEPTIÈME

« Voici la bête ! a la queue affilée, qui passe les monts, renverse les murailles et brise les armures ! Voici la bête qui infecte le monde entier ! »

Ainsi mon guide s'écria en toute hâte, et en même temps, il fit signe au monstre qu'il eût à nous rejoindre sur notre sentier pétrifié.

Et cette ignoble image de la Fraude s'en vint à nous. Elle avançait la tête et le buste ; sa queue n'était pas encore sur la rive.

Sa figure était la figure d'un honnête homme, tant il y avait de bénignité en tous ses traits ; mais le reste du corps était d'un serpent. La bête étendait ses deux grands bras velus jusqu'aux aisselles : son dos, sa poitrine et ses flancs étaient parsemés de nœuds et d'anneaux peints en un vif relief. Jamais le Tartare ou le Turc ne nuança de tant de couleurs différentes la trame ou le dessin de

Con più color sommesse e soprapposte
    Non fer ma' in drappo Tartari, nè Turchi,
    Nè fur tai tele per Aragne imposte.

Come tal volta stanno a riva i burchi,
    Che parte sono in acqua, e parte in terra,
    E come là tra li Tedeschi lurchi

Lo bevero s'assetta a far sua guerra;
    Così la fiera pessima si stava
    Su l'orlo, che di pietra il sabbion serra.

Nel vano tutta sua coda guizzava,
    Torcendo 'n su la venenosa forca,
    Ch'a guisa di scorpion la punta armava.

Lo duca disse : Or convien che si torca
    La nostra via un poco, infino a quella
    Bestia malvagia, che colà si corca.

Però scendemmo alla destra mammella,
    E dieci passi femmo in su lo stremo,
    Per ben cessar la rena e la fiammella :

E quando noi a lei venuti semo,
    Poco più oltre veggio, in su la rena,
    Gente seder propinqua al luogo scemo.

Quivi 'l maestro : Acciocchè tutta piena
    Esperienza d'esto giron porti,
    Mi disse, or va, e vedi la lor mena.

ses étoffes; jamais Arachné ne fila un tissu plus merveilleux.

Parfois vous voyez une barque amarrée au rivage : la poupe est dans l'eau et la proue sur la grève; chez les Germains, ces grands mangeurs, le castor s'accroupit, guettant sa proie; ainsi se tenait la détestable bête sur la limite solide qui longe les sables. Sa queue allait de çà et de là dans le vide, et dardait la fourche empoisonnée dont sa pointe est armée, comme celle du scorpion.

Et mon guide : « Il faut nous détourner un peu pour aller vers cette méchante bête accroupie là-bas. »

Nous descendîmes sur notre droite, en faisant dix pas sur le bord, de façon à éviter les flammes et le sable embrasé. Arrivés près du monstre, je découvris un peu plus loin une foule assise sur le bord du précipice.

« Il te faut, dit le maître, une pleine connaissance de tout ce qui est enfermé dans cette enceinte. Va donc à ces esprits, et contemple de près leurs supplices. Mais

Li tuoi ragionamenti sien là corti :
   Mentre che torni, parlerò con questa,
   Che ne conceda i suoi omeri forti.

Così ancor su per la strema testa
   Di quel settimo cerchio, tutto solo,
   Andai, ove sedea la gente mesta.

Per gli occhi fuori scoppiava lor duolo :
   Di quà, di là soccorrén con le mani,
   Quando a' vapori, e quando al caldo suolo.

Non altrimenti fan di state i cani,
   Or col ceffo, or col piè, quando son morsi
   O da pulci, o da mosche, o da tafani.

Poi che nel viso a certi gli occhi porsi,
   Ne' quali il doloroso fuoco casca,
   Non ne conobbi alcun : ma i' m'accorsi,

Che dal collo a ciascun pendea una tasca,
   Ch'avea certo colore, e certo segno,
   E quindi par che 'l loro occhio si pasca.

E com'io riguardando tra lor vegno,
   In una borsa gialla vidi azzurro,
   Che di lione avea faccia, e contegno.

Poi procedendo di mio sguardo il curro,
   Vidine un'altra, più che sangue, rossa,
   Mostrare un'oca bianca, più che burro.

reste peu, et pas de longs entretiens. Pendant ton absence,
je vais commander à la bête de nous prêter ses fortes
épaules. »

J'obéis, et, seul pour la seconde fois, je m'en allai
par l'extrême bord de ce septième cercle, au lieu où se
trouvaient tant de misérables esprits. A tous la souffrance
leur sortait par les yeux : de leurs mains convulsives, ils
se défendaient tantôt des flammes, tantôt des sables
brûlants. Tels, pendant l'été, les chiens se démènent de
la griffe et des dents contre la vermine dévorante : puces,
taons et cousins.

Mon premier soin fut de regarder bien en face plusieurs
des malheureux exposés à cette pluie enflammée ; je n'en
reconnus aucun. Cependant, au cou de chacun, était
suspendue une bourse, où certains emblèmes étaient
marqués avec certaines couleurs très-variées, et on eût
dit, à leur contemplation, que leurs yeux ne pouvaient
s'en rassasier.

Et dans cette foule, où j'entrai pour mieux voir, je
distinguai sur une de ces bourses, qui était jaune, de
l'azur qui simulait la face et l'attitude d'un lion [2] ; puis,

E un, che d'una scrofa azzurra e grossa
  Segnato avea lo suo sacchetto bianco:
  Mi disse: Che fai tu in questa fossa?

Or te ne va: e perchè se' viv' anco,
  Sappi, che 'l mio vicin Vitaliano
  Sederà quì dal mio sinistro fianco,

Con questi Fiorentin son Padovano:
  Spesse fiate m' intruonan gli orecchi,
  Gridando, Vegna il cavalier sovrano,

Che recherà la tasca co' tre becchi:
  Quindi storse la bocca, e di fuor trasse
  La lingua, come bue, che 'l naso lecchi.

Ed io, temendo, nol più star crucciasse
  Lui, che di poco star m' avea ammonito,
  Tornàmi indietro dall' anime lasse.

Trovai lo duca mio, ch' era salito
  Già su la groppa del fiero animale,
  E disse a me: Or sie forte e ardito.

Omai si scende per sì fatte scale:
  Monta dinanzi, ch' i' voglio esser mezzo,
  Sì che la coda non possa far male.

Qual' è colui, ch' ha sì presso 'l riprezzo
  Della quartana, ch' ha già l' unghia smorte,
  E triema tutto, pur guardando il rezzo,

donnant un libre cours à mon regard, j'en vis une autre,
plus rouge que du sang, où se dessinait une oie aussi
blanche que la crème battue [3].

Alors un des esprits qui, sur sa bourse blanche, portait
une truie pleine, en champ d'azur [4], me dit : « Que
viens-tu chercher dans cette fosse ? Va-t'en, et puisque tu
es encore en vie, apprends que Vitaliano [5], mon voisin,
viendra bientôt ici à ma gauche. Parmi ces Florentins,
je reste Padouan ; bien des fois ils m'assourdissent en
criant : Vienne enfin le chevalier souverain qui apportera
la bourse marquée de trois becs [6] ! » A ces mots, de sa
bouche tordue il tira une langue pareille à celle du bœuf
qui se lèche les naseaux.

Et moi, craignant, en restant plus longtemps, de fâcher
celui qui m'avait ordonné de rester peu, je m'éloignai de
ces âmes malheureuses.

Je trouvai mon guide déjà monté sur la croupe de
la terrible bête : « A présent, me dit-il, il s'agit d'être
fort et hardi. Voilà désormais par quelle échelle il faut
descendre. Place-toi sur le dos de la bête, je serai sur
la croupe, pour te garantir du danger d'être trop près
de sa queue.

A l'approche d'un accès de fièvre quarte, quand le
frisson est si près, que déjà les ongles sont livides, le
malade tremble de tous ses membres rien qu'à voir de

*

Tal divenn'io alle parole porte :
    Ma vergogna mi fer le sue minacce,
    Che 'nnanzi a buon signor fa servo forte.

I' m'assettai in su quelle spallacce :
    Sì volli dir : ma la voce non venne,
    Com'i credetti, Fa che tu m'abbracce.

Ma esso, ch'altra volta mi sovvenne
    Ad alto forte, tosto ch'io montai,
    Con le braccia m'avvinse e mi sostenne :

E disse : Gerion, muoviti omai :
    Le ruote larghe, e lo scender sia poco :
    Pensa la nuova soma, che tu hai.

Come la navicella esce di loco
    In dietro in dietro, sì quindi si tolse :
    E poi ch'al tutto si sentì a giuoco,

Là 'v'era 'l petto, la coda rivolse,
    E quella tesa, com'anguilla, mosse,
    E con le branche l'aere a se raccolse.

Maggior paura non credo che fosse,
    Quando Fetonte abbandonò gli freni,
    Perchè 'l Ciel, come pare ancor, si cosse :

Nè quando Icaro misero le reni
    Sentì spennar per la scaldata cera,
    Gridando 'l padre a lui, Mala via tieni,

l'ombre; tel je devins en entendant ces paroles; mais en même temps j'éprouvai cette honte salutaire qui, en face d'un bon maître, rend tout serviteur valeureux.

Je me plaçai sur le dos de la bête, et je voulus m'écrier : « Maître, étreins-moi ! » mais la voix ne vint pas à mon cri.

Lui cependant, qui m'avait secouru dans un autre péril, aussitôt que je fus monté, m'entoura de ses bras et me soutint. « Géryon, dit-il ensuite, allons et marchons en larges spirales, pour que la descente soit douce au nouveau fardeau que tu as sur les épaules. »

Comme la barque se détache du rivage, allant peu à peu et lentement en arrière, ainsi recula le monstre; et lorsqu'il se sentit dégagé et en pleine liberté, là où il avait la poitrine il ramena sa queue, et, raidie, il l'agita comme une anguille, en même temps que de sa double griffe, il semblait entasser le vent sur le vent.

Lorsque Phaeton abandonna les rênes en laissant au ciel incendié [7] des traces ineffaçables; lorsque le malheureux Icare, la cire venant à fondre, sentit ses flancs se dégarnir de leurs plumes d'emprunt, tandis que son père lui criait : « Prends garde ! tu n'es pas dans le bon chemin ! » ils n'éprouvèrent, je crois, ni l'un ni l'autre, une terreur comparable à la mienne, lorsque, entouré de toutes parts

Che fu la mia, quando vidi, ch'i' era
  Nell'aer d'ogni parte, e vidi spenta
  Ogni veduta, fuor che della fiera.

Ella sen' va, notando, lenta lenta:
  Ruota, e discende, ma non me n'accorgo,
  Se no ch'al viso, e disotto mi venta.

I' sentia già dalla man destra il gorgo
  Far sotto noi un orribile stroscio:
  Perchè con gli occhi in giù la testa sporgo.

Allor fu' io più timido allo scoscio:
  Perocch'i' vidi fuochi, e sentî pianti;
  Ond'io tremando tutto mi raccoscio.

E udî poi, che non l'udia davanti,
  Lo scendere, e 'l girar, per li gran mali,
  Che s'appressavan da diversi canti.

Come 'l falcon, ch'è stato assai su l'ali,
  Che sanza veder logoro, o uccello,
  Fa dire al falconiere, Oimè tu cali:

Discende lasso, onde si muove snello,
  Per cento ruote, e da lungi si pone
  Dal suo maestro, disdegnoso e fello:

Così ne pose al fondo Gerione,
  A piede a piè della stagliata rocca,
  E, discarcate le nostre persone,
Si dileguò, come da corda cocca.

du vide de l'air, tout devint invisible pour moi, hormis
l'affreuse bête qui m'emportait.

Cependant, elle s'en va nageant tout lentement ; elle
tourne et descend ; et pas d'autre indication de sa marche
que le vent qui me souffle au visage ou qui me vient par
en bas ! Cependant à notre droite arrivait, avec un grand
fracas, le gouffre mugissant sous nos pieds. J'inclinai la
tête, et, tout au fond de l'abîme, avec un redoublement
d'épouvante, j'aperçus une immense flamme, et j'entendis
des pleurs ; et, tout tremblant, je me repliai sur moi-
même. Alors aussi je compris (chose que je ne m'étais
pas expliquée encore) que nous descendions, en tournant,
parmi les grandes douleurs qui se rapprochaient de toutes
parts.

Le faucon, longtemps porté sur son aile, sans avoir
découvert ni le leurre ni la proie, et qui fait dire au
fauconnier : « Pourquoi reviens-tu ? » descend fatigué du
haut des airs, en décrivant mille cercles rapides, et s'abat,
dédaigneux et colère, loin de son maître ; ainsi Géryon
nous déposa au fond du précipice, au pied même de la
ruine escarpée. Aussitôt, délivré de son fardeau, il
s'échappe : la flèche ainsi se détache de la corde de
l'arc !

CANTO DECIMOTTAVO

—

Luogo è in inferno detto Malebolge
   Tutto di pietra e di color ferrigno,
   Come la cerchia, che d'intorno 'l volge.

Nel dritto mezzo del campo maligno
   Vaneggia un pozzo assai largo e profondo,
   Di cui suo luogo conterà l'ordigno.

Quel cinghio, che rimane, adunque è tondo,
   Tra 'l pozzo e 'l piè dell'alta ripa dura,
   E ha distinto in dieci valli il fondo.

Quale, dove per guardia delle mura
   Più, e più fossi cingon li castelli,
   La parte dov'e' son rendon sicura :

Tale imagine quivi faccan quelli :
   E come a' tai fortezze da' lor sogli,
   Alla ripa di fuor son ponticelli,

CHANT DIX-HUITIÈME

Il est dans l'enfer un lieu nommé Malebolge, tout en
pierre et de couleur de fer, comme l'enceinte qui s'ar-
rondit tout autour. Juste au milieu de la plaine maudite
est creusé un puits large et profond. Plus tard j'en dirai
la structure. L'espace qui reste entre ce puits et le pied
de la roche escarpée est de forme circulaire; le fond se
partage en dix enceintes fortifiées.

Pour la défense des remparts, de nombreux fossés
entourent les forteresses dont ils protégent les abords;
les dix enceintes étaient protégées de même sorte.

On voit aussi des ponts jetés du pied de ces forteresses
à l'autre bord : tout de même, de la muraille ici se
dressent des rochers qui. passant au-dessus des fossés et

Così da imo della roccia scogli,
 Movén, che ricidean gli argini e i fossi
 Infino al pozzo, ch' ei tronca, e raccogli.

In questo luogo dalla schiena scossi,
 Di Gerion trovammoci : e 'l poeta
 Tenne a sinistra, ed io dietro mi mossi.

Alla man destra vidi nuova piéta,
 Nuovi tormenti, e nuovi frustatori,
 Di che la prima bolgia era repleta.

Nel fondo erano ignudi i peccatori :
 Dal mezzo in quà ci venian verso 'l volto,
 Di là con noi, ma con passi maggiori :

Come i Roman, per l' esercito molto,
 L' anno del giubbileo, su per lo ponte,
 Hanno a passar la gente modo tolto :

Che dall' un lato tutti hanno la fronte
 Verso 'l castello, e vanno a santo Pietro :
 Dall' altra sponda vanno verso 'l monte.

Di qua, di là, su per lo sasso tetro,
 Vidi Dimon cornuti con gran ferze,
 Che li battean crudelmente di retro.

Ahi come facén lor levar le berze
 Alle prime percosse ! e già nessuno
 Le seconde aspettava, nè le terze.

des bastions, s'avancent jusqu'au puits, où ils se réunissent
et se confondent.

C'est là que nous avait transportés la croupe de Géryon.
Aussitôt que nous eûmes mis pied à terre, le poete prit à
gauche, et je le suivis docilement. A notre droite s'étendaient de nouvelles désolations. J'entrevis de nouveaux
supplices et de nouveaux bourreaux dont la première fosse
me parut toute remplie. Au fond de la tranchée, les
pécheurs étaient nus ; les uns semblaient venir à notre
rencontre, et les autres marchaient avec nous, mais d'un
pas plus hâté.

A Rome, aux jours du jubilé universel, si grande est
l'affluence, qu'il a fallu régler le passage sur le pont ;
ainsi la foule se dirige en deux files : l'une, le front
tourné vers le château, se rend à l'église de Saint-Pierre,
l'autre revient vers le mont Aventin.

De même, sur les deux flancs de cette voûte sinistre,
je vis des démons cornus, armés de grands fouets dont
ils frappaient sans pitié les damnés par derrière. Oh !
comme, au premier coup, leurs jambes se levaient ! c'était
à qui n'attendait ni le second coup ni le troisième.

Mentr'io andava, gli occhi miei in uno
   Furo scontrati: ed io sì tosto dissi:
   Già di veder costui non son digiuno.

Perciò a figurarlo gli occhi affissi:
   E 'l dolce duca meco si ristette,
   Ed assentì, ch'alquanto indietro gissi:

E quel frustato celar si credette,
   Bassando 'l viso, ma poco gli valse:
   Ch'io dissi: Tu, che l'occhio a terra gette;

Se le fazion, che porti, non son false,
   Vendico se tu Caccianimico;
   Ma che ti mena a sì pungenti salse?

Ed egli a me: Mal volentier lo dico:
   Ma sforzami la tua chiara favella,
   Che mi fa sovvenir del mondo antico.

I' fui colui, che la Ghisola bella
   Condussi a far la voglia del Marchese,
   Come che suoni la sconcia novella.

E non pur'io qui piango Bolognese:
   Anzi n'è questo luogo tanto pieno,
   Che tante lingue non son'ora apprese

A dicer sipa, tra Savena e 'l Reno:
   E se di ciò vuoi fede, o testimonio,
   Recati a mente il nostro avaro seno.

En cheminant, et, les yeux arrêtés sur un de ces
malheureux, je me dis aussitôt : « Pour celui-là, ce n'est
pas la première fois que je le vois ! » Je m'arrête alors
pour mieux le regarder. Mon guide complaisant fait
comme moi, et me laisse retourner en arrière de quelques
pas.

Le flagellé baissa la tête, espérant se bien cacher ;
mais il n'y réussit guère, car je lui dis : « Pourquoi
marcher ainsi les yeux à tes pieds ? Si la face que tu
portes n'est pas menteuse, tu dois être Venedico Caccia-
nemico [1]. Cependant dis-moi quelle faute t'a valu une si
cruelle expiation ? »

Et lui : « Je l'avoue à regret, mais je suis entraîné
par ta voix virile qui me fait souvenir du monde où
j'ai vécu. C'est moi-même qui amenai la belle Ghisola
à céder aux volontés du Marquis. Honteuse histoire ! On
a tort de la raconter autrement.

« Mais je ne suis pas le seul Bolonais qui se lamente
en cet abîme ; tant s'en faut : ce lieu en est si encombré,
qu'à cette heure il n'y a pas entre la Savana et le Reno
autant de bouches apprises à dire *Sipa* [2] ; et s'il te faut
un témoignage ou une assurance, rappelle-toi notre avare
pays ! »

Così parlando il percosse un demonio
  Della sua scuriada, e disse, Via
  Ruffian, qui non son femmine da conio.

I' mi aggiunsi con la scorta mia :
  Poscia, con pochi passi, divenimmo,
  Dove uno scoglio de la ripa uscia.

Assai leggeramente quel salimmo,
  E, volti a destra sopra la sua scheggia,
  Da quelle cerchie eterne ci partimmo.

Quando noi fummo, là dov'ei vaneggia
  Di sotto, per dar passo agli sferzati,
  Lo duca disse : Attienti, e fa che feggia

Lo viso in te di quest'altri mal nati,
  A' quali ancor non vedesti la faccia,
  Perocchè son con noi insieme andati.

Dal vecchio ponte guardavam la traccia,
  Che venia verso noi dall'altra banda,
  E che la ferza similmente schiaccia.

Il buon maestro, sanza mia dimanda,
  Mi disse : Guarda quel grande, che viene,
  E per dolor non par lagrima spanda,

Quanto aspetto reale ancor ritiene !
  Quelli è Jason, che per cuore, e per senno.
  Li Colchi delmonton privati fene.

Comme il parlait ainsi, un démon le frappa de sa
lanière : « Allons, allons, Rufien, il n'y a pas de femmes
à vendre ici ! »

Je rejoignis mon guide, et bientôt nous voilà près d'un
roc qui sortait de la muraille. Il fut gravi sans peine, et,
nous tournant à droite sur sa cime, nous laissons derrière
nous ce mur éternel.

À peine arrivés au point où le rocher se creuse en
voûte, pour donner passage aux flagellés : « Penche-toi,
me dit mon guide, et regarde au front ces misérables
dont tu n'as pas vu la figure, parce qu'ils allaient dans
le même sens que nous. »

Placés sur ce vieux pont, nous pouvions distinguer la
file qui venait à nous, du côté opposé : tout comme
l'autre, elle était chassée à coups de fouet.

Sans attendre ma question, le bon maître : « Regarde,
me dit-il, ce grand réprouvé qui s'avance. La douleur
ne lui arrache pas une larme. Qu'il a bien gardé son
royal aspect ! C'est Jason, le courageux et habile ravisseur
de la toison d'or de Colchos. Il passa par Lemnos, où
des femmes hardies et sans pitié venaient de massacrer
tous les hommes. Là, par ses promesses [3] et la séduction

Ello passò per l'isola di Lenno,
  Poi che l'ardite femmine spietate,
  Tutti li maschi loro a morte dienno.

Ivi con segni, e con parole ornate
  Isifile ingannò, la giovinetta,
  Che prima tutte l'altre avea 'ngannate.

Lasciolla quivi gravida, e soletta;
  Tal colpa a tal martiro lui condanna:
  E anche di Medea si fa vendetta.

Con lui sen' va, chi da tal parte inganna:
  E questo basti della prima valle
  Sapere, e di color, che 'n se assanna.

Già eravam, là 've lo stretto calle
  Con l'argine secondo s'incrocicchia,
  E fa di quello ad un altr'arco spalle.

Quindi sentimmo gente, che si nicchia
  Nell'altra bolgia, e che col muso sbuffa,
  E se medesma con le palme picchia.

Le ripe eran grommate d'una muffa,
  Per l'alito di giù, che vi s'appasta,
  Che con gli occhi, e col naso facea zuffa.

Lo fondo è cupo sì, che non ci basta
  Luogo a veder, sanza montare al dosso
  Dell'arco, ove lo scoglio più sovrasta.

de ses paroles, il trompa Hypsiphyle [4], comme elle avait elle-même trompé toutes ses compagnes [5]. Puis il l'abandonna seule, et comme elle allait devenir mère. Voilà pourquoi Jason est condamné à ce supplice, où s'accomplit aussi la vengeance de Médée. Avec lui s'en vont tous ceux qui ont trompé de la même manière.

« C'est là ce qu'il suffit de savoir de la première vallée et de ceux qui y sont torturés. »

Déjà nous arrivions à l'endroit où l'étroit sentier se croise avec la seconde chaussée, et forme un pont de la seconde à la troisième. Là viennent jusqu'à nous les clameurs des damnés qui, dans l'autre fosse, gémissent bruyamment, enflant leurs joues et se battant de leurs propres mains.

Les parois de cette fosse étaient enduites d'une moisissure dont la vapeur d'en bas les empâte, également offensante à l'œil et à l'odorat. Si creux en est le fond, que d'aucun point on ne peut l'apercevoir, si ce n'est en gravissant à l'extrémité de l'arche, à l'endroit où le rocher surplombe et s'avance davantage sur l'abîme.

Quivi venimmo, e quindi giù nel fosso
   Vidi gente attuffatta in uno sterco,
   Che dagli uman privati parea mosso :

E mentre ch'io laggiù con l'occhio cerco,
   Vidi un col capo sì di merda lordo,
   Che non parea, s'era laico, o cherco.

Quei mi sgridò : Perchè se' tu sì 'ngordo
   Di riguardar più me, che gli altri brutti :
   Ed io a lui : Perchè, se ben ricordo,

Già t'ho veduto, co' capelli asciutti,
   E se Alessio Interminei da Lucca :
   Però t'adocchio più, che gli altri tutti.

Ed egli allor, battendosi la zucca :
   Quaggiù m'hanno sommerso le lusinghe,
   Ond'i' non ebbi mai la lingua stucca.

Appresso ciò, lo duca : Fa che pinghe,
   Mi disse, un poco 'l viso più avante,
   Sì che la faccia ben con gli occhi attinghe

Di quella sozza scapigliata fante,
   Che là si graffia, con l'unghie merdose,
   Ed or s'accoscia, ed ora è in piede stante :

Taida è la puttana, che rispose
   Al drudo suo, quando disse, Ho io grazie
   Grandi appo te, anzi maravigliose :
E quinci sien le nostre viste sazie.

Nous vînes alors dans les profondeurs de cette fosse
une multitude grouillante au milieu des immondices.
C'était comme d'immenses vidanges ! Et comme je cherchais des yeux, j'aperçus là-dedans un damné dont la
tête était si chargée d'ordures, qu'on ne pouvait savoir
s'il était oui ou non tonsuré.

Il se mit à crier : « Pourquoi me regarder de préférence
à mes infects compagnons ? »

Et moi : « Parce que, si je m'en souviens bien, je t'ai
déjà vu, mais avec des cheveux moins collés à tes tempes.
Tu es Alexis Interminelli de Lucques [6]. Voilà pourquoi je
te regarde plus que tous les autres. »

A ces mots, se frappant le front : « Ah ! s'écria-t-il,
voilà où m'ont plongé ces lâches flatteries dont ma
bouche ne fut jamais dégoûtée ! »

Et mon guide : « Essaye à présent de porter un peu plus
loin ta vue ; qu'elle puisse atteindre le visage impur de
cette esclave débauchée qui, accroupie ou debout, se
gratte là-bas avec ses ongles excrémenteux. C'est Thaïs [7],
l'infâme prostituée. A son galant qui lui demandait :
Ai-je bien mérité de toi ? — Immensément, répondit-elle. »

« Et maintenant il me semble qu'en voilà bien assez. »

CANTO DECIMONONO

O Simon mago, o miseri seguaci,
    Che le cose di Dio, che di bontate
    Deono essere spose, e voi rapaci,

Per oro e per argento adulterate;
    Or convien che per voi suoni la tromba,
    Perocchè nella terza bolgia state.

Già eravamo alla seguente tomba
    Montati, dello scoglio in quella parte,
    Ch'appunto sovra 'l mezzo fosso piomba.

O somma sapienza, quant'è l'arte,
    Che mostri in Cielo, in terra, e nel mal mondo,
    E quanto giusto tua virtù comparte!

I' vidi per le coste, e per lo fondo,
    Piena la pietra livida di fori
    D'un largo tutti, e ciascuno era tondo.

CHANT DIX-NEUVIÈME

C'est pour vous maintenant que va retentir la trompette, Simon le magicien et vous ses complices infâmes, vendeurs adultères, qui livrez pour un peu d'or et d'argent, les choses de Dieu, chastes compagnes de l'éternelle bonté! Nous voilà sur le bord de la troisième fosse où vous êtes plongés!

Nous arrivions en effet à la fosse suivante par le rocher qui fait saillie à son milieu. O suprême sagesse! avec quel art tu te manifestes dans le ciel, sur la terre et dans l'empire du mal, et quelle profonde justice dans les actes de ta puissance!

Des trous étaient creusés dans la pierre livide, à distance égale, et chaque trou avait la même circonférence : à mon sens, ils étaient en tout semblables à ceux

Non mi parén meno ampi, nè maggiori,
 Che quei, che son nel mio bel san Giovanni,
 Fatti per luogo de' battezzatori.

L'un degli quali, ancor non è molt'anni,
 Rupp'io per un, che d'entro v'annegava;
 E questo fia suggel, ch'ogni uomo sganni.

Fuor della bocca a ciascun soperchiava
 D'un peccator li piedi, e delle gambe
 In fino al grosso, e l'altro dentro stava.

Le piante erano accese a tutti intrambe :
 Perchè sì forte guizzavan le giunte,
 Che spezzate averian ritorte e strambe.

Qual suole il fiammeggiar delle cose unte
 Muoversi pur, su per l'estrema buccia,
 Tal'era lì da' calcagni alle punte.

Chi è colui, maestro, che si cruccia,
 Guizzando, più che gli altri suoi consorti,
 Diss'io, e cui più rossa fiamma succia?

Ed egli a me : Se tu vuoi, ch'i' ti porti
 Laggiù, per quella ripa, che più giace,
 Da lui saprai di se, e de' suoi torti.

Ed io : Tanto m'è bel, quanto a te piace :
 Tu se' signore, e sai, ch'i' non mi parto
 Dal tuo volere, e sai quel che si tace.

qui furent creusés pour servir de baptistère dans ma belle
église de Saint-Jean. Même l'un d'eux fut brisé par moi,
il y a peu d'années, pour arracher à la mort un pauvre
enfant qui s'y noyait. Ceci soit dit en témoignage de
ma bonne intention et pour écarter une fausse opinion[1].

Par chaque orifice de ces sépulcres sortaient les pieds
d'un pécheur et ses jambes jusqu'au genou : le reste du
corps était caché. Tous ils avaient la plante des pieds si
cruellement brûlée, que leurs tendons se tordaient dans
des convulsions à rompre toutes les entraves. Comme la
flamme court plus rapide à la superficie d'un corps enduit
de graisse, ainsi la flamme allait du talon à la pointe de
leurs pieds.

« Maître, quel est ce furieux qui se tord plus violemment
que ses autres compagnons, et que ronge une flamme
plus ardente ? »

Et lui : « Laisse-moi te porter sur cette pente inclinée ;
tu apprendras de ce damné et son crime et son nom. »

Et moi : « Te plaire fait ma joie : tu es le maître, et
certes tu sais bien que je ne m'écarte guère de ta volonté.
Même les pensées que je voudrais taire, assurément tu
les sais. »

Allor venimmo in su l'argine quarto :
    Volgemmo, e discendemmo a mano stanca
    Laggiù nel fondo foracchiato ed arto.

E 'l buon maestro ancor dalla sua anca
    Non mi dipose, sin mi giunse al rotto
    Di quei, che sì piangeva con la zanca.

O qual che se', che 'l di su tien di sotto,
    Anima trista, come pal commessa,
    Comincia'io a dir, se puoi, fa motto.

Io stava, come 'l frate, che confessa
    Lo perfido assassin, che poi, ch'è fitto,
    Richiama lui, perchè la morte cessa :

Ed ei gridò : Se' tu già costì ritto,
    Se' tu già costì ritto, Bonifazio?
    Di parecchi anni mi menti lo scritto.

Se' tu sì tosto di quell'aver sazio,
    Per lo qual non temesti torre a 'nganno
    La bella donna, e di poi farne strazio?

Tal mi fec'io, qua' son color, che stanno,
    Per non intender ciò, ch'è lor risposto,
    Quasi scornati, e risponder non sanno.

Allor Virgilio disse : Dilli tosto,
    Non son colui, non son colui, che credi.
    Ed io risposi, com'a me fu imposto :

Nous arrivons alors à la quatrième chaussée, et, tournant à main gauche, nous descendons au fond de cette fosse étroite et criblée de trous. Cependant le bon maître me tenait étroitement serré près de lui, jusqu'à ce qu'il m'eût conduit au sépulcre béant de ce même damné qui se plaignait, en agitant ses pieds convulsifs.

« Qui que tu sois, lui dis-je aussitôt, toi que je vois ainsi la tête en bas, planté comme un pal, esprit malheureux, si tu peux parler, parle-moi. »

J'étais comme le moine qui confesse un assassin [2] : le patient, à moitié déjà dans la fosse, le rappelle sans cesse pour retarder le moment suprême.

Et il s'écria : « Est-ce toi, Boniface [3] ? Ici déjà debout ! La prédiction m'a donc menti de plusieurs années ! Es-tu donc si tôt repu de ces trésors pour lesquels tu as eu l'audace de t'emparer, par violence et par fraude, de l'auguste épousée [4], et de la livrer ensuite aux derniers outrages? »

A ces paroles, je devins semblable à celui qui, ne comprenant pas ce qu'on lui dit, reste tout honteux, hésite et ne répond pas.

Virgile alors : « Réponds-lui bien vite : Non, je ne suis pas, je ne suis pas celui que tu crois! »
Et je répondis ainsi mot pour mot. Aussitôt l'esprit

Perchè lo spirto tutti storse i piedi :
 Poi sospirando, e con voce di pianto,
 Mi disse : Dunque che a me richiedi ?

Se di saper ch'io sia, ti cal cotanto,
 Che tu abbi però la ripa scorsa,
 Sappi, ch'io fui vestito del gran manto :

E veramente fui figliuol dell'orsa,
 Cupido sì, per avanzar gli orsatti,
 Che su l'avere, e qui me misi in borsa.

Di sott'al capo mio son gli altri tratti,
 Che precedetter me, simoneggiando,
 Per la fessura della pietra piatti.

Laggiù cascherò io altresì, quando
 Verrà colui, ch'io credea, che tu fossi,
 Allor, ch'i' feci 'l subito dimando.

Ma più è 'l tempo già, che i piè mi cossi,
 E ch'io son stato così sottosopra,
 Ch'ei non starà piantato co' piè rossi :

Che dopo lui verrà di più laid' opra,
 Di ver ponente un pastor senza legge,
 Tal che convien, che lui, e me ricuopra.

Nuovo Jason sarà, di cui si legge
 Ne' Maccabei : e come a quel fu molle
 Suo re, così fi'a lui, chi Francia regge.

tordit ses pieds de plus belle. Enfin, avec un soupir et
d'une voix gémissante, il me dit : « Que veux-tu de moi ?
Si ton désir de savoir qui je suis t'a conduit jusqu'ici,
apprends que j'ai porté le manteau pontifical ; apprends
qu'en véritable fils de l'Ourse [5], j'ai poussé si loin la rage
d'amasser pour mes oursins, que me voilà plongé dans
cette bourse de l'enfer, pour avoir rempli la mienne tant
que j'ai pu.

« Bien au-dessous de ma tête sont entassés dans cette
auge de pierre tous ceux de mes prédécesseurs qui furent,
comme moi, simoniaques. A mon tour, je m'enfoncerai
plus bas quand viendra celui pour qui je te prenais au
moment où je t'adressai ma soudaine question. Mais je
suis ici déjà, les pieds brûlants et la tête en bas, depuis
plus de temps qu'il n'y sera planté lui-même, avec ses
pieds roussis ; car, après lui, de l'occident viendra,
chargé de plus laides œuvres encore, un pasteur sans
loi [6], et bien digne de nous couvrir tous les deux. Pareil
à ce Jason du livre des Machabées, pour qui son roi fut
complaisant, il sera protégé par le prince qui règne en
France. »

Io non so, s'i' mi fui qui troppo folle :
 Ch'i' pur risposi lui, a questo metro ,
 Deh or mi dî quanto tesoro volle

Nostro Signore in prima da san Pietro ,
 Che ponesse le chiavi in sua balía?
 Certo non chiese, se non, Viemmi dietro.

Nè Pier , nè gli altri chiesero a Mattia
 Oro , o argento , quando fu sortito
 Nel luogo , che perdè l'anima ria.

Pero ti sta , che tu se' ben punito ,
 E guarda ben la mal tolta moneta ,
 Ch'esser ti fece contra Carlo ardito :

E se non fosse , ch'ancor lo mi vieta
 La reverenzia delle somme chiavi ,
 Che tu tenesti nella vita lieta ,

I' userei parole ancor più gravi ;
 Che la vostra avarizia il mondo attrista ,
 Calcando i buoni , e sollevando i pravi.

Di voi pastor s'accorse 'l Vangelista ,
 Quando colei , che siede sovra l'acque ,
 Puttaneggiar co' regi a lui fu vista :

Quella , che con le sette teste nacque ,
 E dalle diece corna ebbe argomento .
 Fin che virtute al suo marito piacque.

Et moi, peut-être avec trop de hardiesse : « Eh! dis-
moi quel est le trésor que notre Seigneur exigea de
saint Pierre, avant de remettre les clés en sa puissance?
Assurément il ne lui dit rien, sinon : « Suis-moi! » Ni
saint Pierre ni les autres n'exigèrent de Mathias de l'or
ou de l'argent, lorsqu'il fut élu à la place qu'un traître
avait perdue [7].

« Reste donc là. dans ton châtiment mérité, et garde
avec soin cet or volé qui t'a rendu si audacieux contre
Charles [8]. Et n'était le respect que je dois aux saintes
clés qui te furent confiées, dans la vie heureuse, j'aurais
des paroles encore plus amères; car votre avarice con-
triste le monde, votre avarice qui foule aux pieds les
bons, en élevant les pervers. C'est vous, pasteurs des
âmes, qu'il avait dans sa pensée, l'évangéliste, quand
il vit, assise sur les eaux et forniquant avec les rois, la
grande prostituée qui portait en naissant les sept têtes et
les dix cornes, emblème de sa puissance, tant que son
époux vécut dans l'innocence [9]! De l'or et de l'argent
vous vous êtes fait des dieux. En quoi différez-vous de
l'idolâtre? il adore une seule divinité, et vous en adorez
mille! Ah! Constantin, que de maux engendra, non pas
ta conversion, mais cette dot que reçut de tes mains le
premier pape qui fut riche! »

Fatto v'avete Dio d'oro, e d'argento :
   E che altro è da voi all'idolatre,
   Se non ch'egli uno, e voi 'n orate cento?

Ahi Costantin, di quanto mal fu matre,
   Non la tua conversion, ma quella dote,
   Che da te prese il primo ricco patre !

E mentre io gli cantava cotai note,
   O ira, o coscienzia, che 'l mordesse,
   Forte spingava, con ambo le piote.

I' credo ben, ch'al mio duca piacesse,
   Con sì contenta labbia sempre attese
   Lo suon delle parole vere espresse.

Pero con ambo le braccia mi prese,
   E poi che tutto su mi s'ebbe al petto,
   Rimontò per la via, onde discese :

Nè si stancò d'avermi a se ristretto,
   Sin men' portò sovra 'l colmo dell'arco,
   Che dal quarto al quinto argine è tragetto.

Quivi soavemente spose il carco
   Soave per lo scoglio sconcio ed erto,
   Che sarebbe alle capre duro varco :

Indi un' altro vallon mi fu scoverto.

Et pendant que je lui chantais ma complainte, mordu
par la colère ou par sa conscience, il tortillait ses deux
pieds, plus furieux que jamais.

Mon guide, je le crois bien, prenait plaisir à m'écouter : il souriait avec bienveillance au son de mes paroles
véridiques et sévères. Il m'entoura de ses deux bras, et
quand il m'eut bien étreint sur sa poitrine, il remonta
le chemin par où nous étions descendus; et, ne cessant
de me tenir étroitement embrassé, il me transporta sur
la cime de l'arche qui conduit de la quatrième à la
cinquième chaussée.

Là il déposa paternellement son cher fardeau sur cette
roche escarpée et si étroite, qu'elle serait, pour les
chèvres mêmes, un chemin peu sûr.

Alors une enceinte nouvelle s'ouvrit à mes yeux.

CANTO VIGESIMO

Di nuova pena mi convien far versi,
    E dar materia al ventesimo canto
    Della prima canzon, ch' è de' sommersi.

Io era già disposto tutto quanto
    A risguardar nello scoverto fondo,
    Che si bagnava d' angoscioso pianto :

E vidi gente, per lo vallon tondo,
    Venir tacendo, e lagrimando, al passo,
    Che fanno le letáne in questo mondo.

Come 'l viso mi scese in lor più basso,
    Mirabilmente apparve esser travolto
    Ciascun dal mento al principio del casso :

Che dalle reni era tornato 'l volto,
    E indietro venir li convenia,
    Perche 'l veder dinanzi era lor tolto.

CHANT VINGTIÈME

Dans ce vingtième chant de mon premier cantique sur les damnés, je vais raconter des supplices nouveaux.

J'étais tout occupé à regarder au fond de cette vallée ouverte sous mes pieds et inondée des pleurs du désespoir, quand je vis venir dans l'enceinte circulaire une file d'âmes silencieuses, pleurantes et marchant du pas lent de nos processions dans le monde chrétien.

Et comme mes regards plongeaient plus bas, sur ces misérables, il me sembla que chacun d'eux, du menton à la naissance du thorax, était horriblement tordu; car leur visage, retourné du côté des reins, les forçait de marcher à reculons et les empêchait de voir devant eux. Peut-être est-il arrivé que, sous le coup de la paralysie, quelqu'un se soit trouvé tordu de la sorte; mais je ne l'ai pas vu, et je ne le crois pas.

Forse, per forza già di parlasía,
   Si travolse così alcun del tutto :
   Ma io nol vidi, nè credo che sia.

Se Dio ti lasci, Lettor, prender frutto,
   Di tua lezione, or pensa per te stesso,
   Com' i' potea tener lo viso asciutto,

Quando la nostra imagine da presso
   Vidi sì torta, che 'l pianto degli occhi
   Le natiche bagnava per lo fesso.

Certo i' piangea, poggiato a un de' rocchi
   Del duro scoglio, sì che la mia scorta
   Mi disse : Ancor se' tu degli altri sciocchi?

Qui vive la pietà, quand' è ben morta.
   Chi è più scellerato di colui,
   Ch' al giudicio divin passion porta?

Drizza la testa, drizza, e vedi a cui
   S'aperse agli occhi de' Teban la terra,
   Perchè gridavan tutti : Dove rui,

Anfiarao? perchè lasci la guerra?
   E non restò di ruinare a valle,
   Fino a Minos, che ciascheduno afferra.

Mira, ch' ha fatto petto delle spalle :
   Perchè volle veder troppo davante,
   Dinietro guarda, e fa ritroso calle.

Dieu te fasse la grâce, lecteur, de retirer quelque fruit
de ces récits ; et pense en toi-même si je pus regarder
ces malheureux d'un œil sec, lorsque je vis notre propre
image bouleversée à ce point, que les larmes des yeux
coulaient le long de l'épine dorsale.

Appuyé à l'une des roches de la terrible enceinte, je
versais tant de pleurs, que mon guide me dit : « As-tu
donc perdu, toi aussi, toute espèce de bon sens? Il n'y a
de pitié ici que dans l'oubli de toute pitié. Quel plus
grand crime que d'avoir compassion quand la justice
divine a prononcé?

« Allons, lève la tête et regarde celui-là : la terre
s'entr'ouvrit pour l'engloutir aux yeux des Thébains qui
s'écriaient : Amphiaraus [1] où te précipites-tu? pourquoi
fuir le combat? Et cependant il ne cessa de rouler
d'abîme en abîme jusqu'aux pieds de Minos qui saisit
les coupables. Regarde, lui aussi, de son épaule il a fait
sa poitrine. Il a voulu trop voir en avant; maintenant il
regarde en arrière et marche à reculons.

Vedi Tiresia, che mutò sembiante,
   Quando di maschio femmina divenne,
   Cangiandosi le membra tutte quante :

E prima poi ribatter le convenne
   Li duo serpenti avvolti, con la verga,
   Che riavesse le maschili penne.

Aronta è quei, ch'al ventre gli s'atterga,
   Che ne' monti di Luni, dove ronca
   Lo Carrarese, che di sotto alberga,

Ebbe tra bianchi marmi la spelonca
   Per sua dimora : onde a guardar le stelle,
   E 'l mar non gli era la veduta tronca.

E quella, che ricuopre le mammelle,
   Che tu non vedi, con le trecce sciolte,
   E ha di là ogni pilosa pelle,

Manto fu, che cercò per terre molte,
   Poscia si pose là, dove nacqu'io :
   Onde un poco mi piace, che m'ascolte.

Poscia che 'l padre suo di vita uscío,
   E venne serva la città di Baco,
   Questa gran tempo per lo mondo gio.

Suso in Italia bella giace un laco
   Appiè dell'alpe, che serra Lamagna,
   Sovra Tiralli, ed ha nome Benaco.

« Voici Tirésias [2]. Un jour il changea de nature, et, de la tête aux peds, complète fut sa transformation : il était un homme, il devint une femme, et quand il voulut recouvrer sa forme virile, il fut forcé de séparer de sa baguette les deux serpents entrelacés [3].

« Derrière celui-ci, et lui pressant le ventre de son dos, vient Arons [4]. Sur les monts de Luni, cultivés par le Carrarais, habitant de la vallée, il eut pour demeure la grotte des marbres blancs : de ces hauteurs, sans nul obstacle, il pouvait à son gré interroger la mer et les étoiles.

« Celle qui, de ses tresses flottantes, couvre son sein que tu ne peux voir, et dont la peau, de l'autre côté, est toute velue, elle a nom Manto [5]. Elle erra longtemps de contrées en contrées, avant de s'arrêter au lieu où je suis né. C'est pourquoi tu feras bien d'écouter ce que j'ai à te dire à ce sujet.

« Quand elle vit son père mort et la cité de Bacchus [6] asservie, Manto s'en alla longtemps par le monde. Là-haut, dans la belle Italie, au pied des Alpes qui bornent la Germanie, au-dessus du Tyrol, s'étend un lac [7], le Bénaco. Plus de mille ruisseaux qui baignent l'Apennin entre Garda et Val Camonica, apportent leurs eaux à ce paisible lac.

Per mille fonti credo, e più si bagna,
  Tra Garda, e val Camonica, e Apennino
  Dell' acqua, che nel detto lago stagna.

Luogo è nel mezzo, là dove 'l Trentino
  Pastore, e quel di Brescia, e 'l Veronese
  Segnar poría, se fesse quel cammino.

Siede Peschiera, bello e forte arnese,
  Da fronteggiar Bresciani e Bergamaschi,
  Onde la riva intorno più discese.

Ivi convien, che tutto quanto caschi
  Ciò, che 'n grembo a Benaco star non può,
  E fassi fiume giù pe' verdi paschi.

Tosto che l' acqua a correr mette cò,
  Non più Benaco, ma Mincio si chiama,
  Fino a Governo, dove cade in Pò.

Non molto ha corso, che truova una lama,
  Nella qual si distente, e la 'mpaluda,
  E suol di state talora esser grama.

Quindi passando la vergine cruda
  Vide terra nel mezzo del pantano,
  Sanza cultura, e d'abitanti nuda.

Lì, per fuggire ogni consorzio umano,
  Ristette co' suoi servi a far su'arti,
  E visse, e vi lasciò suo corpo vano.

Au milieu est une île, où les évêques de Trente, de Brescia et de Vérone, s'ils prenaient ce chemin, pourraient bénir, chacun d'eux, son diocèse [8]. Sur la pente où la rive s'abaisse est assise Peschiera, belle et puissante protection pour Bergame et Brescia. C'est là que, s'échappant du Bénaco trop rempli, les eaux deviennent un fleuve qui s'épanche au milieu des vertes prairies. L'onde, en roulant dans son nouveau lit, prend un nom nouveau : c'est le Mincio qu'on l'appelle, et il garde ce nom jusqu'à Governo, où il tombe dans le Pô.

« Mais auparavant, et sans avoir couru longtemps, il rencontre une lande où ses eaux deviennent un marais plein de fièvres en été.

« Un jour qu'elle côtoyait ce marais, la vierge farouche aperçut, au milieu de ses eaux stagnantes, une terre sans culture et sans habitants. C'est là que, pour fuir tout commerce avec les hommes, elle s'établit avec ses serviteurs. Elle y pratiqua son art magique; elle y vécut; elle y a laissé sa froide dépouille.

Gli uomini poi, che 'ntorno erano sparti,
   S' accolsero a quel luogo, ch' era forte,
   Per lo pantan, ch' avea da tutte parti.

Fer la città sovra quell' ossa morte,
   E per colei, che 'l luogo prima elesse,
   Mantova l' appellar, senz' altra sorte.

Già fur le genti sue dentro più spesse,
   Prima che la mattía da Casalodi,
   Da Pinamonte inganno ricevesse.

Però t' assenno, che se tu mai odi
   Originar la mia terra altrimenti,
   La verità nulla menzogna frodi.

Ed io : Maestro, i tuoi ragionamenti
   Mi son sì certi, e prendon sì mia fede,
   Che gli altri mi sarien carboni spenti.

Ma dimmi della gente, che procede,
   Se tu ne vedi alcun degno di nota :
   Che solo a ciò la mia mente risiede.

Allor mi disse : Quel, che dalla gota
   Porge la barba in su le spalle brune,
   Fu, quando Grecia fu di maschi vota

Sì, ch' appena rimaser per le cune,
   Augure, e diede 'l punto con Calcanta
   In Aulide, a tagliar la prima fune.

« Bientôt les hommes dispersés dans les environs se réunirent dans ce lieu fortifié de tous côtés par l'enceinte marécageuse. Ils bâtirent une ville sur les ossements de Manto elle-même. En mémoire de celle qui, la première, avait choisi cette place, et sans consulter autrement les augures, ils l'appelèrent Mantoue. C'était autrefois une grande et populeuse cité; mais alors le fourbe Pinamonte n'avait pas abusé de la sotte crédulité de Casalodi [9].

« Je t'instruis de la sorte, afin que si jamais on attribue une autre origine à ma patrie, aucun mensonge ne puisse l'emporter sur la vérité. »

Et moi : « Maître, tes discours resplendissent d'une telle évidence et commandent tant de respect, que tous les autres me seraient comme charbons éteints. Dis-moi cependant si parmi cette foule d'âmes qui s'avancent, il en est qui méritent d'être remarquées? C'est là tout mon souci en ce moment. »

Alors il me dit : « Celui dont la barbe descend des joues sur ses brunes épaules fut un augure à l'époque où la Grèce, épuisée d'hommes, avait à peine des enfants dans les berceaux. C'est celui-là (lui et Calchas!) qui, dans le port de l'Aulide, donna le signal de couper le premier câble. Il s'appelait Euripyle [10] : ainsi l'ont nommé quelque part les chants épiques de ma muse : tu t'en souviens, toi qui les sais par cœur.

Euripilo ebbe nome, e così 'l canta
    L'alta mia Tragedia, in alcun loco.
    Ben lo sa' tu, che la sai tutta quanta.

Quell'altro, che ne' fianchi è così poco,
    Michele Scotto fu, che veramente
    Delle magiche frode seppe il giuoco.

Vedi Guido Bonatti: vedi Asdente,
    Ch'avere inteso al cuojo e allo spago
    Ora vorrebbe, ma tardi si pente.

Vedi le triste, che lasciaron l'ago,
    La spuola, e 'l fuso, e fecersi indovine:
    Fecer malie con erbe e con imago.

Ma vienne omai: che già tiene 'l confine
    D'amenduo gli emisperi, e tocca l'onda,
    Sotto Sibilia, Caino, e le spine.

E già jernotte fu la luna tonda:
    Ben ten' dee ricordar, che non ti nocque,
    Alcuna volta, per la selva fonda.

Sì mi parlava, e andavamo introcque.

« Cet autre, aux flancs décharnés, fut Michel Scott [11], un savant magicien, un habile imposteur.

« Voilà aussi Guido Bonatti, et cet Asdente [12] qui voudrait bien en être encore à son cuir et à son fil empoissé ; mais son repentir vient trop tard.

« Enfin les voici ces malheureuses qui ont quitté l'aiguille, la navette et le fuseau, pour faire œuvre de sorcellerie et composer des charmes avec l'herbe magique et des images de cire.

« Et maintenant il est temps; suivons notre chemin. Déjà Caïn, courbé sous son fagot d'épines [13], arrive à l'extrême limite des deux hémisphères et touche, au-dessous de Séville, à la mer d'occident. La nuit dernière, la lune était déjà ronde, et, tu le sais, dans la sombre forêt, ses clartés ne te furent pas contraires. »

Ainsi il me parlait, et nous marchions toujours.

CANTO VIGESIMOPRIMO

Così di ponte in ponte altro parlando,
  Che la mia commedia cantar non cura,
  Venimmo. e tenavamo 'l colmo, quando

Ristemmo, per veder l' altra fessura
  Di Malebolge, e gli altri pianti vani :
  E vidila mirabilmente oscura.

Quale nell' Arzanà de' Viniziani
  Bolle l' inverno la tenace pece,
  A rimpalmar li legni lor non sani,

Che navicar non ponno, e 'n quella vece
  Chi fa suo legno nuovo, e chi ristoppa
  Le coste a quel, che più viaggi fece :

Chi ribatte da proda, e chi da poppa :
  Altri fa remi, e altri volge sarte,
  Chi terzeruolo, ed artimon rintoppa :

CHANT VINGT-UNIÈME

Nous allons ainsi d'arcade en arcade, parlant de choses que mon poeme n'a souci de répéter, et, après avoir atteint l'arche la plus élevée, nous nous arrêtons devant la cinquième fosse de Malebolge, prodigieusement obscure et d'où sortaient d'autres plaintes sans espoir.

Quand l'hiver est venu, dans les arsenaux de Venise on voit bouillir le goudron tenace destiné à radouber les vaisseaux avariés qui ne peuvent plus tenir la mer. Pendant que ceux-ci construisent un navire neuf, ceux-là calfatent les flancs du bâtiment revenu de plus d'un voyage; on frappe à la proue, on frappe à la poupe; l'un façonne des rames, l'autre tord des câbles, et cet autre rapièce la voile de misaine ou d'artimon.

Tal, non per fuoco, ma per divina arte,
   Bollia laggiuso una pegola spessa,
   Che 'nviscava la ripa d'ogni parte.

I' vedea lei, ma non vedeva in essa,
   Mache le bolle, che 'l bollor levava,
   E gonfiar tutta, e riseder compressa.

Mentr'io laggiù fisamente mirava,
   Lo duca mio, dicendo, Guarda guarda,
   Mi trasse a se del luogo, dov'io stava.

Allor mi volsi, come l'uom, cui tarda
   Di veder quel, che li convien fuggire,
   E cui paura subita sgagliarda :

Che, per veder, non indugia 'l partire :
   E vidi dietro a noi un Diavol nero,
   Correndo, su per lo scoglio venire.

Ahi quant'egli era nell'aspetto fiero !
   E quanto mi parea nell'atto acerbo,
   Con l'ale aperte, e sovra i piè leggiero !

L'omero suo, ch'era acuto e superbo,
   Caicava un peccator con ambo l'anche,
   Ed ei tenea de' piè ghermito il nerbo.

Del nostro ponte, disse : O Malebranche,
   Ecc'un degli Anzian di santa Zita :
   Mettetel sotto, ch'i' torno per anche

Ainsi, non par la violence du feu, mais par une divine
industrie, bouillait dans ce gouffre un bitume épais, qui
engluait tous les bords à l'entour. Je voyais cette poix,
mais sans rien apercevoir que les grosses bulles soulevées
par la chaleur, et la masse liquide tour à tour se gonflant
et retombant affaissée.

Attentif, je regardais en bas, quand mon guide, en
s'écriant : « Prends garde à toi, prends garde ! » me tire
à lui brusquement et m'entraîne de la place où j'étais. Je
me retourne, semblable à l'homme empressé de voir ce
qu'il doit fuir et qui, troublé par une peur subite, ne
laisse pas de fuir tout en regardant ; et je vois derrière
moi un démon noir qui venait en courant sur le rocher.
Oh ! que de terreur dans son aspect ! De quelle allure
menaçante il arrivait, avec ses ailes ouvertes, et des pieds
si légers ! Sur ses épaules élevées et pointues, il avait
chargé un pécheur qu'il tenait griffé par le tendon du
pied.

Arrivé sur notre pont, il s'écria : « Je t'apporte, ô
Malebranche [1], un des Anciens [2] de Santa-Zita. Qu'on
l'enfonce bien vite, et que je remonte aussitôt à cette

1   17

A quella terra, che n'è ben fornita :
    Ogni uom v'è barattier, fuor che Buonturo :
    Del nò, per li denar, vi si fa ita.

Laggiù 'l buttò, e per lo scoglio duro
    Si volse, e mai non fu mastino sciolto,
    Con tanta fretta a seguitar lo furo.

Quei s'attuffò, e tornò su convolto :
    Ma i Demon, che del ponte avean coverchio
    Gridar : Quì non ha luogo il Santo Volto :

Quì si nuota altrimenti, che nel Serchio :
    Però se tu non vuoi de' nostri graffi,
    Non far sovra la pegola soverchio.

Poi l'addentar con più di cento raffi :
    Disser : Coverto convien, che quì balli,
    Sì che, se puoi, nascosamente accaffi.

Non altrimenti i cuochi a' lor vassalli
    Fanno attuffare, in mezzo la caldaja,
    La carne con gli uncin, perchè non galli.

Lo buon maestro : Acciocchè non si paja,
    Che tu ci sii, mi disse, giù t'acquatta,
    Dopo uno scheggio, che alcun schermo t'haja.

E per null'offension, ch'a me sia fatta,
    Non temer tu, ch'i' ho le cose conte,
    Perch'altra volta fui a tal baratta.

terre qui en est si bien pourvue. Là, tout homme est à
vendre, excepté l'incorruptible Buonturo [3]. Terre vénale!
d'un non l'argent y fait un oui! »

Cela dit, il jette le damné dans la poix, et s'en retourne par son âpre chemin. Lâché sur un voleur, le
dogue n'y va pas du même train.

Le damné s'enfonça, et remonta tout barbouillé de
poix. Mais les démons qui étaient sous l'arche du pont
se mirent à crier : « Ici on n'invoque pas la sainte image [4].
Ici on ne nage plus dans les eaux du Serchio [5]! Essaie
de mettre la tête hors du lac, et tu tâteras de nos
harpons! »

Puis ils le mordirent avec plus de cent crocs : « Ici,
disaient-ils, il faut danser à couvert : tâche, si tu peux,
d'escroquer là-dessous en cachette. »

Ainsi, obéissant au cuisinier, les fourchettes des
marmitons enfoncent dans la chaudière la viande qui
surnage.

Et le maître : « Il ne faut pas, me dit-il, qu'on te
sache ici. Cache-toi donc, et t'abrite sous une roche ; et
reste en repos, quelque outrage qu'on me fasse ; il n'y
a rien ici qui m'étonne : je me suis déjà trouvé dans de
pareils démêlés. »

Poscia passò di là dal cò del ponte,
   E com'ei giunse in su la ripa sesta,
   Mestier gli fu d'aver sicura fronte.

Con quel furore, e con quella tempesta,
   Ch'escono i cani addosso al poverello,
   Che di subito chiede, ove s'arresta:

Usciron quei di sotto 'l ponticello,
   E volser contra lui tutti i roncigli:
   Ma ei gridò: Nessun di voi sia fello.

Innanzi che l'uncin vostro mi pigli,
   Traggasi avanti l'un di voi, che m'oda,
   E poi di roncigliarmi si consigli.

Tutti gridavan: Vada Malacoda:
   Perch'un si mosse, e gli altri stetter fermi,
   E venne a lui dicendo, che gli approda.

Credi tu, Malacoda, qui vedermi
   Esser venuto, disse 'l mio maestro,
   Securo già da tutti i vostri schermi,

Sanza voler divino, e fato destro?
   Lasciami andar, che nel Cielo è voluto,
   Ch'i' mostri altrui questo cammin silvestro.

Allor gli fu l'orgoglio sì caduto,
   Che si lasciò cascar l'uncino a' piedi,
   E disse agli altri: Omai non sia feruto.

En même temps il passait de l'autre côté du pont;
mais à peine arrivé, il dut s'armer de toute sa fermeté.

Jamais avec plus de fureur et plus de tempête de cris,
des dogues ne s'élancèrent sur le pauvre qui s'arrête et
mendie, que ne firent les démons, sortant de dessous le
pont et brandissant contre lui tous leurs crocs.

« Qu'aucun de vous ne se révolte! leur cria-t-il. Laissez
vos fourches en paix jusqu'à ce que l'un de vous s'avance
et m'écoute. Après quoi, il me harponnera, si tel est son
plaisir. »

« Va, toi, Malacoda! » cria toute la bande. Les autres
restant immobiles, un seul s'avance, arrive à mon guide
et lui dit : « Qu'y a-t-il? et que me veux-tu? »

« Penses-tu donc, Malacoda, dit mon maître, que je
serais venu librement jusqu'ici, en dépit de toutes vos
résistances, sans la volonté suprême et l'arrêt des destins?
Laisse-moi passer : il est écrit dans le ciel que je conduise
par ces sentiers sauvages quelqu'un qui est avec moi. »

Ces paroles brisent l'orgueil du démon; il laisse tomber
sa fourche à ses pieds et dit aux autres : « Il ne faut pas
qu'on le touche, à présent! »

E'l duca mio a me : O tu, che siedi
 Tra gli scheggion del ponte, quatto quatto,
 Sicuramente omai a me ti riedi.

Perch'i' mi mossi, e a lui venni ratto :
 E i Diavoli si fecer tutti avanti,
 Sì ch'io temetti non tenesser patto.

E così vid'io già temer li fanti,
 Ch'uscivan, patteggiati, di Caprona,
 Veggendo se tra nemici cotanti.

I' m'accostai con tutta la persona,
 Lungo 'l mio duca, e non torceva gli occhi
 Dalla sembianza lor, ch'era non buona.

Ei chinavan gli raffi, e Vuoi ch'i'l tocchi,
 Diceva l'un con l'altro, in sul groppone?
 E rispondean : Sì, fa, che ghele accocchi.

Ma quel Demonio, che tenea sermone
 Col duca mio, si volse tutto presto,
 E disse : Posa, posa, Scarmiglione.

Poi disse a noi : Più oltre andar, per questo
 Scoglio non si potrà ; perocchè giace
 Tutto spezzato al fondo l'arco sesto :

E se l'andare avanti pur vi piace,
 Andatevene su per questa grotta :
 Presso è un'altro scoglio, che via face.

Et mon guide à moi : « Allons, dit-il, le danger est passé ; tu peux quitter la roche où tu te tiens accroupi, et revenir à moi. »

Sans tarder, je me lève et j'accours.

Ici les démons firent un mouvement en avant, et il me sembla (j'en étais tout tremblant) qu'ils voulaient rompre le pacte. Autrefois j'avais vu les soldats qui, par capitulation, sortaient de Caprona [6], éprouver la même crainte en se voyant entourés de tant d'ennemis.

Je me serrai étroitement, et de toute ma personne, contre mon guide, mais sans détacher mes yeux de leur visage qui n'était rien moins que rassurant.

Déjà ils inclinaient leurs crocs, et l'un d'eux dit aux autres : « Faut-il que je le morde au croupion? — Oui, oui, disaient-ils, un bon coup de dent! »

Mais le démon qui s'était entretenu avec mon guide, se retourna subitement, en disant : « Paix là! paix là! Scarmiglione! »

Puis, s'adressant à nous : « Vous ne pouvez pas aller plus loin sur ce rocher; la sixième arche, écroulée, a couvert le fond de ses débris. Si pourtant il vous convient de poursuivre plus avant, prenez par cette pente escarpée; elle aboutit à une autre arcade où le passage est ouvert. Hier, cinq heures plus tard que cette huitième heure où nous sommes, s'est accomplie la douze cent soixante-

Jer, più oltre cinqu'ore, che quest'otta,
   Mille dugento con sessanta sei
   Anni compier, che qui la via fu rotta.

I' mando verso là di questi miei,
   A riguardar s'alcun se ne sciorina:
   Gite con lor, ch'e' non saranno rei.

Tratti avanti, Alichino, e Calcabrina,
   Cominciò egli a dire, e tu, Cagnazzo,
   E Barbariccia guidi la decina.

Libicocco vegna oltre, e Draghignazzo,
   Ciriatto sannuto, e Graffiacane,
   E Farfarello, e Rubicante pazzo.

Cercate intorno le bollenti pane:
   Costor sien salvi, insino all'altro scheggio,
   Che tutto 'ntero va sovra le tane.

O me, maestro, che è quel, ch'i' veggio,
   Diss'io? deh sanza scorta andiamci soli,
   Se tu sa'ir, ch'i' per me non la cheggio:

Se tu se' sì accorto, come suoli,
   Non vedi tu, ch'e' digrignan li denti,
   E con le ciglia ne minaccian duoli?

Ed egli a me: Non vo', che tu paventi:
   Lasciali digrignar pure a lor senno,
   Ch'e' fanno ciò, per li lessi dolenti.

sixième année, depuis qu'ici le chemin a été rompu [7].
J'expédie par-là quelques-uns des miens, pour voir si
nul damné ne met la tête à l'air : allez avec eux, ils ne
seront pas méchants.

« Allons, leur dit-il, en avant, Alichino [8], Calcabrina
et toi aussi, Cagnazzo ! C'est Barbariccia qui conduit la
dizaine. Allez à leur suite, Libicocco et Draghignazzo,
Ciriatto aux dents crochues, et Graffiacane, et Farfarello,
et Rubicante le fou ! Faites bonne garde autour de la
poix bouillante ; et que ceux-ci parviennent en sûreté au
pont dont l'arche, entière encore, traverse l'abîme. »

« Maître, à quoi bon ? m'écriai-je. Allons seuls, sans
escorte ; qu'en ai-je besoin, si tu sais le chemin ? Es-tu
donc moins clairvoyant que de coutume, et ne vois-tu
pas comme ils grincent des dents, et comme leurs regards
nous annoncent malheur ? »

Et lui : « Calme-toi ; laisse-les grincer des dents tout
à leur aise : ils n'en veulent qu'à ces misérables qui sont
là à bouillir. »

Per l'argine sinistro volta dienno :
    Ma prima avea ciascun la lingua stretta
    Co' denti, verso lor duca, per cenno,

Ed egli avea del cul fatto trombetta.

En ce moment, ils tournent à gauche, par la chaussée ;
chacun d'eux auparavant, d'un coup de sa langue serrée
entre ses dents, donne un signal connu du chef ; et le
chef répond par une fanfare que sonne sa trompette
d'en-bas [a].

CANTO VIGESIMOSECONDO

I' vidi già cavalier muover campo,
   E cominciare stormo, e far lor mostra,
   E tal volta partir per loro scampo :

Corridor vidi, per la terra vostra,
   O Aretini, e vidi gir gualdane,
   Ferir torneamenti, e correr giostra,

Quando con trombe, e quando con campane,
   Con tamburi, e con cenni di castella,
   E con cose nostrali, e con istrane :

Nè già con sì diversa cennamella
   Cavalier vidi muover, nè pedoni,
   Nè nave a segno di terra, o di stella.

Noi andavam con li dieci Dimoni :
   (Ah fiera compagnia!) ma nella chiesa
   Co' santi, e in taverna co' ghiottoni.

CHANT VINGT-DEUXIÈME

Plus d'une fois j'ai vu des cavaliers se mettre en campagne, engager le combat, parader, ou même s'enfuir en déroute ; j'ai vu, habitants d'Arezzo, des coureurs faire irruption sur votre territoire et des maraudeurs y porter le pillage ; j'ai vu l'escrime des tournois et la course des joutes, au bruit des clairons, au son des cloches, au tapage du tambour, aux saluts des châteaux forts, au bruit enfin des instruments guerriers de tout pays ; mais je ne vis jamais ni cavaliers, ni fantassins se mettre en marche au son d'une si étrange trompette ; jamais vaisseau ne reçut de la terre ou du ciel un semblable signal !

Nous allons avec les dix démons (affreuse compagnie !). Mais, dit le proverbe, « à l'église, avec les saints ; à la taverne, avec les buveurs ! »

Pure alla pegola era la mia intesa,
 Per veder della bolgia ogni contegno,
 E della gente, ch'entro v'era incesa.

Come i Delfini, quando fanno segno
 A' marinar con l'arco della schiena,
 Che s'argomentin di campar lor legno,

Talor così ad alleggiar la pena
 Mostrava alcun de' peccatori 'l dosso,
 E nascondeva, in men, che non balena.

E com'all'orlo dell'acqua d'un fosso
 Stan li ranocchi, pur col muso fuori,
 Sì che celano i piedi, e l'altro grosso,

Sì stavan d'ogni parte i peccatori :
 Ma come s'appressava Barbariccia,
 Così si ritraean sotto i bollori.

Io vidi, ed anche 'l cuor mi s'accapriccia,
 Uno aspettar così, com'egl'incontra,
 Ch'una rana rimane, e l'altra spiccia.

E Graffiacan, che gli era più di contra,
 Gli arronciglò le 'mpegolate chiome,
 E trassel su, che mi parve una lontra.

I' sapea già di tutti quanti 'l nome,
 Sì li notai, quando furono eletti,
 E poi che si chiamaro, attesi come,

Cependant j'avais toujours les yeux fixés sur la poix
bouillante, cherchant à découvrir les mystères de cette
fosse et le supplice de ceux qui brûlaient dedans.

Semblable au dauphin qui, hors de l'eau, courbe son
dos en arc, avertissant le matelot de veiller au salut de
son navire; de temps en temps quelqu'un des pécheurs,
pour adoucir sa souffrance, sortait son échine et la rentrait
dans le bitume avec la rapidité de l'éclair.

Comme aussi des grenouilles, sur les bords d'un
étang, hasardent la tête au dehors, les pattes et le
reste du corps bien cachés dans la vase; ainsi faisaient,
de tous côtés, les damnés; mais dès que s'approchait
Barbariccia, aussitôt ils s'enfonçaient sous les bouillons.

J'en vis un, et j'en ai le cœur navré, qui s'arrêta
une minute à peine, ainsi que s'attarde une grenouille
quand l'autre fait le plongeon; Graffiacan, qui se tenait
tout proche, l'accrochant par ses cheveux souillés de
poix, le pêcha comme il eût fait une loutre.

Je savais déjà le nom de tous ces diables, parce qu'on
avait fait l'appel de la décurie, et parce qu'ils s'appelaient
entre eux par leurs noms.

O Rubicante, fa che tu gli metti
 Gli unghioni addosso sì, che tu lo scuoi,
 Gridavan tutti insieme i maladetti.

Ed io : Maestro mio, fa, se tu puoi,
 Che tu sappi, chi è lo sciagurato
 Venuto a man degli avversari suoi.

Lo duca mio gli s'accostò allato,
 Domandollo ond'e' fosse : e quei rispose,
 I' fui del regno di Navarra nato.

Mia madre a servo d'un signor mi pose,
 Che m'avea generato d'un ribaldo,
 Distruggitor di se, e di sue cose.

Poi fu' famiglia del buon re Tebaldo :
 Quivi mi misi a far baratteria,
 Di che i' rendo ragione in questo caldo.

E Ciriatto, a cui di bocca uscia,
 D'ogni parte una sanna, come a porco,
 Gli fe' sentir come l'una sdrucìa.

Tra male gatte era venuto 'l sorco :
 Ma Barbariccia il chiuse con le braccia,
 E disse : State 'n là, mentr'io lo 'nforco :

E al Maestro mio volse la faccia :
 Dimanda, disse, ancor, se più disii
 Saper da lui, prima ch'altri 'l disfaccia.

« Allons, Rubicante, ton harpon dans ses reins, et une bonne entaille ! » s'écriaient à la fois tous ces maudits.

Et moi : « Maître, peux-tu me dire quel est ce malheureux qui sert de jouet à ses bourreaux ? »

Mon guide s'approcha et lui demanda d'où il était. Il répondit : « Je suis né dans le royaume de Navarre, je suis le fils d'un misérable qui dissipa ses biens et se perdit lui-même. Ma mère me mit au service d'un seigneur ; ensuite, devenu familier du bon roi Thibaut [1]. je me mis à trafiquer de ses faveurs, et je rends mes comptes maintenant sous cette poix bouillante. »

Ciriatto, la bouche armée d'une double défense (on eût dit un sanglier !), lui fit sentir comme elle décousait.

Au milieu de quelle méchante troupe de chats était tombée l'humble souris !

Mais Barbariccia, l'étreignant de ses griffes : « Restez en paix, s'écria-t-il, tandis que je le tiens sous ma fourche ! »

Puis, se tournant vers mon guide : « Interroge-le, dit-il, si tu veux en savoir davantage, et hâte-toi, car on va le dépecer. »

1   18

Lo duca : Dunque or dî degli altri rii :
    Conosci tu alcun, che sia Latino
    Sotto la pece? e quegli : I' mi partii

Poco è da un, che fu di là vicino :
    Così foss'io ancor con lui coverto,
    Ch'i' non temerei unghia, nè uncino.

E Libicocco, Troppo avem sofferto,
    Disse : e presegli 'l braccio col runciglio,
    Sì che, stracciando, ne portò un lacerto.

Draghignazzo anch'ei volle dar di piglio
    Giù dalle gambe : onde 'l decurio loro
    Si volse 'ntorno intorno con mal piglio.

Quand'elli un poco rappaciati foro,
    A lui, ch'ancor mirava sua ferita,
    Dimandò 'l duca mio, sanza dimoro,

Chi fu colui, da cui mala partita
    Dî, che facesti, per venire a proda?
    Ed ei rispose : Fu frate Gomita,

Quel di Gallura, vasel d'ogni froda,
    Ch'ebbe i nimici di suo donno in mano,
    E fe' lor sì, che ciascun se ne loda :

Denai si tolse, e lasciógli di piano,
    Sì com'e' dice : e negli altri ufici anche
    Barattier fu non picciol, ma sovrano.

Alors mon guide : « Connais-tu quelque Romain parmi
tous ces coupables enfouis sous le bitume? »

« A l'instant même, répondit-il, je viens d'en quitter
un qui vécut près de l'Italie. Oh! que ne suis-je encore
là-dessous à couvert avec lui, et à l'abri des griffes et
des harpons! »

« C'est trop attendre! » s'écrie Libicocco. En même
temps il le saisit avec sa gaffe, et les pointes déchirantes
emportent l'avant-bras.

Draghignazzo, de son côté, voulait l'accrocher par les
jambes; mais leur décurion se retourne avec des regards
menaçants, et les démons donnent à ce damné un moment
de répit.

Mon guide alors s'empresse de demander au malheureux qui ne cessait de regarder sa blessure : « Quel est
celui que tu as quitté, pour venir te montrer si mal
à-propos hors du bitume? »

Il répondit : « C'est frère Gomita [2], magistrat de
Gallura, ce vase débordant de fraude et d'injustice, qui
tenant en son pouvoir les ennemis de son seigneur, ne
mérita que trop bien leurs actions de grâce. Après en
avoir tiré de l'argent, il leur laissa, de son propre aveu,
toute facilité pour s'évader; enfin dans tous ses emplois,
il fut non pas novice, mais passé maître en friponnerie.

Usa con esso donno Michel Zanche
   Di Logodoro : e a dir di Sardigna
   Le lingue lor non si sentono stanche.

O me, vedete l'altro, che digrigna :
   I direi anche : ma i'temo, ch'ello
   Non s'apparecchi a grattarmi la tigna.

E 'l gran proposto volto a Farfarello,
   Che stralunava gli occhi per ferire,
   Disse : Fatti 'n costà, malvagio uccello.

Se voi volete vedere, o udire,
   Ricominciò lo spaurato appresso,
   Toschi, o Lombardi, i' ne farò venire.

Ma stien le Malebranche un poco in cesso,
   Sì che non teman delle lor vendette :
   Ed io seggendo in questo luogo stesso,

Per un, ch'io sò, ne farò venir sette,
   Quando sufolerò, com'è nostr'uso
   Di fare allor, che fuori alcun si mette.

Cagnazzo a cotal motto levò 'l muso,
   Crollando 'l capo, e disse : Odi malizia,
   Ch'egli ha pensato, per gittarsi giuso.

Ond'ei, ch'avea lacciuoli a gran divizia,
   Rispose : Malizioso son io troppo,
   Quando procuro a mia maggior tristizia.

Lui et Michel Sanche [3] de Logodoro causent souvent
ensemble, et dans leurs discours revient sans cesse le
nom de la Sardaigne. J'en aurais long à dire, mais
voyez cet autre qui grince des dents ! Je tremble qu'il
ne s'apprête à m'accrocher encore. »

Alors le grand chef de la bande [1] se tournant vers
Farfarello qui, avec d'effroyables roulements d'yeux, se
disposait à frapper de sa fourche : « Arrière, méchant
hibou ! » lui cria-t-il.

« Si vous voulez, reprit le pauvre effaré, voir ou
entendre des Toscans et des Lombards, j'en ferai venir ;
mais que les maudites griffes se tiennent à l'écart, afin que
mes compagnons n'aient pas à redouter leurs cruautés !
De ce lieu même, à moi seul et sans bouger, j'en puis
appeler sept, rien qu'en sifflant de la manière accoutumée,
lorsqu'on peut sans péril mettre sa tête à l'air. »

A ces mots, Cagnazzo leva son muffle : « Voire ! cette
malice inventée pour rentrer là-dessous ! » dit-il en
branlant la tête.

L'autre, qui n'était, en effet, que trop riche en stra-
tagèmes, répliqua : « Belle malice vraiment, pour attirer
ainsi de nouveaux tourments sur mes compagnons ! »

Alichin non si tenne, e di rintoppo
   A gli altri, disse a lui : Se tu ti cali,
   I' non ti verrò dietro di galoppo,

Ma batterò sovra la pece l'ali :
   Lascisi 'l colle, e sia la ripa scudo
   A veder, se tu sol più di noi vali.

O tu che leggi, udirai nuovo ludo.
   Ciascun dall'altra costa gli occhi volse;
   Quel prima, ch'a ciò fare era più crudo.

Lo Navarrese ben suo tempo colse,
   Fermò le piante a terra, e in un punto
   Saltò, e dal proposto lor si sciolse :

Di che ciascun di colpo fu compunto,
   Ma quei più, che cagion fu del difetto,
   Però si mosse, e gridò : Tu se' giunto.

Ma poco valse, che l'ale al sospetto
   Non potero avanzar : quegli andò sotto.
   E quei drizzò, volando, suso il petto :

Non altrimenti l'anitra di botto,
   Quando 'l falcon s'appressa, giù s'attuffa,
   Ed ei ritorna su crucciato e rotto.

Irato Calcabrina della buffa,
   Volando dietro gli tenne, invaghito,
   Che quei campasse, per aver la zuffa :

Alichino s'y laissa prendre, et malgré tous les autres, il lui dit : « Si tu essaies de nous échapper, je t'avertis que je te suivrai, non pas avec des pieds au galop, mais à coups d'ailes battant au-dessus du bitume. Comme une protection, nous te laissons ce bord élevé du rivage; voyons ensuite si à toi seul tu nous vaux tous. »

Mais, ô lecteur, en voici bien d'une autre! Chacun des démons s'éloigne; et le plus empressé, c'est celui qui, d'abord, s'était montré le plus défiant. Aussitôt le Navarrais saisit son moment, affermit le pied sur le sol, s'élance, et, d'un seul bond, se dérobe à leurs méchants desseins.

Les démons alors se repentent de la faute commise, et plus que tous les autres, celui qui avait été la cause de cet échec. Aussi, le premier il se précipite en criant : « Tu es pris! » Il ne prit que le vide : le vol des ailes fut moins rapide que celui de la peur. Le damné plonge, et le démon, arrêté par la poix, remonte dans l'air à tire d'ailes. Ainsi s'enfonce le canard à l'approche du faucon qui s'en revient honteux et harassé.

Calcabrina, furieux de cette surprise, s'envole à la poursuite d'Alichino, ardent à lui chercher querelle, si le damné s'échappe. Et dès que le fraudeur a disparu,

E come 'l barattier fu disparito,
   Così volse gli artigli al suo compagno,
   E fu con lui sovra 'l fosso ghermito.

Ma l'altro fu bene sparvier grifagno,
   Ad artigliar ben lui, e amendue
   Cadder nel mezzo del bollente stagno.

Lo caldo schermidor subito fue :
   Ma però di levarsi era mente,
   Sì aveano inviscate l'ale sue.

Barbariccia, con gli altri suoi, dolente
   Quattro ne fe volar dall'altra costa,
   Con tutti i raffi, e assai prestamente

Di qua di là discesero alla posta :
   Porser gli uncini verso gl'impaniati,
   Ch'eran già cotti dentro dalla crosta,

E noi lasciammo lor così 'mpacciati.

tournant ses griffes contre son compagnon, Calcabrina s'accroche à lui au-dessus de l'étang. Mais celui-ci, en épervier des plus sauvages [5], sait bien le griffer à son tour, et ils tombent l'un et l'autre dans la mare bouillante. Aussitôt la violence du feu les sépare; mais nul moyen de se tirer de là, tant leurs ailes étaient empêtrées dans la poix!

Barbariccia, non moins affligé que le reste de sa bande, dépêche, sur l'autre bord, armés de tous leurs crocs, quatre démons qui s'abattent de ci, de là, à l'endroit indiqué. En toute hâte ils tendent leurs fourches aux deux englués. Il était temps : la poix commençait à les cuire.

Et nous laissons ces misérables ainsi embesognés.

CANTO VIGESIMOTERZO

—

Taciti soli, e sanza compagnia,
    N'andavan l'un dinanzi, e l'altro dopo,
    Come i frati minor vanno per via.

Volto era in su la favola d'Isopo
    Lo mio pensier, per la presente rissa,
    Dov'ei parlò della rana, e del topo :

Che più non si pareggia mo ed issa,
    Che l'un con l'altro fa, se ben s'accoppia
    Principio e fine, con la mente fissa :

E come l'un pensier dell'altro scoppia,
    Così nacque di quello un altro poi,
    Che la prima paura mi fe doppia.

I' pensava così : Questi per noi
    Sono schermiti, e con danno e con beffa
    Sì fatta, ch'assai credo, che lor noi.

CHANT VINGT-TROISIÈME

—

Silencieux, seuls, et, cette fois, sans escorte, nous allions, lui devant, moi derrière : ainsi les frères Mineurs vont par les chemins. A propos de cette lutte des démons, l'aventure de la grenouille et du rat, dans la fable d'Esope [1], me revint en mémoire. *Maintenant* et *à présent* [2] n'ont pas entre eux plus de ressemblance que n'en présentaient le début et le dénoûment de ces deux disputes.

Or, comme une pensée en appelle une autre, il m'en vint une nouvelle qui redoubla mon premier effroi. Nous sommes cause, me disais-je, que ces démons ont été pris pour dupes; ils ont assez souffert pour en garder rancune; et, si la colère se joint à leur méchanceté naturelle, ils nous seront plus cruels que le chien qui happe le lièvre en courant.

Se l'ira sovra 'l mal voler s'aggueffa,
   Ei ne verranno dietro più crudeli,
   Che cane a quella levre, ch'egli acceffa.

Già mi sentia tutto arricciar li peli
   Della paura, e stava indietro intento;
   Quando i' dissi, Maestro, se non celi

Te e me tostamente, i' ho pavento
   Di Malebranche: noi gli avem già dietro:
   I' gl'immagino sì, che già gli sento.

E quei: S'io fossi d'impiombato vetro,
   L'imagine di fuor tua non trarrei
   Più tosto a me, che quella dentro impetro.

Pur mo venieno i tuoi pensier tra i miei,
   Con simile atto, e con simile faccia,
   Sì che d'entrambi un sol consiglio fei.

S'egli è, che sì la destra costa giaccia,
   Che noi possiam nell'altra bolgia scendere,
   Noi fuggirem l'immaginata caccia.

Già non compío di tal consiglio rendere,
   Ch'i' gli vidi venir con l'ale tese,
   Non molto lungi, per volerne prendere.

Lo duca mio di subito mi prese,
   Come la madre, ch'al romore è desta,
   E vede presso a se le fiamme accese:

Ainsi pensant, je sentais déjà (tant ma frayeur était
grande!) tous mes cheveux se dresser sur ma tête [3],
et sans cesser de regarder en arrière, je dis : « Maître,
hâtons-nous et nous cachons tous deux : je redoute les
griffes de ces maudits; ils courent sur nos pas, et même
il me semble que je les entends. »

Et lui : « Quand je serais un cristal doublé de tain,
je n'attirerais pas plus vite et plus complétement ton
image du dehors, que je n'absorbe au dedans ta pensée
en ma pensée. En ce moment même, elle venait à travers
la mienne, et l'une et l'autre elles se confondaient par
une si grande ressemblance de forme et de traits, que,
de nous deux, j'ai pris un seul conseil. Si, par fortune,
cette pente à droite va s'inclinant de telle sorte, que
nous puissions gagner l'autre fosse, nous échappons à la
poursuite que tu redoutes. »

Il parlait encore, que je vis, en effet, les démons
accourant, l'aile tendue, déjà proches de nous et tout
prêts à nous saisir.

Mon guide aussitôt me prit dans ses bras : telle une
mère éveillée par un bruit soudain, voyant tout en flammes
autour d'elle, prend son enfant, s'enfuit et ne s'arrête

Che prende 'l figlio, e fugge, e non s'arresta,
　　Avendo più di lui, che di se cura,
　　Tanto che solo una camicia vesta:

E giù dal collo della ripa dura
　　Supin si diede alla pendente roccia,
　　Che l'un de' lati all'altra bolgia tura.

Non corse mai sì tosto acqua per doccia,
　　A volger ruota di mulin terragno,
　　Quand'ella più verso le pale approccia,

Come 'l maestro mio per quel vivagno,
　　Portandosene me sovra 'l suo petto,
　　Come suo figlio, e non come compagno.

Appena furo i piè suoi giunti al letto
　　Del fondo giù, ch'ei giunsero in sul colle
　　Sovresso noi: ma non gli era sospetto;

Che l'alta Providenza, che lor volle
　　Porre ministri della fossa quinta,
　　Poder di partirs'indi a tutti tolle.

Laggiù trovammo una gente dipinta,
　　Che giva intorno assai con lenti passi,
　　Piangendo, e nel sembiante stanca e vinta.

Egli avean cappe, con cappucci bassi
　　Dinanzi agli occhi, fatte della taglia.
　　Che per li monaci in Cologna fassi.

pas, bien plus occupée de lui que d'elle-même, et à peine vêtue.

Du sommet de l'âpre rocher il se laissa glisser, le dos tourné le long de la pente escarpée qui forme un des bastions de l'autre enceinte. L'eau qui se précipite d'un canal étroit sur la roue d'un moulin n'est pas si rapide à sa chute que l'était mon maître dans cette descente, et il me serrait sur sa poitrine, non comme un compagnon, mais comme son fils.

A peine ses pieds touchaient le fond de l'abîme, que les démons planaient sur nos têtes de toute la hauteur du rocher; mais je n'en avais souci : la souveraine Providence qui les fit ses vengeurs dans la cinquième fosse, leur avait ôté le pouvoir d'en sortir.

Dans ces profondeurs, nous fîmes la rencontre d'une file d'âmes qu'on aurait dit couvertes de peintures, et qui, tournant dans l'enceinte, à pas très-lents, se lamentaient et semblaient harassées de fatigue. Elles portaient des chapes dont le capuchon s'abaissait sur leurs yeux, et faites sur le patron de celles que portent les moines de Cologne [1]. Mais, ouvragées à l'extérieur d'un métal

Di fuor dorate son, sì ch'egli abbaglia
 Ma dentro tutte piombo, e gravi tanto,
 Che Federigo le mettea di paglia.

O in eterno faticoso manto!
 Noi ci volgemmo ancor pure a man manca,
 Con loro insieme, intenti al tristo pianto:

Ma, per lo peso, quella gente stanca
 Venìa sì pian, che noi eravam nuovi
 Di compagnia, ad ogni muover d'anca.

Perch'io al duca mio: Fa che tu truovi
 Alcun, ch'al fatto, o al nome si conosca,
 E gli occhi sì, andando, intorno muovi:

E un, che 'ntese la parola Tosca,
 Dirietro a noi gridò, Tenete i piedi,
 Voi, che correte sì per l'aura fosca:

Forse ch'avrai da me quel, che tu chiedi:
 Onde 'l duca si volse, e disse: Aspetta,
 E poi, secondo il suo passo, procedi.

Ristetti, e vidi duo mostrar gran fretta
 Dell'animo, col viso, d'esser meco:
 Ma tardavagli 'l carco, e la via stretta.

Quando fur giunti, assai, con l'occhio bieco,
 Mi rimiraron, sanza far parola:
 Poi si volsero 'n se, e dicean seco:

éblouissant, elles sont doublées de plomb, et si pesantes,
que celles de Frédéric[5] auraient semblé une paille légère,
comparées à celles-là. Lourd vêtement pour l'éternité !

Nous prenons à notre gauche en suivant la file de
ces âmes, prêtant l'oreille à leurs lamentations ; mais,
accablés du poids de leur fardeau, ces malheureux
allaient si lentement, qu'à chaque pas, nous avions, en
les dépassant, des compagnons nouveaux.

Je dis à mon guide : « Tâchons d'en trouver un dont
on connaisse ou le nom ou la vie. Tout en allant, je
t'en prie, autour de toi jette les yeux. »

L'un d'eux, qui me comprit à mon parler toscan, cria
derrière nous : « Arrêtez, vous qui courez si vite dans
cet air ténébreux ; et toi, qui parles, peut-être suis-je
prêt à répondre à ta question. »
Mon guide alors se retourne et me dit : « Attends-le
et marche ensuite à son pas. »

Je m'arrête et j'en vois deux dont les regards témoi-
gnaient un grand empressement d'être avec moi ; mais
le lourd fardeau et le chemin étroit retardaient leur
marche. Arrivés près de nous, ils fixèrent avec attention
sur moi leurs yeux louches, mais sans dire un seul mot.
Puis, se retournant l'un vers l'autre : « En voilà un qui
paraît vivant, dit celui-ci à celui-là, on le voit respirer.

Costui par vivo all'atto della gola :
    E s'ei son morti, per qual privilegio
    Vanno scoverti della grave stola?

Poi disser me : O Tosco, ch'al collegio
    Degl'ipocriti tristi se' venuto,
    Dir chi tu se' non avere in dispregio.

Ed io a loro. I' fui nato e cresciuto
    Sovra 'l bel fiume d'Arno alla gran villa,
    E son col corpo, ch'i' ho sempre avuto.

Ma voi chi siete, a cui tanto distilla,
    Quant' i' veggio dolor, giù per le guance,
    E che pena è in voi, che sì sfavilla?

E l'un rispose a me : Le cappe rance
    Son di piombo sì grosse, che li pesi
    Fan così cigolar le lor bilance.

Frati Godenti fummo, e Bolognesi,
    Io Catalano, e costui Loderingo
    Nomati, e da tua terra insieme presi.

Come suole esser tolto un uom solingo
    Per conservar sua pace, e fummo tali,
    Ch'ancor si pare intorno dal Gardingo.

I'cominciai : O frati, i vostri mali :
    Ma più non dissi : ch'a gli occhi mi corse
    Un, crocifisso in terra, con tre pali.

Mais, s'ils sont morts, de quel droit vont-ils déchargés
de la chape que nous traînons? »

Puis ils me dirent : « O Toscan, te voilà au milieu de
la triste procession des hypocrites ! Dis-nous, par faveur,
qui tu es ? »

Et moi : « Je suis un enfant de la grande ville; j'ai
vécu sur les bords heureux de l'Arno, et j'arrive ici
avec le corps que la vie anima dès le premier jour. Mais
vous dont la joue, aux tristes sillons, semble le siége
même de la souffrance, qui êtes-vous? et quel est le
genre de supplice qui vous fait reluire ainsi ? »

L'un d'eux me répondit : « Ces chapes jaunes, doublées
de plomb, sont massives au point que l'on dirait des
poids de fer qui font gémir les balances !

« Nous avons appartenu à l'ordre des Joyeux Frères [6];
nous sommes Bolonais, lui et moi : il s'appelait Loderingo,
j'avais nom Catalano. Tes imprudents concitoyens, pour
maintenir la paix de leur République, firent un choix en
dehors des partis, et lui et moi fûmes élus podestats. Ce
que nous avons fait, on le peut voir encore près de
Cardingo ! »

« O moines, m'écriai-je, vos mauvais... » Mais je n'en
dis pas davantage : en ce moment s'offrait à mes yeux un
damné gisant par terre et que trois pals tenaient en croix.

Quando mi vide, tutto si distorse,
   Soffiando nella barba, co' sospiri :
   E 'l frate Catalan, ch' a ciò s'accorse,

Mi disse : Quel confitto, che tu miri,
   Consigliò i Farisei, che convenia
   Porre un uom, per lo popolo, a' martiri.

Attraversato, e nudo è per la via,
   Come tu vedi, ed è mestier, ch'e' senta
   Qualunque passa, com'ei pesa pria :

E a tal modo il suocero si stenta
   In questa fossa, e gli altri dal concilio
   Che fu, per li Giudei, mala sementa.

Allor vid'io maravigliar Virgilio
   Sovra colui, ch'era disteso in croce,
   Tanto vilmente, nell'eterno esilio.

Poscia drizzò al frate cotal voce :
   Non vi dispiaccia, se vi lece, dirci,
   S'alla man destra giace alcuna foce,

Onde noi amenduo possiamo uscirci,
   Sanza constringer degli angeli neri,
   Che vegnan d'esto fondo a dipartirci.

Rispose adunque : Più, che tu non speri,
   S'appressa un sasso, che dalla gran cerchia
   Si muove, e varca tutti i vallon feri ;

Dès qu'il me vit, tout son corps se tordit, avec un grand gémissement : sa barbe même était agitée par le souffle de la colère.

Frère Catalano qui l'aperçut : « Ce crucifié que tu regardes, me dit-il, c'est celui qui persuada aux Pharisiens qu'il était nécessaire de mettre un homme à mort pour le salut de tous [7]. Jeté nu, comme tu le vois, en travers sur le chemin, il faut, à mesure que nous passons, qu'il sente combien pèse chacun de nous. Son beau-père [8] subit la même peine dans cette fosse et, avec lui, tous ceux de ce concile, dont l'arrêt fut, pour les juifs, une semence de malheurs. »

Virgile s'était arrêté, frappé d'étonnement [9] devant ce supplicié étendu sur son gibet d'infamie, dans le lieu de l'exil éternel : « Je voudrais, dit-il enfin, s'adressant au frère Catalano, savoir de vous si, à notre droite, il n'est pas quelque issue par où nous puissions sortir de cet abîme, tous les deux, sans appeler les anges noirs à notre aide. »

Il répondit : « Bien plus près que tu ne penses, s'élève un rocher qui part de la grande enceinte et traverse d'un bout à l'autre les vallées du désespoir. Au-dessus

Salvo che questo è rotto, e nol coperchia :
    Montar potrete su per la ruina,
    Che giace in costa, e nel fondo soperchia.

Lo duca stette un poco a testa china,
    Poi disse : Mal contava la bisogna
    Colui, che i peccator di là uncina.

E 'l frate : I'udî già dire a Bologna
    Del Diavol vizii assai, tra i quali udî,
    Ch'egli è bugiardo, e padre di menzogna.

Appresso 'l duca a gran passi sen' gì
    Turbato un poco d'ira nel sembiante :
    Ond'io dagl'incarcati mi partî,

Dietro alle poste delle care piante.

de cette fosse il est rompu et ne la recouvre plus; mais vous pouvez gravir à travers les débris qui gisent sur la pente et encombrent le fond. »

Le guide, à ces mots, se met à réfléchir un instant, la tête baissée : « Il n'a pas été sincère avec nous, dit-il, ce grand démon qui enfourche, là-bas, les pécheurs! »

Et le frère : « Autrefois, à Bologne, c'était souvent un sujet de conversation, le diable et ses vices sans nombre; on disait surtout qu'il était passé maître en fourberie et père du mensonge. »

Mon guide alors s'éloigne à grands pas : un peu de colère avait troublé son visage. Nous quittons ces âmes surchargées et je suis les traces de mon poète adoré.

CANTO VIGESIMOQUARTO

In quella parte del giovinetto anno,
   Che 'l sole i crin sotto l'Aquario tempra,
   E già le notti al mezzo dì sen' vanno :

Quando la brina in su la terra assempra
   L'imagine di sua sorella bianca,
   Ma poco dura alla sua penna tempra,

Lo villanello, a cui la roba manca,
   Si leva, e guarda, e vede la campagna
   Biancheggiar tutta, ond' ei si batte l'anca :

Ritorna a casa, e qua e là si lagna,
   Come 'l tapin, che non sa che si faccia :
   Poi riede, e la speranza ringavagna

Veggendo 'l mondo aver cangiata faccia,
   In poco d'ora, e prende suo vincastro,
   E fuor le pecorelle a pascer caccia.

CHANT VINGT-QUATRIÈME

—

A cette époque de l'année en sa première fleur. où le soleil baigne sa chevelure dans le Verseau [1], quand les nuits commencent à moins prendre sur les jours, la bruine gelée sur la prairie rappelle, avec des traits qui s'effacent vite, la blanche image de sa sœur; le villageois en pleine misère se lève, et, voyant d'un coup d'œil la campagne blanchissante, il fait un geste de désespoir. Rentré chez lui, il va et vient, se lamentant comme un homme sans ressources qui ne sait plus que devenir. Mais bientôt il sort de nouveau, et se reprend à l'espérance, voyant qu'en si peu de temps, la nature a changé d'aspect. Alors il saisit sa houlette et chasse son troupeau vers le pâturage.

Così mi fece sbigottir lo mastro,
   Quand'i' gli vidi sì turbar la fronte,
   E così tosto al mal giunse lo 'mpiastro:

Che come noi venimmo al guasto ponte,
   Lo duca a me si volse, con quel piglio
   Dolce, ch'io vidi in prima, appiè del monte.

Le braccia aperse, dopo alcun consiglio
   Eletto seco, riguardando prima
   Ben la ruina, e diedemi di piglio.

E come quei, che adopera, ed istima,
   Che sempre par, che 'nnanzi si proveggia,
   Così, levando me su ver la cima

D'un ronchione, avvisava un'altra scheggia,
   Dicendo, Sovra quella poi t'aggrappa:
   Ma tenta pria, s'è tal, ch'ella ti reggia.

Non era via da vestito di cappa,
   Che noi a pena, ei lieve, ed io sospinto,
   Potavam su montar di chiappa in chiappa.

E se non fosse, che da quel precinto,
   Più, che dall'altro, era la costa corta,
   Non so di lui: ma io sarei ben vinto.

Ma perchè Malebolge, inver la porta
   Del bassissimo pozzo tutta pende,
   Lo sito di ciascuna valle porta;

Ainsi moi j'avais frémi en voyant ce nuage sur le front du maître, et tout aussi promptement je me sentis rassuré.

Nous parvenions au pont écroulé, lorsque le guide se tourna vers moi avec cette figure sereine que je lui vis, la première fois, au pied de la montagne. Bientôt, prenant conseil en lui-même, et après avoir attentivement étudié les ruines, il me saisit entre ses bras, et, semblable à l'ouvrier qui, tout occupé de sa tâche, en médite une autre et cherche à tout prévoir, mon maître, en m'élevant vers la cime d'une roche, me désignait la roche voisine en me disant : « Cramponne-toi à celle-là ; mais assure-toi auparavant qu'elle est en état de te supporter. »

Certes, ce n'était pas là un chemin pour des porteurs de chapes ! Lui-même, si léger, et moi, malgré son soutien, nous pouvions à peine nous élever de saillie en saillie, et si, de ce côté-ci, la pente n'eût pas été plus facile que de ce côté-là, je ne sais pas ce qu'eût fait mon guide ; quant à moi, j'aurais certainement succombé. Mais comme Malebolge va toujours s'inclinant de plus en plus vers l'ouverture du puits profond, chacune des vallées qu'il renferme, tombe l'une sur l'autre et se relève tour à tour.

Che l'una costa surge, e l'altra scende :
 Noi pur venimmo infine in su la punta,
 Onde l'ultima pietra si scoscende.

La lena m'era del polmon sì munta,
 Quando fui su, ch'i' non potea più oltre,
 Anzi m'assisi, nella prima giunta.

Omai convien, che tu così ti spoltre :
 Disse 'l maestro : che seggendo in piuma,
 In fama non si vien, nè sotto coltre :

Sanza la qual, chi sua vita consuma,
 Cotal vestigio in terra di se lascia,
 Qual fummo in aere od in acqua la schiuma :

E però leva su, vinci l'ambascia
 Con l'animo, che vince ogni battaglia,
 Se col suo grave corpo non s'accascia.

Più lunga scala convien, che si saglia :
 Non basta da costoro esser partito :
 Se tu m'intendi : or fa sì, che ti vaglia.

Levámi allor, mostrandomi fornito
 Meglio di lena, ch'i' non mi sentia ;
 E dissi : Va, ch'i' son forte e ardito.

Su per lo scoglio prendemmo la via,
 Ch'era ronchioso, stretto, e malagevole,
 Ed erto più assai, che quel di pria.

Nous atteignîmes enfin le sommet où la dernière
pierre s'abaisse sur la pente opposée.

Arrivé là, la respiration venait si courte a mon pou-
mon, que, ne pouvant aller plus loin, je fus contraint
de m'asseoir.

Et le maître me dit : « Il faut désormais secouer toute
paresse : ce n'est point étendu sur la plume et sous le
dais que l'homme atteindra cette gloire sans laquelle il
ne mène ici-bas qu'une inutile vie, ne laissant pas après
lui, sur la terre, plus de traces que la fumée dans l'air
ou l'écume sur la vague. Donc lève-toi, et contre ce
découragement appelle à ton aide l'esprit, l'esprit vain-
queur de toute lutte, s'il ne se laisse pas écraser sous le
vil fardeau de ce corps mortel [2]. Ce n'est pas tout pour
nous d'être parvenus jusqu'ici ; nous avons à gravir une
plus longue échelle [3]. Si tu entends bien mes paroles,
qu'elles t'animent à bien faire ? »

Alors je me redressai, et montrant une fermeté que
je n'avais pas : « Va maintenant, lui dis-je, me voilà
fort et hardi. » Nous reprîmes notre route par un sentier
encore plus rocailleux, plus étroit, plus âpre et plus
escarpé. »

Parlando andava per non parer fievole :
     Onde una voce uscìo, dall'altro fosso,
     A parole formar disconvenevole.

Non so, che disse, ancor che sovra 'l dosso
     Fossi dell'arco già, che varca quivi :
     Ma chi parlava, ad ira parea mosso.

Io era volto in giù : ma gli occhi vivi
     Non potean' ire al fondo, per l'oscuro :
     Perch'i' : Maestro, fa, che tu arrivi

Dall'altro cinghio, e dismontiam lo muro :
     Che com'i' odo quinci, e non intendo,
     Così giù veggio, e niente affiguro.

Altra risposta, disse, non ti rendo,
     Se non lo far : che la dimanda onesta
     Si dee seguir con l'opera, tacendo.

Noi discendemmo 'l ponte dalla testa,
     Ove s'aggiunge con l'ottava ripa,
     E poi mi fu la bolgia manifesta :

E vidivi entro terribile stipa
     Di serpenti, e di sì diversa mena,
     Che la memoria il sangue ancor mi scipa.

Più non si vanti Libia con sua rena :
     Che se Chelidri, Jaculi, e Faree
     Produce, e Centri con Anfesibena,

Je parlais en marchant pour me donner plus de
cœur, lorsque tout à coup, du fond de la septième
fosse, une voix sortit inarticulée et confuse. En vain
je touchais au sommet de l'arche sur laquelle on franchit
cette fosse ; il était impossible de rien comprendre à ces
murmures. Seulement il me parut que c'étaient là des
accents de colère. Je m'étais penché pour voir ; mais
les faibles yeux d'un mortel ne pouvaient pénétrer dans
ces profondeurs, à travers une telle obscurité.

« Maître, dis-je alors, tâchons d'arriver à l'autre
bord, et descendons cette muraille ; car d'ici j'écoute et
je n'entends pas, je regarde et je ne vois rien. »

« C'est par l'action, non par des paroles, que je te
répondrai : Pour chose demandée à bon droit, on se
met à l'œuvre, et tout est dit. »

Nous descendîmes le pont du côté où il aboutit au
huitième retranchement, et la fosse béante m'apparut.

Là je vis un horrible pêle-mêle de serpents, d'espèces
et de formes si diverses, que le souvenir m'en glace
encore le sang.

Que la Lybie ne se vante plus de ses monstres [1] ;
qu'elle produise dans ses sables des chélydres, des
jaculis, des pharès, des hydres, des amphisbènes,

Nè tante pestilenzie, nè sì ree
   Mostrò giammai con tutta l'Etiopia,
   Nè con ciò, che di sopra 'l mar rosso ee.

Tra questa cruda, e tristissima copia
   Correvan genti nude, e spaventate,
   Sanza sperar pertugio, o elitropia.

Con serpi le man dietro avean legate.
   Quelle ficcavan per le ren la coda,
   E 'l capo, ed eran dinanzi aggroppate.

Ed ecco ad un, ch'era da nostra proda,
   S'avventò un serpente, che 'l trafisse,
   Là dove 'l collo alle spalle s'annoda.

Nè O sì tosto mai, nè I si scrisse,
   Com'ei s'accese, e arse, e cener tutto
   Convenne, che cascando, divenisse :

E poi che fu a terra sì distrutto,
   La cener si raccolse, e, per se stessa,
   In quel medesmo ritornò di butto :

Così, per li gran savi, si confessa,
   Che la Fenice muore, e poi rinasce,
   Quando al cinquecentesimo anno appressa.

Erba, nè biada, in sua vita non pasce :
   Ma sol d'incenso lagrime, e d'amomo,
   E nardo, e mirra son l'ultime fasce.

jamais la Lybie et l'Ethiopie et les rivages de la mer
Rouge ne pourront montrer un tel assemblage de monstres
venimeux.

Dans cet affreux et redoutable clapotement de reptiles,
couraient des âmes éperdues, épouvantées. Nul espoir,
ni abri, ni talisman contre le poison. Elles avaient les
mains garrottées par derrière dans les nœuds de ces
serpents, et des serpents encore les tenaient à la gorge,
et leur enfonçaient dans les reins leurs têtes et leurs
queues venimeuses.

Sur un de ces malheureux qui étaient près de nous,
un serpent s'élance et le pique à l'endroit où le cou
s'attache à l'épaule. Aussitôt, et plus vite que ne se peut
écrire un *i* ou un *o*, il s'enflamme, se consume et tombe
en cendres. Mais le damné, à peine détruit, renaît au
châtiment : les cendres se rapprochent et le reproduisent
sous sa première forme.

Ainsi, au dire des sages de l'antiquité, le phénix [5]
meurt et renaît dès qu'il touche à son cinquième siècle.
Durant sa vie, il ne se nourrit ni d'herbe ni de blé,
mais de l'amomum et des larmes de l'encens, et il se
consume sur un lit embaumé de nard et de myrrhe [6].

1   20

E quale è quei, che cade, e non sa como,
    Per forza di Demon, ch'a terra il tira,
    O d'altra oppilazion, che lega l'uomo,

Quando si lieva, ch'intorno si mira,
    Tutto smarrito dalla grande angoscia,
    Ch'egli ha sofferta, e guardando sospira:

Tal'era 'l peccator levato poscia.
    O giustizia di Dio quanto e severa!
    Che cotai colpi per vendetta croscia.

Lo duca il dimandò poi, chi egli era:
    Perch'ei rispose: I' piovvi di Toscana,
    Poco tempo è, in questa gola fera.

Vita bestial mi piacque, e non umana,
    Sì come a mul, ch'i' fui: son Vanni Fucci
    Bestia, e Pistoja mi fu degna tana.

Ed io al duca: Dilli, che non mucci,
    E dimanda, qual colpa quaggiù 'l pinse:
    Ch'io 'l vidi uom già di sangue e di corrucci.

E 'l peccator, che intese, non s'infinse,
    Ma drizzò verso me l'animo, e 'l volto,
    E di trista vergogna si dipinse:

Poi disse: Più mi duol, che tu m'hai colto
    Nella miseria, dovetu mi vedi,
    Che quand'io fui dell'altra vita tolto:

Et tel que celui qui tombe d'une chute soudaine, ou renversé par le souffle d'un démon, ou succombant a l'attaque d'un mal qui suspend le cours de la vie, quand il se relève, encore tout étourdi de cette terrible secousse, soupire et promène autour de lui des regards étonnés; tel était ce pécheur à peine relevé de son néant. Que tes sévérités sont grandes, ô justice de Dieu, qui frappes ces coups vengeurs!

Mon guide a cet esprit demanda qui il était. et celui-ci répondit : « Je suis tombé, il y a peu de temps, de la Toscane dans cet abîme. J'étais homme, et j'ai vécu comme une brute; je suis Vanni Fucci [7], un vrai mulet, et Pistoie fut ma digne tanière.

Et je dis au maître : « Il faut qu'il s'arrête un instant; demande-lui pour quel crime il est tombé dans cette fosse; je ne l'ai connu jusqu'à présent que comme un homme de colère et de meurtre.

Le damné, qui m'avait entendu, loin de chercher à fuir, se retourna vers moi sans contrainte; puis avec un visage triste et couvert de honte : « Je suis plus affligé, me dit-il, d'être surpris par toi dans cet état misérable, que s'il me fallait perdre la vie encore une fois. Cependant je ne saurais me refuser à ce que tu demandes. J'ai été jeté dans cette fosse pour avoir volé dans la sacristie

I' non posso negar quel, che tu chiedi :
    In giù son messo tanto, perch'i' fui
    Ladro alla sagrestia de' belli arredi :

E falsamente già fu apposto altrui.
    Ma perchè di tal vista tu non godi,
    Se mai sarai di fuor de' luoghi bui,

Apri gli orecchi al mio annunzio, e odi :
    Pistoja in pria di Negri si dimagra,
    Poi Firenze rinnuova genti, e modi.

Tragge Marte vapor di val di Magra,
    Ch'è di torbidi nuvoli involuto :
    E con tempesta impetuosa ed agra

Sopra campo Picen fia combattuto :
    Ond'ei repente spezzerà la nebbia,
    Sì ch'ogni Bianco ne sarà feruto :

E detto l'ho, perchè doler ten' debbia.

les ornements sacrés, et pour avoir accusé de mon crime
un homme innocent. Mais, comme je ne veux pas que
tu te réjouisses de cette rencontre, si jamais tu sors dé
cette région ténébreuse, écoute [8] et sois attentif à mes
prédictions : « Voilà Pistoie qui se délivre de la faction
des Noirs, et voici une nouvelle Florence, avec un autre
peuple et d'autres mœurs. Eh bien, je t'annonce que le
dieu Mars soulève, des profondeurs du val de la Magra,
une vapeur qui s'épaissit en nuages sombres; de ces
nuages s'échappe une impétueuse et terrible tempête,
qui éclatera sur les champs de Picène : tout à coup la
nuée se déchire, et le parti des Blancs est frappé à
son tour !

Et je l'ai dit pour te faire de la peine ! »

CANTO VIGESIMOQUINTO

—

Al fine delle sue parole, il ladro
    Le mani alzò con ambeduo le fiche,
    Gridando : Togli Dio, ch'a te le squadro.

Da indi in qua mi fur le serpi amiche,
    Perch'una gli s'avvolse allora al collo,
    Come dicesse . I' non vo', che più diche :

E un'altra alle braccia, e rilegollo
    Ribadendo se stessa, sì dinanzi,
    Che non potea con esse dare un crollo.

Ah Pistoja Pistoja, che non stanzi
    D'incenerarti, sì che più non duri,
    Poi che 'n mal far lo seme tuo avanzi.

Per tutti i cerchi dello 'nferno oscuri,
    Spirto non vidi, in Dio tanto superbo .
    Non quel, che cadde a Tebe giù de' muri.

CHANT VINGT-CINQUIÈME

—

En achevant ces paroles, le sacrilége, les deux mains
levées en l'air, fit un signe insultant : « Attrape, Dieu
du ciel, voilà pour toi ! »

Au même instant un serpent (et, depuis ce temps,
je ne hais plus les serpents) s'enroula autour du cou de
ce larron, comme pour dire : « Assez blasphémer ! » Un
autre, s'attachant à ses bras, l'enlaça si fortement dans
les replis de ses nœuds, que le damné ne pouvait plus
faire un seul geste.

Ah ! Pistoie, ah ! Pistoie, il vaudrait mieux te brûler
et t'anéantir de tes propres mains, que de voir grandir
chaque jour la perversité de tes enfants !
Non, dans les cercles les plus sombres de cet enfer,
je n'avais pas rencontré un damné plus orgueilleux et
plus rebelle à Dieu, pas même celui-là qui succomba
sous les murs de Thèbes [1].

Ei si fuggì, che non parlò più verbo :
    Ed io vidi un Centauro, pien di rabbia,
    Venir gridando, Ov'è, ov'è l'acerbo ?

Maremma non cred'io, che tante n'abbia,
    Quante bisce egli avea su per la groppa,
    Infino, ove comincia nostra labbia.

Sopra le spalle dietro dalla coppa,
    Con l'ale aperte gli giaceva un draco,
    E quello affuoca, qualunque s'intoppa.

Lo mio maestro disse : Quegli è Caco,
    Che, sotto 'l sasso di monte Aventino,
    Di sangue fece spesse volte laco.

Non va co' suo' fratei per un cammino,
    Per lo furar frodolente, ch'ei fece
    Del grande armento, ch'egli ebbe a vicino :

Onde cessar le sue opere biece,
    Sotto la mazza d'Ercole, che forse
    Gliene diè cento, e non sentì le diece.

Mentre che sì parlava, ed ei trascorse,
    E tre spiriti venner, sotto noi,
    De' quai nè io, nè 'l duca mio s'accorse,

Se non, quando gridar : Chi siete voi?
    Perchè nostra novella si ristette,
    E intendemmo pure ad essi poi.

Le voleur s'était enfui sans dire un mot de plus, et
je vis un Centaure plein de rage, qui venait en criant :
« Où est-il, où est-il donc le blasphémateur? »

Je ne crois pas que les Maremmes soient habitées
par autant de serpents que le Centaure en avait sur sa
croupe, jusqu'à l'endroit où commence la forme humaine.
Derrière son cou et le long du dos se tenait un dragon
qui, les ailes déployées, vomissait la flamme sur tout
ce qui l'approchait.

Mon maître dit : « Celui-ci est Cacus[2] : son antre
du mont Aventin cacha bien souvent un lac de sang.
S'il n'est pas renfermé dans le cercle où cheminent ses
frères, c'est que, plus coupable, il enleva frauduleuse-
ment le grand troupeau du pâturage voisin. La massue
d'Hercule mit un terme aux crimes de ce monstre :
frappé de plus de cent coups, au dixième coup il était
déjà mort. »

Tandis qu'il parlait, le Centaure disparut, et alors
trois esprits s'approchèrent dans le cercle au-dessous
de nous, sans que ni moi ni mon guide y prissions
garde. A la fin : « Qui êtes-vous? » nous dirent-ils. En
ce moment le récit du maître fut interrompu, et notre
attention se porta sur ces nouveaux venus. Je ne les
connaissais pas; mais il arriva ce qui arrive assez

I' non gli conoscea : ma e' seguette,
 Come suol seguitar, per alcun caso,
 Che l'un nomare all'altro convenette

Dicendo : Cianfa dove fia rimaso?
 Perch'io, acciocchè 'l duca stesse attento,
 Mi posi 'l dito su dal mento al naso.

Se tu se' or, Lettore, a creder lento
 Ciò, ch'io dirò, non sarà maraviglia :
 Che io, che 'l vidi, appena il mi consento.

Com'i' tenea levate in lor le ciglia ;
 E un serpente con sei piè si lancia,
 Dinanzi all'uno, e tutto a lui s'appiglia.

Co' piè di mezzo gli avvinse la pancia,
 E con gli anterior le braccia prese :
 Poi gli addentò e l'una e l'altra guancia.

Gli diretani alle cosce distese,
 E miseli la coda tr'amendue,
 E dietro per le ren' su la ritese.

Ellera abbarbicata mai non fue
 Ad alber sì, come l'orribil fiera
 Per l'altrui membra avviticchiò le sue :

Poi s'appiccar, come di calda cera
 Fossero stati, e mischiar lor colore :
 Nè l'un, nè l'altro già parea quel ch'era.

souvent, que l'un d'eux eut occasion d'en nommer un
autre, en disant : « Cianfa ? où donc est-il resté ? »

Alors, pour que mon guide fût averti d'être attentif,
je posai le doigt sur mes lèvres.

Et maintenant, ô lecteur, si tu ne te hâtes pas d'ajouter foi à ce que je vais te raconter, quoi d'étonnant,
puisque moi qui l'ai vu, à peine y puis-je croire ?

Comme mes regards étaient levés sur ces trois esprits,
un serpent qui se traînait sur six pieds, s'élança, par-
devant, sur l'un d'eux et s'y attacha tout entier. Tandis
qu'avec ses pieds du milieu, il lui serrait le ventre, et
que de ses pieds de devant il lui saisissait les bras, il
le mordit aux deux joues. En même temps il allongea
ses pieds de derrière sur les cuisses du damné, et,
passant sa queue entre ses jambes, il la dressait dans
son dos et l'appliquait sur ses reins. Le lierre ne saurait
s'unir plus invinciblement à l'arbre, que l'horrible bête
aux membres de ce damné. Puis, se fondant l'un dans
l'autre comme une cire brûlante, il se fit un tel mélange
de couleurs et de formes, que ni l'homme ni le serpent
ne paraissait plus être ce qu'il avait été. Tel, au moment
de s'enflammer, le papier blanc se couvre d'une teinte
rousse : il n'est plus blanc, il n'est pas noir.

Come procede innanzi dall'ardore,
  Per lo papiro suso un color bruno,
  Che non è nero ancora, e 'l bianco muore.

Gli altri duo riguardavano, e ciascuno
  Gridava : Ome Agnél, come ti muti !
  Vedi, che già non se' nè duo, nè uno.

Già eran li duo capi un divenuti,
  Quando n'apparver duo figure miste,
  In una faccia, ov'eran duo perduti.

Fersi le braccia duo di quattro liste :
  Le cosce con le gambe, il ventre, e 'l casso
  Divenner membra, che non fur mai viste.

Ogni primajo aspetto ivi era casso :
  Due, e nessun l'imagine perversa
  Parea, e tal sen' già con lento passo.

Come 'l ramarro, sotto la gran fersa
  De' dì canicular, cangiando siepe,
  Folgore par, se la via attraversa :

Così parea, venendo, verso l'epe
  De gli altri due un serpentello acceso,
  Livido e nero, come gran di pepe.

E quella parte, donde prima è preso
  Nostro alimento, all'un di lor trafisse :
  Poi cadde giuso innanzi lui disteso.

Les deux autres esprits regardaient, criant : « Oh !
Agnelo, comme tu changes ! Tu n'es plus un, et vous
n'êtes pas deux ! »

Cependant les deux têtes déjà n'étaient plus qu'une
tête : elles apparaissaient confondues dans une seule face
où elles se perdaient toutes deux. Des quatre bras qui
se mêlaient, il n'en resta que deux ; les cuisses avec les
jambes, le ventre avec le tronc devinrent des membres
comme on n'en vit jamais. Toute forme primitive avait
été absorbée, et cette image bouleversée qui, renfermant
deux natures, n'en figurait aucune, ainsi faite, allait à
pas lents.

Sous la chaleur aiguillonnante des jours caniculaires,
un lézard, pour changer de buisson, traverse le chemin :
on dirait un éclair. Tel je vis un petit serpent livide et
noir comme un grain de poivre, accourir, enflammé,
vers les deux autres esprits ; il piqua l'un d'eux à l'endroit
par où l'enfant qui n'est pas né reçoit l'aliment ; puis
ce fut le serpent qui tomba.

Lo trafitto il mirò : ma nulla disse :
 Anzi co' piè fermati sbadigliava,
 Pur come sonno, o febbre l'assalisse.

Egli il serpente, e quei lui riguardava :
 L'un per la piaga, e l'altro per la bocca,
 Fummavan forte, e 'l fummo s'incontrava.

Taccia Lucano omai, là dove tocca
 Del misero Sabello, e di Nassidio,
 E attenda a udir quel, ch'or si scocca.

Taccia di Cadmo, e d'Aretusa Ovvidio :
 Che se quello in serpente, e quella in fonte
 Converte, poetando, i' non lo 'nvidio :

Che duo nature mai a fronte a fronte
 Non transmutò, sì che amendue le forme
 A cambiar lor materie fosser pronte.

Insieme si risposero a tai norme,
 Che 'l serpente la coda in forca fesse,
 E 'l feruto ristrinse insieme l'orme.

Le gambe con le cosce seco stesse
 S'appiccar sì, che 'n poco la giuntura
 Non facea segno alcun, che si paresse.

Toglea la coda fessa la figura,
 Che si perdeva là, e la sua pelle
 Si facea molle, e quella di là dura.

Le blessé le regarda sans rien dire; debout sur ses
pieds immobiles, il bâillait comme si le sommeil ou la
fièvre l'eût assailli. S'il regardait le serpent, le serpent
aussi le regardait; il sortait de la plaie de l'un et de
la bouche de l'autre une épaisse fumée, et cette double
fumée ne fit bientôt qu'une seule et même vapeur.

Que Lucain cesse de nous parler des malheurs de
Sabellus et de Nasidius [4], pour écouter les misères que
je vais raconter. Qu'Ovide se taise sur Cadmus et sur
Aréthuse [5]; si dans ses vers il change l'un en serpent et
l'autre en fontaine, je n'en suis pas jaloux, car jamais
par lui deux natures, mises face à face, ne furent transformées, celle-ci en celle-là et celle-là en celle-ci, sous
des formes toujours prêtes à échanger leurs éléments
primitifs.

L'homme et la bête, dans un affreux accord, se
mélangèrent de cette sorte, que la queue du serpent
se fendit en fourche et que les pieds du blessé s'unirent
fortement l'un à l'autre. En même temps ses jambes et
ses cuisses se rapprochèrent si étroitement, qu'aucun
signe visible ne montrait la suture. La queue du serpent prenait peu à peu la forme qui disparaissait chez
l'homme : ici la peau s'amollissait, là elle se couvrait
d'écailles. Je vis les bras de l'homme se retirer dans ses
aisselles, et les deux courtes pattes du reptile s'allonger
d'autant plus, que les bras de l'homme se raccourcissaient

I' vidi entrar le braccia per l'ascelle,
  E i duo piè della fiera, ch'eran corti,
  Tanto allungar, quanto accorciavan quelle.

Poscia li piè dirietro insieme attorti
  Diventaron lo membro, che l'uom cela,
  E 'l misero del suo n'avea duo porti.

Mentre che 'l fummo l'uno e l'altro vela
  Di color nuovo, e genera 'l pel suso,
  Per l'una parte, e dall'altra il dipela,

L'un si levò, e l'altro cadde giuso,
  Non torcendo però le lucerne empie,
  Sotto le quai ciascun cambiava muso.

Quel, ch'era dritto, il trasse 'n ver le tempie,
  E di troppa materia, che 'n là venne,
  Uscir gli orecchi delle gote scempie:

Ciò, che non corse in dietro, e si ritenne,
  Di quel soverchio fe naso alla faccia,
  E le labbra ingrossò, quanto convenne:

Quel, che giaceva, il muso innanzi caccia,
  E gli orecchi ritira per la testa,
  Come face le corna la lumaccia:

E la lingua, ch'aveva unita e presta,
  Prima a parlar, si fende, e la forcuta
  Nell'altro si richiude, e 'l fummo resta.

davantage. Puis les pieds de derrière du serpent, se tordant ensemble, devinrent cette partie que l'homme ne montre pas, et qui, chez le damné, se partagea pour former deux pattes.

Pendant que la fumée, les enveloppant tous les deux de couleurs changeantes, couvre celui-ci des poils dont elle dépouille celui-là, l'un se dresse sur ses pieds, l'autre rampe sur le ventre, et ils ne cessent de se darder l'un à l'autre les effroyables regards sous l'influence desquels ils avaient changé de figure.

Celui qui était debout, ramenant vers les tempes une partie de ce que sa face avait encore de trop, il en sortit deux oreilles le long de ses joues aplaties, et l'excédant de chair que laissent les oreilles sert à former un nez à ce visage, et à modeler des lèvres d'une grosseur convenable.

Celui qui rampait fit saillir son museau et rentra ses oreilles dans sa tête, comme fait la limace ses cornes; sa langue, naguère d'une seule pièce et faite pour la parole, se fendit en deux; en même temps, la langue fourchue de l'autre se souda, et la fumée disparut.

L'anima, ch'era fiera divenuta,
   Si fugge, sufolando, per la valle,
   E l'altro dietro a lui, parlando, sputa.

Poscia gli volse le novelle spalle,
   E disse all'altro : i' vò, che Buoso corra,
   Com' ho fatt'io, carpon, per questo calle.

Così vid'io la settima zavorra
   Mutare, e trasmutare, e qui mi scusi
   La novità, se fior la lingua abborra.

E avvegnache gli occhi miei confusi
   Fossero alquanto, e l animo smagato,
   Non poter quei fuggirsi tanto chiusi,

Ch'io non scorgessi ben Puccio Sciancato :
   Ed era quei, che sol de' tre compagni,
   Che venner prima, non era mutato :

L'altro era quel, che tu, Gaville, piagni.

L'esprit devenu serpent s'enfuit en sifflant par la vallée, et l'autre, resté debout, cracha sur le reptile en l'accusant. Puis, tournant ses épaules de formation nouvelle vers son autre compagnon, il lui dit : « Que Buoso [6] coure sur ce chemin à son tour, et me remplace avec ses pattes de serpent ! »

C'est ainsi que dans la septième enceinte s'offrirent à moi ces diverses métamorphoses, et si la plume qui les raconte s'est un peu égarée, que la nouveauté du sujet soit mon excuse.

Vainement mes yeux étaient troublés et mon esprit épouvanté, les damnés ne purent si bien se cacher dans leur fuite, que je ne reconnusse Puccio Sciancato ; c'était le seul des trois compagnons venus d'abord, qui n'eût pas été transformé. Que de pleurs, ô Gaville, t'a coûtés le troisième [7] !

—

CANTO VIGESIMOSESTO

Godi, Firenze, poi che se' sì grande,
  Che per mare, e per terra batti l'ali,
  E per lo 'nferno il tuo nome si spande.

Tra gli ladron trovai cinque cotali
  Tuoi cittadini : onde mi vien vergogna,
  E tu in grande onranza non ne sali.

Ma se presso al mattin del ver si sogna,
  Tu sentirai di qua da picciol tempo,
  Di quel, che Prato, non ch'altri, t'agogna :

E se già fosse, non saria per tempo :
  Così foss'ei, da che pure esser dee :
  Che più mi graverà, com' più m'attempo.

Noi ci partimmo, e su per le scalee,
  Che n'avean fatte i borni a scender pria,
  Rimontò 'l duca mio, e trasse mee.

CHANT VINGT-SIXIÈME

Gloire à toi, Florence, la grande ! ton aile plane sur la terre comme sur les mers, et ton nom se répand même dans les profondeurs de l'enfer ! Parmi les plus fameux voleurs, j'ai rencontré cinq de tes principaux citoyens [1]. Quelle honte pour moi, Florence ; et pour toi donc !

S'il est vrai que le sommeil du matin [2] apporte des rêves dignes de foi, tu apprendras bientôt les vœux terribles que l'on forme à **Prato** [3] et ailleurs contre Florence ! Inévitable malheur ! il serait déjà tombé sur toi, qu'il serait tombé trop tard. Hélas ! que n'est-il arrivé ? plus je vieillis, plus le coup me sera cruel.

Loin de ce lieu, et mon guide m'entraînant à sa suite, nous rencontrons les mêmes rochers qui nous avaient servi de degrés pour descendre. Nous poursui-

E proseguendo la solinga via
    Tra le schegge, e tra' rocchi dello scoglio,
    Lo piè, sanza la man, non si spedìa.

Allor mi dolsi, e ora mi ridoglio,
    Quando drizzo la mente a ciò ch'io vidi,
    E più lo 'ngegno affreno, ch'i' non soglio;

Perchè non corra, che virtù nol guidi:
    Sì che se stella buona, o miglior cosa
    M' ha dato 'l ben, ch'io stesso nol m'invidi.

Quante il villan, ch'al poggio si riposa,
    Nel tempo, che colui, che 'l mondo schiara,
    La faccia sua a noi tien meno ascosa,

Come la mosca cede alla zanzara,
    Vede lucciole giù per la vallea,
    Forse colà, dove vendemmia ed ara;

Di tante fiamme tutta risplendea
    L'ottava bolgia, sì com'io m'accorsi,
    Tosto che fui là 've 'l fondo parea.

E qual colui, che si vengiò con gli orsi,
    Vide 'l carro d'Elia al dipartire,
    Quando i cavalli al Cielo erti levorsi,

Che nol potea sì con gli occhi seguire,
    Che vedesse altro, che la fiamma sola,
    Sì come nuvoletta, in su salire:

vîmes notre route solitaire à travers ces débris et ces
aspérités, où le pied ne pouvait se dégager sans le
secours de la main.

J'étais triste, et je m'attriste encore au seul souvenir
des choses que j'ai vues : je m'efforce alors, plus que
jamais, de dompter mon intelligence rebelle, afin qu'elle
ne cesse pas, dans sa marche, d'être dirigée par la
vertu, et pour que ce précieux don de mon heureuse
étoile ou d'une influence meilleure ne tourne pas à mal.

Dans la saison où l'astre qui éclaire le monde se
montre à nous plus longtemps, le villageois couché sur
la colline, quand déjà la mouche a fait place au cousin,
ne voit pas au-dessous de lui, dans la vallée où mûrissent
la vendange et les moissons, autant de vers luisants, que
j'aperçus de flammes resplendissantes dans la huitième
fosse, aussitôt que mes yeux purent en sonder les profondeurs.

Le prophète[4], vengé par des ours, quand il vit partir
le char d'Élie[5], emporté dans le ciel par des chevaux si
rapides, que l'œil avait peine à les suivre, ne distingua
plus rien, qu'une flamme légère, un nuage; ainsi mon-
taient les flammes à l'ouverture de la fosse, et chaque
flamme enveloppait et recélait un pécheur.

Tal si movea ciascuna, per la gola
  Del fosso, che nessuna mostra il furto,
  E ogni fiamma un peccatore invola.

I' stava sovra 'l ponte a veder surto,
  Sì che s'i' non avessi un ronchion preso,
  Caduto sarei giù sanza esser' urto.

E 'l duca, che mi vide tanto atteso,
  Disse: Dentro da' fuochi son gli spirti:
  Ciascun si fascia di quel, ch'egli è inceso.

Maestro mio, risposi, per udirti
  Son io più certo: ma già m'era avviso,
  Che così fusse: e già voleva dirti,

Chi è 'n quel fuoco, che vien sì diviso
  Di sopra, che par surger della pira,
  Ov' Eteocle col fratel fu miso?

Risposemi: Là entro si martira
  Ulisse, e Diomede, e così insieme
  Alla vendetta corron, com'all'ira:

E dentro dalla lor fiamma si geme
  L'aguato del caval, che fe la porta,
  Ond' uscì de' Romani 'l gentil seme.

Piangevisi entro l'arte, perchè morta
  Deidamía ancor si duol d'Achille,
  E del Palladio pena vi si porta.

Debout sur le pont, j'étais si occupé à regarder, que
si je ne me fusse pas retenu à un fragment de rocher,
je serais tombé dans le gouffre, même sans recevoir
aucun choc.

Le guide, me voyant si attentif, me dit : « Dans chaque
flamme est enveloppée une âme, et chacun de ces
malheureux se fait un vêtement du feu qui le consume. »

« Maître, lui répondis-je, me voilà, grâce à toi, con-
firmé dans le soupçon que j'avais; même je m'apprêtais
à te demander quelle âme est enserrée en cette flamme
qui vient à nous, se divisant en deux parts, comme si
elle s'élevait du bûcher où se consumèrent Etéocle [6] et
son frère. »

Il me répondit : « Dans cette flamme sont tourmentés
Ulysse et Diomède, venus au même supplice, comme
ils furent emportés par la même colère. Au milieu de
cette flamme, ils expient la fraude du cheval de bois
franchissant la porte par où devait sortir la glorieuse
semence de la race romaine; là s'expient et l'enlèvement
de la statue de Pallas et la fourberie d'Achille, dont
l'ombre de Déidamie [7] se plaint encore aujourd'hui. »

S'ei posson dentro da quelle faville
  Parlar, diss'io, maestro, assai ten' prego,
  E ripriego, che 'l priego vaglia mille,

Che non mi facci dell'attender niego,
  Fin che la fiamma cornuta quà vegna:
  Vedi, che del desio ver lei mi piego.

Ed egli a me: La tua preghiera è degna
  Di molta lode: ed io però l'accetto:
  Ma fa, che la tua lingua si sostegna.

Lascia parlare a me: ch'i' ho concetto
  Ciò, che tu vuoi: ch'e' sarebbero schivi,
  Perch'ei fur Greci, forse, del tuo detto.

Poichè la fiamma fu venuta quivi,
  Ove parve al mio duca tempo e loco,
  In questa forma lui parlare audivi.

O voi, che siete duo dentro a un fuoco,
  S' i' meritai di voi, mentre ch'io vissi,
  S' i' meritai di voi assai o poco,

Quando nel mondo gli alti versi scrissi,
  Non vi movete: ma l'un di voi dica,
  Dove per lui perduto a morir gissi.

Lo maggior corno della fiamma antica
  Cominciò a crollarsi, mormorando,
  Pui come quella, cui vento affatica

« S'ils peuvent parler du milieu de cette flamme, ô
mon maître, je t'en prie et je t'en conjure, et puisse
ma prière en valoir mille, ne t'oppose pas à ce que
j'attende ici que la flamme à deux pointes vienne jusqu'à
nous; vois comme le désir m'incline à la rencontrer. »

« Ta prière est digne qu'on l'écoute, et je l'agrée, à
condition que ta langue se tienne en repos. Laisse-moi
le soin de leur parler moi-même, car j'ai compris ce
que tu veux; et comme ils furent Grecs[8] l'un et l'autre,
peut-être accueilleraient-ils avec dédain ta parole toscane. »

Aussitôt que la flamme se fut approchée, et que mon
maître eut jugé que le lieu et le moment étaient oppor-
tuns, je l'entendis qui s'exprimait en ces termes : « O
vous, qui êtes, l'un et l'autre, enveloppés de la même
flamme, si, moi vivant, j'ai bien mérité de vous, si j'ai
vous, à mon tour, j'ai valu peu ou beaucoup quand
j'écrivis dans le monde ma grande épopée, de grâce
ne vous éloignez pas, et que l'un de vous nous dise en
quel lieu il trouva la mort qu'il avait affrontée. »

Indi la cima quà e là menando,
  Come fosse la lingua, che parlasse,
  Gittò voce di fuori, e disse : Quando

Mi dipartî da Circe, che sottrasse
  Me più d'un anno là presso a Gaeta,
  Prima che sì Enea la nominasse :

Nè dolcezza di figlio, nè la piéta
  Del vecchio padre, nè 'l debito amore,
  Lo qual dovea Penelope far lieta.

Vincer poter dentro da me l'ardore,
  Ch'i'ebbi a divenir del mondo esperto,
  E degli vizii umani, e del valore :

Ma misi me per l'alto mare aperto,
  Sol con un legno, e con quella compagna
  Picciola, dalla qual non fui deserto.

L'un lito, e l'altro vidi insin la Spagna,
  Fin nel Marrocco, e l'isola de' Sardi,
  E l'altre, che quel mare intorno bagna.

Io e i compagni eravam vecchi e tardi,
  Quando venimmo a quella foce stretta,
  Ov'Ercole segnò li suoi riguardi,

Acciocchè l'uom più oltre non si metta;
  Dalla man destra mi lasciai Sibilia,
  Dall'altra già m'avea lasciata Setta.

La plus élevée des deux pointes de l'antique flamme
commença à vaciller en murmurant, comme si elle eût
été agitée par le vent; puis la cime se mouvant çà et là
comme une langue qui eût parlé, elle jeta au dehors
une voix qui disait : « A peine échappé aux philtres de
Circé, qui m'avait retenu pendant plus d'un an près de
Gaete [9], avant que ce lieu eût reçu son nom d'Enée, ni
la douce image d'un fils, ni la piété pour un vieux père,
ni l'amour dû à Pénélope et qui eût fait son bonheur,
ne purent vaincre en moi le désir ardent qui me poussait
à parcourir le monde, pour connaître les hommes, leurs
vices et leurs vertus; c'est pourquoi je me confiai à
l'immensité de la profonde mer, sur un seul vaisseau et
avec un petit nombre de compagnons qui ne m'aban-
donnèrent jamais. J'ai visité l'un et l'autre rivage jusqu'à
l'Espagne et au Maroc, jusqu'à la Sardaigne et aux îles
baignées par cette mer. Mes compagnons et moi nous
étions déjà appesantis par la vieillesse lorsque nous
parvînmes à ce détroit resserré où le divin Hercule posa
ses deux colonnes, avertissement donné à l'homme de
n'aller pas plus loin. J'avais laissé Séville à ma droite,
Ceuta sur la gauche.

O frati, dissi, che per cento milia
  Perigli siete giunti all'occidente,
  A questa tanto picciola vigilia

De' vostri sensi, ch'è del rimanente,
  Non vogliate negar l'esperienza,
  Diretro al sol, del mondo senza gente

Considerate la vostra semenza.
  Fatti non foste a viver come bruti,
  Ma per seguir virtute, e conoscenza.

Li miei compagni fec'io sì acuti,
  Con quest'orazion picciola, al cammino,
  Ch'appena poscia gli avrei ritenuti:

E volta nostra poppa nel mattino,
  De' remi facemmo ale al folle volo,
  Sempre acquistando del lato mancino.

Tutte le stelle già dell'altro polo
  Vedea la notte, e 'l nostro, tanto basso,
  Che non surgeva fuor del marin suolo.

Cinque volte racceso, e tante casso
  Lo lume era di sotto dalla luna,
  Poi ch'entrati eravam nell'alto passo,

Quando n'apparve una montagna bruna,
  Per la distanzia, e parvemi alta tanto,
  Quanto veduta non n'aveva alcuna.

« O freres, leur dis-je alors, vous qui, à travers mille
périls, êtes parvenus jusqu'à cet occident, si peu qu'il
vous reste encore à jour de vos sens éveillés, ne vous
refusez pas à la gloire de découvrir, par delà le soleil,
un monde encore inhabité. Songez à votre noble origine :
vous ne fûtes point destinés à vivre comme des brutes,
mais à suivre le chemin de la vertu et des grandes
entreprises.

« Par cette courte harangue, j'inspirai à mes compagnons une telle ardeur de continuer le voyage, que
vainement ensuite j'aurais tenté de les retenir.

« Notre poupe au levant et le gouvernail prenant à
gauche, de nos rames nous fîmes des ailes à ce vol
insensé. Déjà la nuit était rayonnante de toutes les étoiles
de l'autre pôle, et le nôtre était si abaissé, qu'il se
montrait à peine au-dessus de l'horizon marin. Cinq fois
la lumière avait éclairé la face de la lune, et cinq fois
elle s'était éteinte depuis que nous étions entrés dans
cette immensité, quand une montagne nous apparut,
obscure encore à cette distance, mais déjà si élevée, que
je ne croyais pas en avoir vu d'une telle hauteur. Notre
joie, qui fut grande d'abord, se changea bientôt en
tristesse, lorsqu'un tourbillon, s'élevant de ce monde
nouveau, vint assaillir l'avant du navire que nous montions.

Noi ci allegrammo, e tosto tornò in pianto :
Che dalla nuova terra un turbo nacque,
E percosse del legno il primo canto.

Tre volte il fe girar con tutte l'acque,
Alla quarta levar la poppa in suso,
E la prora ire in giù, com'altrui piacque,

Infin che 'l mar fu sopra noi richiuso.

« Trois fois il le fit tourner sur lui-même avec la masse
des eaux [10] ; au quatrième assaut, la poupe se dressa,
la proue s'enfonça, obéissante à la volonté de l'autre [11],
et l'océan se referma sur nous. »

CANTO VIGESIMOSETTIMO

Già era dritta in su la fiamma, e queta,
    Per non dir più, e già da noi sen' gia,
    Con la licenzia del dolce poeta.

Quando un'altra, che dietro a lei venía,
    Ne fece volger gli occhi alla sua cima,
    Per un confuso suon, che fuor n'uscía.

Come 'l bue Cicilian, che mugghiò prima
    Col pianto di colui (e ciò fu dritto)
    Che l'avea temperato con sua lima:

Mugghiava con la voce dell'afflitto,
    Sì che con tutto, ch'e' fosse di rame,
    Pure el pareva dal dolor trafitto:

Così, per non avei via, nè forame,
    Dal principio del fuoco, in suo linguaggio,
    Si convertivan le parole grame.

—

CHANT VINGT-SEPTIÈME

La flamme immobile et droite avait cessé de parler, et déjà elle s'éloignait de nous avec le congé du doux poete, quand une autre flamme, qui venait du côté opposé, me força de tourner la tête ; un bruit confus s'échappait de cette cime en feu. De même que le taureau de Sicile[1] dont le premier beuglement (et justice était faite !) fut le cri de l'ouvrier qui l'avait façonné, rendait en mugissements la voix des victimes, et, tout formé d'airain qu'il était, semblait transpercé de douleur ; ainsi la voix triste et captive de l'esprit ne trouvant d'abord aucune issue, était semblable au petillement du feu. Bientôt, quand les paroles, ouvrant la flamme à son sommet déchiré, la rendirent obéissante au mouvement de la langue elle-même, elle fit entendre les paroles que voici :

Ma poscia ch'ebber colto lor viaggio,
    Su per la punta, dandole quel guizzo,
    Che dato avea la lingua in lor passaggio,

Udimmo dire : O tu, a cui io drizzo
    La voce, che parlavi mo Lombardo,
    Dicendo Issa ten' va, più non t'aizzo :

Perch'i' sia giunto forse alquanto tardo,
    Non t'incresca restare a parlar meco :
    Vedi, che non incresce a me, e ardo.

Se tu pur mo in questo mondo cieco
    Caduto se di quella dolce terra
    Latina, onde mia colpa tutta reco ;

Dimmi, se i Romagnuoli han pace, o guerra :
    Ch'i' fui de' monti là intra Urbino
    E 'l giogo, di che Tever si disserra.

Io era ingiuso ancora attento, e chino,
    Quando 'l mio duca mi tentò di costa,
    Dicendo : Parla tu, questi è Latino.

Ed io, ch'avea già pronta la risposta,
    Sanza 'ndugio a parlare incominciai :
    O anima, che se' laggiù nascosta,

Romagna tua non è, e non fu mai,
    Sanza guerra ne' cuor de' suoi tiranni.
    Ma palese nessuna or ven' lasciai.

« O toi, à qui je parle avec tant d'effort, et qui
disais tout à l'heure, en langage lombard : « Va-t'en
maintenant; je ne te retiens plus, » bien que peut-être
je sois arrivé un peu tard, reste, et qu'un entretien avec
moi ne te déplaise pas; tu vois que je m'y prête, et
pourtant je brûle. Si vraiment de ce doux pays latin,
où j'ai commis tous mes crimes, tu es tombé dans ce
monde de ténèbres, dis-moi, la Romagne est-elle en
paix, est-elle en guerre? Je suis né dans les montagnes[2]
qui s'élèvent entre Urbin et les sommets où le Tibre a
sa source. »

J'écoutais encore, attentif et la tête penchée, lorsque
mon guide me toucha le côté en disant : « Parle à ton
tour, celui-ci est un Latin. »

Et moi, qui tenais la réponse toute prête, sans plus
tarder, je répondis en ces termes : « Ame emprisonnée,
ta Romagne a-t-elle été jamais sans une guerre ouverte
ou cachée dans les secrets desseins de ses tyrans? Il
est vrai que je n'y ai pas laissé de guerre ouvertement
déclarée. Ravenne est encore ce qu'elle était il y a
plusieurs années; l'aigle de Polenta[3] en a fait son

Ravenna sta, come stata è molti anni :
 L'aquila da Polenta la si cova,
 Sì che Cervia ricuopre co' suoi vanni.

La terra, che fe già la lunga pruova,
 E di Franceschi sanguinoso mucchio,
 Sotto le branche verdi si ritruova.

E 'l Mastin vecchio, e 'l nuovo da Verrucchio,
 Che fecer di Montagna il mal governo,
 Là dove soglion, fan de' denti succhio.

La città di Lamone, e di Santerno
 Conduce il leoncel dal nido bianco,
 Che muta parte dalla state al verno :

E quella, a cui il Savio bagna il fianco,
 Così com'ella siè tra 'l piano, e 'l monte,
 Tra tirannia si vive, e stato franco.

Ora chi se' ti prego, che ne conte :
 Non esser duro più, ch'altri sia stato,
 Se 'l nome tuo nel mondo tegna fronte.

Poscia che 'l fuoco alquanto ebbe rugghiato
 Al modo suo, l'aguta punta mosse
 Di qua, di là, e poi diè cotal fiato :

S'i' credessi, che mia risposta fosse
 A persona, che mai tornasse al mondo,
 Questa fiamma staria senza più scosse.

aire, et même elle couvre Cervia de ses ailes. Le pays
qui soutint la longue épreuve où s'entassèrent tant de
cadavres français, est encore sous les griffes du lion
vert [4]. Les deux dogues de Verruchio, le vieux et le
jeune [5], l'un et l'autre si funestes à Montagna, continuent
d'aiguiser leurs dents sur la proie accoutumée. Les cités
de Lamone [6] et de Santerno sont au pouvoir du lionceau
d'azur au champ d'argent, qui, de l'été à l'hiver, change
de parti; Césène [7] dont le Savio baigne les murs, un
pied sur la plaine, un pied sur la montagne, se partage
entre la tyrannie et la liberté.

« Maintenant dis-nous, je t'en prie, qui tu es : ne sois
pas plus récalcitrant qu'on ne l'a été avec toi, et puisse
ton nom toujours grandir dans le monde. »

La flamme, après avoir poussé, à sa manière, une
sorte de rugissement, fit osciller sa pointe aigue et laissa
échapper ce souffle : « Si je croyais adresser ma réponse
à un être qui dût retourner dans le monde, cette flamme
resterait immobile et muette; mais comme jamais, si
l'on m'a dit vrai, créature vivante ne sortit de cet
abîme, je te réponds sans crainte de déshonneur. J'ai

Ma perciocchè giammai di questo fondo
    Non ritornò alcun, s'i' odo il vero,
    Senza tema d'infamia ti rispondo.

I' fui uom d'arme, e poi fu' cordigliero,
    Credendomi, sì cinto, fare ammenda :
    E certo il creder mio veniva intero,

Se non fosse 'l Gran Prete, a cui mal prenda,
    Che mi rimise nelle prime colpe :
    E come, e quare voglio, che m'intenda.

Mentre ch'io forma fui d'ossa e di polpe,
    Che la madre mi diè, l'opere mie
    Non furon leonine, ma di volpe.

Gli accorgimenti, e le coperte vie
    I' seppi tutte, e sì menai lor' arte,
    Ch'al fine della terra il suono uscíe.

Quando mi vidi giunto in quella parte
    Di mia età, dove ciascun dovrebbe
    Calar le vele, e raccogher le sarte,

Ciò che pria mi piaceva, allor m'increbbe,
    E pentuto, e confesso mi rendei,
    Ahi miser lasso, e giovato sarebbe.

Lo principe de' nuovi Farisei,
    Avendo guerra presso a Laterano,
    E non con Saracin, nè con Giudei,

été d'abord un soldat, ensuite un cordelier ; je croyais
m'amender en prenant le cordon, et peut-être avais-je
raison, n'eût été le grand prêtre [8] (malheur sur lui !) qui
me fit retomber dans mes premières fautes. Comment et
pourquoi, tu vas le savoir.

« Tant que je gardai cette forme de chair et ces os
que je tenais de ma mère, je fis l'œuvre non d'un lion [9],
mais d'un renard. Toutes les ruses, toutes les voies
ténébreuses m'étaient familières, et j'excellai dans l'art
de tromper au point qu'il en fut bruit jusqu'au bout du
monde.

« Mais quand je fus arrivé à cette époque de la vie où
chacun devrait amener la voile et serrer les haubans [10],
ce qui me plaisait auparavant, je le pris en dégoût.
Repentant et confessé de mes fautes, malheureux que
je suis ! j'aurais été sauvé !

« Le prince des Pharisiens était en guerre alors dans
son voisinage de Latran [11], non pas avec les Sarrasins
ou les juifs, car chacun de ses ennemis était chrétien,

Che ciascun suo nimico era Cristiano,
  E nessuno era stato a vincere Acri,
  Nè mercatante in terra di Soldano :

Nè sommo uficio, nè ordini sacri
  Guardò in se, nè in me quel capestro,
  Che solea far li suoi cinti più macri.

Ma come Costantin chiese Silvestro
  Dentro Siratti, a guarir delle lebbre,
  Così mi chiese questi per maestro

A guarir della sua superba febbre :
  Domandommi consiglio, ed io tacetti,
  Perchè le sue parole parvero ebbre :

E poi mi disse : Tuo cuor non sospetti :
  Fin'or t'assolvo, e tu m'insegni fare,
  Sì come Penestrino in terra getti.

Lo Ciel poss'io serrare, e disserrare,
  Come tu sai : però son duo le chiavi,
  Che 'l mio antecessor non ebbe care.

Allor mi pinser gli argomenti gravi,
  Là 've 'l tacer mi fu avviso il peggio :
  E dissi : Padre, da che tu mi lavi

Di quel peccato, ove mo cader deggio ;
  Lunga promessa, con l'attender corto,
  Ti farà trionfar nell'alto seggio.

et nul d'entre eux n'était allé conquérir Ptolémaïs ou
faire le négoce sur les terres du Soudan. Ce pontife
méconnut, en lui, la dignité de la tiare et des ordres
sacrés; en moi, la vertu de ce cordon dans les nœuds
duquel autrefois se mortifiait le pénitent. Et de même
que Constantin [12], dans la grotte de Soracte, priait Sil-
vestre de guérir sa lèpre, ainsi il me pria, lui, de le
guérir de sa fièvre d'ambition. Il me demanda conseil;
mais que répondre? Il parlait comme un homme pris de
vin.

« Alors il insista : « Que nulle inquiétude ne trouble
ton esprit, car je t'absous d'avance, pourvu que tu me
donnes le moyen de faire tomber les murs de Palestrine.
J'ai le pouvoir. tu le sais, d'ouvrir et de fermer les
portes du ciel avec ces deux clefs dont mon prédécesseur
fit trop peu d'estime. »

« Entraîné par ces graves arguments, et pensant que le
silence était le pire des partis : « Saint Père, lui dis-je,
puisque tu me laves du péché où je suis près de tomber,
écoute : promettre beaucoup en tenant peu te fera
triompher sur ton siége glorieux. »

Francesco venne poi, com i' fu' morto,
    Per me : ma un de' neri Cherubini
    Gli disse : Nol portar ; non mi far torto.

Venir se ne dee giù tra' miei meschini,
    Perchè diede 'l consiglio frodolente,
    Dal quale in quà stato gli sono a' crini :

Ch' assolver non si può, chi non si pente :
    Nè pentere, e volere insieme puossi,
    Per la contradizion, che nol consente.

O me dolente, come mi riscossi,
    Quando mi prese, dicendomi, Forse
    Tu non pensavi, ch'io loico fossi.

A Minos mi portò : e quegli attorse
    Otto volte la coda al dosso duro,
    E, poichè per gran rabbia la si morse,

Disse : Questi è de' rei del fuoco furo :
    Perch'io, là dove vedi, son perduto,
    E sì vestito andando mi rancuro.

Quand' egli ebbe 'l suo dir così compiuto,
    La fiamma, dolorando, si partío,
    Torcendo, e dibattendo 'l corno aguto.

Noi passammo oltre ed io, e 'l duca mio,
    Su per lo scoglio, infino in su l'altr'arco,
    Che cuopre 'l fosso, in che si paga il fio
A quei, che, scommettendo, acquistan carco.

« Quand je fus mort, saint François vint pour m'enlever, mais un des noirs chérubins lui dit : « Ne l'emporte pas, tu me ferais tort. Sa place est marquée là-bas au milieu des damnés. Depuis qu'il a donné le conseil frauduleux, il est à moi, et je le tiens par les cheveux. Qui ne se repent pas ne saurait être absous ; or, se repentir et vouloir en même temps le péché, ne se peut : le principe de contradiction [13] s'y oppose. »

« Malheureux que je suis, quel fut mon effroi, lorsque ce démon me saisit en criant : « Tu ne te doutais pas que je fusse si bon logicien ! »

« Il me porta devant Minos qui, après avoir tourné huit fois sa terrible queue autour de ses reins, dans un accès de sa propre rage, la mordit et s'écria : « Celui-ci est un des coupables à qui le feu doit servir de prison ! » C'est pourquoi tu me vois dans cet état de perdition et gémissant sous un tel vêtement. »

Lorsqu'elle eut parlé, la flamme plaintive s'éloigna, tordant et agitant sa cime aigue. Nous passâmes outre, mon guide et moi, et, en suivant le rocher, nous parvînmes à l'autre arche qui traverse la fosse où sont justement tourmentés ceux qui ont péché en semant la discorde.

CANTO VIGESIMOTTAVO

Chi poria mai, pur con parole sciolte,
    Dicer del sangue, e delle piaghe appieno,
    Ch'i' ora vidi, per narrar più volte?

Ogni lingua, per certo, verria meno,
    Per lo nostro sermone, e per la mente,
    C' hanno a tanto comprender poco seno.

Se s'adunasse ancor tutta la gente,
    Che già in su la fortunata terra
    Di Puglia fu del suo sangue dolente,

Per li Trojani, e per la lunga guerra,
    Che dell'anella fe sì alte spoglie,
    Come Livio scrive, che non erra:

Con quella, che sentío di colpi doglie,
    Per contastare a Ruberto Guiscardo,
    E l'altra, il cui ossame ancor s'accoglie

CHANT VINGT-HUITIÈME

Qui pourrait jamais dire, même en libre prose, même en s'y prenant à plusieurs fois, tout ce que je vis là de sang et de plaies autour de moi! Toute langue assurément s'y refuserait, aussi insuffisante à raconter ces choses, que notre esprit est impuissant à les comprendre.

En vain on entasserait l'une sur l'autre les diverses générations dont le sang fut répandu dans les champs désolés de la Pouille [1], tantôt par le fer des Romains, tantôt dans les désastres de cette longue guerre où, selon le témoignage véridique de Livius, il se fit un si prodigieux butin d'anneaux de chevaliers; en vain on y joindrait et ceux qui, s'opposant à Robert Guiscard [2], sentirent si douloureusement la force de ses coups, et ceux dont les ossements blanchissent encore dans cette plaine de Ceperano [3], témoin de la trahison des Apuliens, et à Tagliacozzo [4], où le vieux Alard sut vaincre sans

A Ceperan, la dove fu bugiardo
   Ciascun Pugliese, e là da Tagliacozzo,
   Ove senz'arme vinse il vecchio Alardo :

E qual forato suo membro, e qual mozzo
   Mostrasse, d'agguagliai sarebbe nulla
   Il modo della nona bolgia sozzo.

Già veggia pei mezzul perdere, o lulla,
   Com'i' vidi un, così non si pertugia,
   Rotto dal mento insin dove si trulla :

Tra le gambe pendevan le minugia :
   La corata pareva, e 'l tristo sacco,
   Che merda fa di quel, che si trangugia.

Mentre che tutto in lui veder m'attacco,
   Guardommi, e con le man s'aperse il petto,
   Dicendo : Or vedi, come i' mi dilacco :

Vedi come storpiato è Maometto :
   Dinanzi a me sen' va piangendo Alì
   Fesso nel volto dal mento al ciuffetto :

E tutti gli altri, che tu vedi quì,
   Seminator di scandalo, e di scisma
   Fur vivi : e però son fessi così.

Un Diavolo e qua dietro, che n'accisma
   Sì crudelmente al taglio della spada,
   Rimettendo ciascun di questa risma,

le secours des armes; non, quand, tous ensemble, ils
étaleraient leurs membres transpercés ou mutilés, rien
n'approcherait des horreurs de cette neuvième fosse!

Un tonneau dont le vin s'échappe par une douve
brisée, représente à peine l'état où je vis un pécheur
qui était fendu depuis le menton jusqu'au bas des reins.
Ses entrailles pendaient entre ses jambes, le cœur était
à nu, de même que le triste sac où s'achève la digestion.
Pendant que j'avais les yeux attentivement fixés sur lui,
il me regarda, et de ses mains s'entr'ouvrant la poitrine,
il me dit :

« Vois comme on peut se déchirer! vois en quel état
est Mahomet! Devant moi s'en va pleurant Aly[5], la tête
fendue du crâne au menton. Et tous les autres que tu
vois ici furent, pendant leur vie, autant de fauteurs de
scandales et de schismes : c'est pourquoi ils sont tous
pourfendus. Un diable est là derrière, qui, frappant
sans pitié, fait sentir à chacun de nous le tranchant de
son épée, et, quand nous avons parcouru la voie douloureuse, il ouvre de nouveau les blessures refermées,
et toujours il faut repasser devant lui.

Quando avém volta la dolente strada;
　　Perocchè le ferite son richiuse,
　　Prima, ch'altri dinanzi li rivada.

Ma tu chi se', che 'n su lo scoglio muse,
　　Forse, per indugiar d'ire alla pena,
　　Ch'è giudicata in su le tue accuse?

Nè morte 'l giunse ancor, nè colpa 'l mena,
　　Rispose 'l mio maestro, a tormentarlo:
　　Ma per dar lui esperienza piena,

A me, che morto son, convien menarlo
　　Per lo 'nferno quaggiù di giro in giro:
　　E quest'è ver così, com'i' ti parlo.

Più fur di cento, che quando l'udiro,
　　S'arrestaron nel fosso a riguardarmi,
　　Per maraviglia obliando 'l martiro.

Or dî a fra Dolcin, dunque, che s'armi,
　　Tu, che forse vedrai il Sole in breve,
　　S'egli non vuol quì tosto seguitarmi;

Sì di vivanda, che stretta di neve
　　Non rechi la vittoria al Noarese,
　　Ch'altrimenti acquistar non saria heve.

Poichè l'un piè, per girsene, sospese,
　　Maometto mi disse esta parola,
　　Indi a partirsi in terra lo distese.

« Mais qui es-tu, toi, qui t'amuses là-haut sur ce pont?
Sans doute tu n'es pas pressé d'aller subir le châtiment
de ta propre condamnation? »

« La mort ne l'a pas encore atteint, répliqua mon
maître; aucune faute ne l'expose au châtiment. Pour
moi, qui suis mort, je dois le conduire, de cercle en
cercle, dans la profondeur de l'enfer, afin qu'il en ait
une pleine connaissance. Aussi vrai que je te parle, cela
est. »

A ces paroles, plus de cent damnés s'arrêtèrent dans
la fosse pour me regarder, frappés d'un tel étonnement,
qu'il leur fit oublier leur martyre.

« Toi, qui peut-être bientôt reverras le soleil, annonce
de ma part à Fra Dolcino [6], s'il ne veut pas me rejoindre
ici avant peu, qu'il songe à ses vivres; la neige, en lui
amenant la disette, donnerait la victoire au Novarais,
qui, sans cet allié, aurait de la peine à vaincre. »

Ainsi parlait Mahomet, levant le pied pour s'en aller;
il dit, son pied touche à terre, et le voilà parti.

Un altro, che forata avea la gola,
   E tronco 'l naso, infin sotto le ciglia,
   E non avea mach'un'orecchia sola;

Restato a riguardar, per maraviglia,
   Con gli altri, innanzi agli altri aprì la canna,
   Ch'era di fuor d'ogni parte vermiglia,

E disse : O tu cui colpa non condanna,
   E cui già vidi su in terra Latina,
   Se troppa simiglianza non m'inganna :

Rimembriti di Pier da Medicina,
   Se mai torni a veder lo dolce piano,
   Che da Vercello a Marcabò dichina.

E fa sapere a' duo miglior di Fano,
   A messer Guido, ed anche ad Angiolello,
   Che, se l'antiveder qui non è vano,

Gittati saran fuor di lor vasello,
   E mazzerati presso alla Cattolica,
   Per tradimento d'un tiranno fello.

Tra l'Isola di Cipri e di Majolica
   Non vide mai sì gran fallo Nettuno,
   Non da Pirati, non da gente Argolica.

Quel traditor, che vede pur con l'uno,
   E tien la terra, che tal'è qui meco,
   Vorrebbe di vedere esser digiuno,

Un esprit (il avait la gorge transpercée, le nez coupé
jusqu'aux sourcils, et il ne lui restait plus qu'une oreille)
s'était arrêté, comme les autres, pour me regarder. tout
surpris. Il mit à découvert son gosier saignant de tous
côtés, et il dit : « O toi, qui n'as ici aucune faute à
expier, toi que j'ai déjà vu là-haut sur la terre d'Italie,
à moins que trop de ressemblance ne me trompe, sou-
viens-toi de Pierre de Medicina [7] ; si tu viens jamais à
revoir l'heureuse plaine qui de Vercelli s'incline vers
Marcabo, fais savoir alors aux deux meilleurs de Fano,
à messire Guido, à messire Angiolello [8], que, si toute
prévision n'est pas vaine ici-bas, ils seront jetés, une
pierre au cou, de leur vaisseau dans la mer, près de la
Cattolica, et cela par la perfidie et la trahison d'un
tyran. Jamais, entre Chypre et Majorque, Neptune n'aura
vu commettre un si grand crime par les pirates ou par
les Grecs.

« Ce traître, qui ne voit que d'un œil et qui gouverne
le pays (tel qui est près de moi voudrait bien ne l'avoir
jamais vu), les fera venir pour parlementer, et il s'y

Farà venirgli a parlamento seco :
   Poi farà sì, ch' al vento di Focara,
   Non farà lor mestier voto, nè preco.

Ed io a lui : Dimostrami, e dichiara,
   Se vuoi, ch'i' porti su di te novella,
   Chi è colui dalla veduta amara.

Allor pose la mano alla mascella
   D' un suo compagno, e la bocca gli aperse,
   Gridando, Questi è desso, e non favella :

Questi scacciato, il dubitar sommerse
   In Cesare, affermando, che 'l fornito
   Sempre, con danno, l' attender sofferse.

O quanto mi pareva sbigottito,
   Con la lingua tagliata nella strozza,
   Curio, ch' a dicer fu così ardito !

Ed un, ch' avea l' una e l' altra man mozza,
   Levando i moncherin, per l' aura fosca,
   Sì che 'l sangue facea la faccia sozza,

Gridò : Ricorderati anche del Mosca,
   Che dissi, lasso, Capo ha cosa fatta,
   Che fu 'l mal seme della gente Tosca :

Ed io v' aggiunsi : E morte di tua schiatta :
   Perch' egli, accumulando duol con duolo,
   Sen gio, come persona trista e matta :

prendra de manière, que les malheureux n'auront plus ni vœux ni prières à adresser aux vents de Focara. »

Et moi à lui : « Si tu veux que je ravive là-haut ton souvenir, montre-le-moi celui à qui la vue de ce pays a coûté si cher. » Alors il frappa de la main la mâchoire d'un de ses compagnons, et lui ouvrit la bouche en criant : ‹ Le voilà, mais il ne parle plus. C'est lui qui, chassé de Rome, affermit César dans sa résolution : « A l'heure où il faut agir, attendre est un péril, » disait-il [9].

Ah! qu'il me parut donc déconcerté, avec sa langue coupée dans le gosier, ce Curion qui avait été si hardi à parler!

Un autre, mutilé des deux mains, agitait dans l'air sombre ses moignons d'où le sang découlait sur sa figure souillée. « Qu'il te souvienne aussi de Mosca [10]. Hélas, c'est de moi cette parole : « Chose faite n'est à faire. » Mot funeste d'où sortit le malheur de la Toscane! »

« Et la ruine de ta race! ajoutai-je. »
Et lui, accumulant douleur sur douleur, s'éloigna désespéré, comme une personne atteinte de folie.

Ma io rimasi a riguardar lo stuolo,
    E vidi cosa, ch'i' avrei paura,
    Senza più pruova, di contarla solo,

Se non che conscienzia m'assicura,
    La buona compagnia, che l'uom francheggia
    Sotto l'osbergo del sentirsi pura.

I' vidi certo: ed ancor par, ch'io 'l veggia,
    Un busto senza capo andar, sì come
    Andavan gli altri della trista greggia.

E 'l capo tronco tenea per le chiome,
    Pesol con mano, a guisa di lanterna,
    E quei mirava noi, e dicea. O me.

Di se faceva a se stesso lucerna:
    Ed eran due in uno, e uno in due:
    Com' esser può, quei sa, che sì governa.

Quando diritto appiè del ponte fue,
    Levò 'l braccio alto, con tutta la testa,
    Per appressarne le parole sue,

Che furo: Or vedi la pena molesta
    Tu, che spirando vai, veggendo i morti:
    Vedi s'alcuna è grande, come questa:

E perchè tu di me novella porti,
    Sappi, ch'i' son Bertram dal Bormo, quelli,
    Che diedi al Re Giovanni i ma' conforti.

Je continuais cependant à regarder la foule des damnés, et je vis une chose que j'aurais peur de raconter si j'étais seul et sans preuves; mais je me sens rassuré par ma conscience, cette bonne compagne [11] qui, armée du sentiment de sa pureté, inspire à l'homme tant de courage.

Je vis très-certainement, et il me semble encore que je le vois, un corps décapité, marchant aussi bien que marchaient les autres de ce misérable troupeau. Il tenait par les cheveux sa tête coupée, suspendue à sa main, comme une lanterne, et elle nous regardait en disant : « Hélas ! »

Lui-même il se servait de fanal à lui-même. Ils étaient deux en un; il était un en deux. Comment la chose est possible, celui-là seul le sait qui sait tout et peut tout.

Lorsqu'il eut gagné juste le pied du pont, il souleva tout à fait son bras et la tête en même temps, pour rapprocher de nous ses paroles, et la tête dit : « Vois quel est mon supplice, toi qui, respirant encore, viens visiter les morts; vois s'il en est un qui soit aussi terrible. Et pour que tu dises de moi des nouvelles certaines, apprends que je suis ce Bertram de Born [12], qui donna au roi Jean de détestables conseils. J'incitai le père et le fils à s'armer l'un contre l'autre. Achitophel [13] n'excita pas d'un aiguillon plus perfide la colère d'Absalon contre David. C'est pour avoir divisé des êtres si étroitement

I' feci 'l padre e 'l figlio in se ribelli :
  Achitofel non fe più d'Absalone,
  E di David co' malvagi pungelli.

Perch'i' partî così giunte persone,
  Partito porto il mio cerebro, lasso,
  Dal suo principio, ch'è 'n questo troncone.

Così s'osserva in me lo contrappasso.

unis, que je porte ainsi mon cerveau séparé de son principe de vie, qui reste enfermé dans le tronc. Ainsi s'accomplit en moi la peine du talion[14].

CANTO VIGESIMONONO

La molta gente, e le diverse piaghe
   Avean le luci mie sì innebriate,
   Che dello stare a piangere eran vaghe:

Ma Virgilio mi disse: Che pur guate?
   Perchè la vista tua pur sì soffolge,
   Laggiù tra l'ombre triste smozzicate?

Tu non hai fatto sì all'altre bolge:
   Pensa, se tu annoverar le credi,
   Che miglia ventiduo la valle volge:

E già la luna è sotto i nostri piedi:
   Lo tempo è poco omai, che n'è concesso,
   E altro è da veder, che tu non credi.

Se tu avessi, rispos'io appresso,
   Atteso alla cagion, perch'i' guardava,
   Forse m'avresti ancor lo star dimesso.

CHANT VINGT-NEUVIÈME

Cette foule si grande et ces châtiments si divers avaient comme enivré mes yeux de tristesse, et volontiers je me serais arrêté pour pleurer. Mais Virgile me dit : « Que regardes-tu donc? pourquoi cette contemplation obstinée de ces ombres tristes et mutilées? Tu ne faisais pas ainsi sur le bord des autres fosses; que si tu crois pouvoir faire le compte de ces âmes, songe que la vallée n'a pas moins de vingt-deux milles de tour. Déjà la lune est sous nos pieds [1] : peu de temps nous reste, et tu as à voir bien autre chose que ce que tu as déjà vu. »

« Si tu avais pris garde, lui répondis-je, à ce qui m'arrêtait à cette place, peut-être m'aurais-tu permis de regarder plus longtemps. »

Parte sen' gia : ed io retro gli andava,
 Lo duca già taccendo la risposta,
 E soggiungendo, Dentro a quella cava,

Dov'i' teneva gli occhi sì a posta,
 Credo ch'un spirto del mio sangue pianga
 La colpa, che laggiù cotanto costa.

Allor disse 'l maestro : Non si franga
 Lo tuo pensier da qui innanzi sovr'ello ;
 Attendi ad altro : ed ei là si rimanga.

Ch'i' vidi lui appiè del ponticello
 Mostrarti, e minacciar forte col dito,
 E udil nominar Geri del Bello.

Tu eri allor sì del tutto impedito
 Sovra colui, che già tenne Altaforte,
 Che non guardasti in là, sì fu partito.

O duca mio, la violenta morte,
 Che non gli è vendicata ancor, diss'io,
 Per alcun, che dell'onta sia consorte.

Fece lui disdegnoso : onde sen gio,
 Senza parlarmi, sì com'io stimo :
 Ed in ciò m'ha e' fatto a se più pio.

Così parlammo insino al luogo primo,
 Che dello scoglio l'altra valle mostra,
 Se più lumi vi fosse, tutto ad imo.

Mais mon guide s'était éloigné sans attendre ma
réponse, et je le suivais en parlant. « Dans ce gouffre,
continuai-je, où je plongeais ces regards avides, je
crois qu'un esprit de ma famille pleure la faute qui se
paie si cher là-dessous. »

Alors le maître me dit : « Pas de vaines lamentations.
A quoi bon songer à ce damné plus longtemps? Occupe-
toi d'autre chose : puisqu'il est là, qu'il y reste. Tout
à l'heure je l'ai vu, au pied du pont, qui te montrait et
te menaçait du doigt avec colère, et j'ai entendu quelqu'un qui l'appelait Geri del Bello [2]. En ce moment tu
étais occupé de celui qui jadis fut le maître à Hautefort [3], et quand tu as regardé du côté de l'autre, il
était déjà loin. »

« O mon guide, le souvenir de la mort violente laissée
impunie par ceux qui en avaient le plus ressenti l'outrage,
a excité son indignation contre moi. Voilà pourquoi sans
doute il a suivi son chemin sans me parler. Ce silence
dédaigneux ajoute à la pitié qu'il m'inspirait. »

Ainsi parlant, nous parvînmes à cette hauteur du
rocher d'où l'on découvrirait la dixième vallée dans
toute sa profondeur, s'il y avait plus de clarté.

Quando noi fummo in su l'ultima chiostra
   Di Malebolge, sì che i suoi conversi
   Potean parere alla veduta nostra,

Lamenti saettaron me diversi,
   Che di pietà ferrati avean gli strali:
   Ond'io gli orecchi con le man copersi.

Qual dolor fora, se degli spedali
   Di Valdichiana, tra 'l luglio e' l settembre,
   E di Maremma, e di Sardigna, i mali

Fossero in una fossa tutti insembre:
   Tal'era quivi: e tal puzzo n'usciva,
   Qual suole uscir delle marcite membre.

Noi discendemmo in su l'ultima riva
   Del lungo scoglio, pur da man sinistra,
   E allor fu la mia vista più viva,

Giù ver lo fondo dove la ministra
   Dell'altro sire, infallibil giustizia,
   Punisce i falsator, che quì registra.

Non credo, ch'a veder maggior tristizia
   Fosse in Egina il popol tutto infermo,
   Quando fu l'aer sì pien di malizia,

Che gli animali, infino al picciol vermo,
   Cascaron tutti, e poi le genti antiche,
   Secondo che i poeti hanno per fermo,

Lorsque nous fûmes arrivés au-dessus de ce dernier cloître de Malebolge, et que ses frères convers parurent à nos yeux, des cris déchirants me percèrent l'âme, comme des flèches dont le fer eût été aiguisé par la pitié, et de mes deux mains je me bouchai les oreilles.

Quand on accumulerait dans la même fosse et les maux que renferment, de juillet à septembre, les hôpitaux de Valdichiana et les fièvres qu'engendrent les Maremmes [4] ou la Sardaigne, on ne compterait pas plus de douleurs que je n'en vis dans cette enceinte : il en sortait la puanteur fétide qui s'exhale des membres gangrenés.

Nous descendions à notre gauche, sur la dernière saillie du rocher sans fin; alors ma vue, plus nette, pénétra jusqu'au fond de cet abîme où l'infaillible justice, ministre du Très-Haut, punit les faussaires qu'elle y entasse.

Lorsque le peuple d'Égine [5] succombait a la contagion, sous un air si pestilentiel, que tout y périt jusqu'au moindre insecte, et que, selon le témoignage des poetes, les antiques populations se renouvelèrent par la semence des fourmis, je ne crois pas qu'il y eût alors dans ces contrées plus de désolations, que je n'en vis au fond de l'obscure vallée, parmi ces foules de malheureux que

Si ristorar di seme di formiche,
   Ch'era a veder, per quella oscura valle,
   Languir gli spirti, per diverse biche.

Qual sovra 'l ventre, e qual sovra le spalle
   L'un dell'altro giacea, e qual carpone
   Si trasmutava, per lo tristo calle.

Passo passo andavam, senza sermone,
   Guardando, e ascoltando gli ammalati,
   Che nonpotean levar le lor persone.

Io vidi duo sedere a se appoggiati,
   Come a scaldar s'appoggia tegghia a tegghia,
   Dal capo a' piè di schianze maculati:

E non vidi giammai menare stregghia
   A ragazzo, aspettato dal signorso,
   Nè da colui, che mal volentier vegghia,

Come ciascun menava spesso il morso
   Dell'unghie, sovra se, per la gran rabbia
   Del pizzicor, che non ha più soccorso.

E si traevan giù l'unghie la scabbia,
   Come coltel di scardova le scaglie,
   O d'altro pesce, che più larghe l'abbia.

O tu, che con le dita ti dismaglie,
   Cominciò 'l duca mio a un di loro,
   E che fai d'esse tal volta tanaglie,

le mal dévorait. Ils étaient étendus pêle-mêle, celui-ci
sur le ventre, celui-là sur les épaules de son voisin ;
d'autres se traînaient à quatre pattes sur le sentier de
douleurs.

Nous allions pas à pas, regardant en silence et écou-
tant ces malades qui ne pouvaient pas se soulever [6].
J'en vis deux qui étaient assis et appliqués l'un contre
l'autre comme une tourtière et son couvercle. Ils étaient
tous les deux maculés de la tête aux pieds de croûtes
hideuses. Jamais, sous la main du valet attendu par son
maître, ou fatigué de veiller, l'étrille ne courut aussi
vite, que se promenait sur chacune de ces ombres la
morsure de leurs ongles, excitée par la terrible rage
d'une démangeaison que rien ne peut apaiser. Et ces
ongles arrachaient les croûtes de lèpre, comme le cou-
teau arrache les écailles du scare ou de tout autre
poisson plus largement écaillé.

« O toi, se mit à dire mon maître en s'adressant à
l'un d'eux, toi qui es là, te déchiquetant la peau avec
tes doigts pires que des tenailles, dis-moi si quelque

Dimmi, s'alcun Latino è tra costoro,
   Che son quinc'entro, se l'unghia ti basti
   Eternalmente a cotesto lavoro.

Latin sem noi, che tu vedi sì guasti
   Qui ambodue, rispose l'un piangendo:
   Ma tu chi se', che di noi dimandasti?

E 'l duca disse: I' sono un, che discendo
   Con questo vivo giù di balzo in balzo,
   E di mostrar l'inferno a lui intendo.

Allor si ruppe lo comun rincalzo,
   E tremando ciascuno a me si volse
   Con altri, che l'udiron di rimbalzo.

Lo buon maestro a me tutto s'accolse
   Dicendo, Dì a lor ciò, che tu vuoli:
   Ed io incominciai, poscia ch'ei volse:

Se la vostra memoria non s'imboli
   Nel primo mondo, dall'umane menti,
   Ma s'ella viva sotto molti soli,

Ditemi chi voi siete, e di che genti:
   La vostra sconcia e fastidiosa pena
   Di palesarvi a me non vi spaventi.

I' fui d'Arezzo, e Albero da Siena,
   Rispose l'un, mi fe mettere al fuoco:
   Ma quel, perch'io morî, qui non mi mena.

Italien se trouve parmi ceux qui souffrent ici, et puissent tes ongles éternellement suffire à un tel travail. »

« Nous sommes Italiens l'un et l'autre, nous, que tu vois si défigurés, répondit l'un d'eux en pleurant; mais qui es-tu, toi qui nous fais ces questions? »

Et le maître dit : « Je suis une ombre descendue de degré en degré, ici-bas, avec ce vivant, et je m'occupe à lui montrer l'enfer. »

Alors renonçant à leur mutuel appui, les deux esprits tout tremblants se tournèrent vers moi, ainsi que d'autres qui avaient par hasard entendu ces paroles.

Le bon maître me dit en se rapprochant tout près de moi : « Dis-leur ce que tu voudras. » Et je repris, puisqu'il le permettait : « Puisse votre mémoire ne pas s'éteindre dans le monde primitif des mortels et durer sous beaucoup de soleils !

« Dites-moi qui vous êtes et de quel pays? que la honte et le dégoût de ce supplice ne vous empêchent pas de répondre à mes questions? »

« Je suis d'Arezzo [7], répondit l'un d'eux ; Albert de Sienne me fit brûler vif. Mais la faute qui causa ma mort n'est pas celle qui m'a conduit ici. Il est vrai que,

Ver'è, ch'io dissi a lui, parlando a giuoco,
 I' mi saprei levar per l'aere a volo :
 E quei, ch'avea vaghezza, e senno poco,

Volle, ch'i' gli mostrassi l'arte, e solo,
 Perch'i' nol feci Dedalo, mi fece
 Ardere a tal, che l'avea per figliuolo :

Ma nell'ultima bolgia delle diece
 Me, per l'alchimia, che nel mondo usai,
 Dannò Minós, a cui fallir non lece.

Ed io dissi al poeta : Or fu giammai
 Gente sì vana, come la Sanese?
 Certo non la Francesca sì d'assai.

Onde l'altro lebbroso, che m'intese,
 Rispose al detto mio : Trane lo Stricca,
 Che seppe far le temperate spese,

E Niccolò, che la costuma ricca
 Del garofano prima discoperse
 Nell'orto, dove tal seme s'appicca ;

E trane la brigata, in che disperse
 Caccia d'Ascian la vigna, e la gran fronda,
 E l'Abbagliato il suo senno profferse.

Ma perchè sappi, chi sì ti seconda
 Contra i Sanesi, aguzza ver me l'occhio,
 Sì che la faccia mia ben ti risponda :

plaisantant un jour, je lui dis : « Je sais bien le secret
de m'élever en l'air et de voler. » Or, il avait plus de
curiosité que de bon sens, et il voulut que sur-le-champ
je lui donnasse leçon; comme je ne réussis pas à faire
de lui un Dédale, il me fit brûler par celui qui le
regardait comme son fils. C'est parce que j'ai pratiqué
l'alchimie dans le monde que Minos, à qui il n'est pas
permis de faillir, m'a condamné à la dernière des dix
fosses. »

Et je dis au poete : « Fut-il jamais nation plus fri-
vole que la nation siennoise? Non, certes, pas même
la nation francaise. »

Et l'autre lépreux [8], qui m'avait entendu, répondit à
mes paroles : « Excepte au moins Stricca qui fut modéré
dans ses dépenses, et Nicolo qui introduisit, le premier,
la riche mode du girofle découvert dans les jardins [9]
d'Orient. Excepte aussi la joyeuse compagnie dans
laquelle Caccia d'Asciano dissipa ses vignes et ses
grands bois, et où l'Abbagliato fit preuve de tant de
sagesse.

« Mais si tu veux savoir qui te seconde ainsi contre
les Siennois, regarde-moi de facon que ma figure te
réponde. Tu verras que je suis l'ombre de Capocchio.

Sì vedrai, ch'i' son l'ombra di Capocchio,
    Che falsai li metalli, con alchimia,
    E ten dee ricordar, se ben t'adocchio,

Com'i' fui di natura buona scimia.

C'est moi qui, à l'aide de l'alchimie, défigurai tous les métaux. Tu dois te souvenir, si je te reconnais bien, que je fus de la nature un parodiste assez habile [10]. »

CANTO TRENTESIMO

Nel tempo, che Giunone era crucciata
    Per Semele, contra 'l sangue Tebano,
    Come mostrò una e altra fiata,

Atamante divenne tanto insano,
    Che, veggendo la moglie, co' duo figli,
    Andar carcata da ciascuna mano.

Gridò : Tendiam le reti, sì ch'io pigli
    La lionessa, e i lioncini al varco ;
    E poi distese i dispietati artigli,

Prendendo l'un, ch'avea nome Learco,
    E rotollo, e percosselo ad un sasso,
    E quella s'annegò con l'altro incarco :

E quando la fortuna volse in basso
    L'altezza de' Trojan, che tutto ardiva,
    Sì che 'nsieme col regno il Re fu casso,

CHANT TRENTIÈME

Au temps où Junon, jalouse de Sémélé, s'acharnait contre le sang thébain, comme elle en donna si souvent la preuve, Athamas[1] perdit l'esprit au point, que, voyant venir sa femme qui tenait sur chaque bras un de ses enfants, il s'écria : « Tendons les rets, que je prenne au passage la lionne et les lionceaux! » Puis, étendant ses mains comme d'impitoyables griffes, il saisit un de ses fils qui avait nom Léarco, le fit tournoyer et le brisa contre une roche. La mère se noya avec son dernier fardeau[2]!

Et lorsque la fortune eut abaissé la puissance des Troyens qui avaient tout osé, et que, d'un même coup, le roi et son royaume furent anéantis, Hécube, triste,

Ecuba trista misera e cattiva,
   Poscia che vide Polisena morta,
   E del suo Polidoro, in su la riva

Del mar, si fu la dolorosa accorta,
   Forsennata latrò, sì come cane;
   Tanto dolor le fe la mente torta.

Ma nè di Tebe furie, nè Trojane
   Si vider mai in alcun tanto crude,
   Non punger bestie, non che membra umane,

Quant'io vidi du'ombre smorte e nude,
   Che, mordendo, correvan di quel modo,
   Che 'l porco, quando del porcil si schiude.

L'una giunse a Capocchio, ed in sul nodo
   Del collo l'assannò, sì che tirando
   Grattar gli fece il ventre al fondo sodo.

E l'Aretin, che rimase, tremando,
   Mi disse: Quel folletto è Gianni Schicchi,
   E va rabbioso altrui così conciando.

Oh, diss'io lui, se l'altro non ti ficchi
   Li denti addosso, non ti sia fatica
   A dir chi è, pria che di qui si spicchi.

Ed egli a me: Quell'è l'anima antica
   Di Mirra scelerata, che divenne
   Al padre, fuor del dritto amore, amica.

malheureuse et captive, après avoir vu Polyxene égorgée
et son Polidore étendu sans vie sur les bords de la
mer, forcenée de douleur, se mit à aboyer comme une
chienne [3], tant le désespoir avait bouleversé sa raison.

Mais ni à Thèbes, ni chez les Troyens, au milieu
de ces fureurs, on ne vit s'exercer autant de cruautés
sur les êtres vivants, que montraient de rage deux
ombres nues et livides qui couraient en mordant, ainsi
que fait un porc échappé de son étable. Une de ces
ombres atteignit Capocchio, le saisit par la nuque à
pleines dents, et, l'entraînant avec elle, lui fit gratter
avec son ventre le sol raboteux.

L'habitant d'Arezzo [4], devenu tout tremblant, me dit :
« Ce démon est Gianni Schicchi [5]; il va ainsi dans sa
rage de tout déchirer. »

« Oh ! lui dis-je, puissent les dents de cet autre
esprit ne pas s'enfoncer dans ta chair, et, de grâce,
apprends-moi qui il est, avant qu'il s'éloigne d'ici. »

Et lui à moi : « C'est l'âme scélérate de l'antique
Myrrha [6], qui s'éprit pour son père d'un autre amour
que de l'amour filial. Pour commettre son crime, elle

Questa a peccar con esso così venne,
  Falsificando se, in altrui forma,
  Come l'altro, che 'n là sen va, sostenne,

Per guadagnar la donna della torma,
  Falsificare in se Buoso Donati,
  Testando, e dando al testamento norma.

E poi che i duo rabbiosi fur passati,
  Sovra i quali io avea l'occhio tenuto,
  Rivolsilo a guardar gli altri mal nati.

I' vidi un fatto a guisa di liuto,
  Pur ch'egli avesse avuta l'anguinaja
  Tronca dal lato, che l'uomo ha forcuto.

La grave idropisia, che si dispaja
  Le membra, con l'omor, che mal converte,
  Che 'l viso non risponde alla ventraja,

Faceva lui tener le labbia aperte,
  Come l'etico fa, che per la sete,
  L'un verso 'l mento, e l'altro in su riverte.

O voi, che senza alcuna pena siete,
  (E non so io perchè) nel mondo gramo,
  Diss'egli a noi, guardate, e attendete

Alla miseria del maestro Adamo:
  Io ebbi vivo assai di quel, ch'i' volli,
  E ora, lasso, un gocciol d'acqua bramo.

vint à lui sous la fausse apparence d'une étrangère. De même, celui qui s'en va là-bas, pour gagner la plus belle cavale du haras, fit, sous le nom emprunté de Buoso Donati, un faux testament revêtu de la forme légale. »

Lorsque les deux furieux que j'avais regardés avec tant d'attention se furent éloignés, je me tournai vers d'autres ombres; pour celles-là aussi, naître fut un malheur.

J'en vis une qui aurait eu la forme d'un luth, si les membres inférieurs eussent été coupés au pli de l'aine. La lourde hydropisie [7] qui, par l'altération du sang, rend le corps si difforme, que le visage jure avec le ventre, lui tenait la bouche ouverte; il était semblable au malade tombé en étisie; l'ardeur de la soif relève une de ses lèvres et fait pendre l'autre sur le menton.

« O vous, nous dit-il, qui, je ne sais de quel droit, venez, affranchis de toute peine, dans ce monde désolé; regardez et voyez le triste sort de maître Adam [8]. De mon vivant, j'eus abondance de tous biens, et maintenant, hélas! je soupire pour une goutte d'eau! Les doux ruisseaux qui, des vertes collines du Casentino [9], s'écoulent vers l'Arno, à travers des canaux frais et

Li ruscelletti, che de' verdi colli
   Del Casentin discendon, giuso in Arno,
   Faccendo i lor canali e freddi e molli,

Sempre mi stanno innanzi, e non indarno,
   Che l'imagine lor via più m'asciuga,
   Che 'l male, ond'io nel volto mi discarno :

La rigida giustizia, che mi fruga,
   Tragge cagion del luogo, ov'i' peccai,
   A metter più gli miei sospiri in fuga.

Ivi e Romena, la dov'io falsai
   La lega suggellata del Batista,
   Perch'io il corpo suso arso lasciai.

Ma s'i' vedessi quì l'anima trista
   Di Guido, o d'Alessandro, o di lor frate,
   Per fonte Branda non darei la vista.

Dentro ee l'una gia, se l'arrabbiate
   Ombre, che vanno intorno, dicon vero :
   Ma che mi val, ch'ho le membra legate?

S'i' fossi pur di tanto ancor leggiero,
   Ch'i' potessi in cent'anni andare un'oncia,
   I' sarei messo già per lo sentiero,

Cercando lui tra questa gente sconcia,
   Con tutto ch'ella volge undici miglia,
   E più d'un mezzo di traverso non ci ha.

humides, sont là sans cesse devant mes yeux, tout
exprès, et cette image me dessèche encore plus que
le mal qui a décharné ma figure. La sévère justice, qui
me harcèle, tire avantage des lieux mêmes où j'ai péché,
pour ajouter à l'ardeur de mes soupirs. Voilà, en effet,
Romena, où je falsifiai l'effigie de saint Jean-Baptiste,
ce qui fait que je laissai, là-haut, mon corps consumé
par le feu. Oh! que ne puis-je voir ici l'âme de ce
misérable Guido, celle d'Alexandre [10] ou celle de leur
frère! Je ne donnerais pas cette vue, même pour la
fontaine de Branda [11]. Déjà l'une de ces âmes est là-
dedans, si l'on en croit les ombres enragées qui courent
autour d'ici : mais comment pourrai-je m'en assurer,
perclus de tous mes membres? Si seulement j'étais assez
alerte pour, en un siècle, avancer d'une ligne, je me
serais déjà mis en route, afin de la chercher au milieu
de cette race infâme répandue dans une fosse, dont le
pourtour est de onze milles, et la largeur d'un demi-
mille. Ce sont eux qui m'ont jeté dans cette horrible
bande : ils m'ont enseigné à frapper des florins altérés
par trois carats d'alliage. »

I' son per lor tra sì fatta famiglia :
  Ei m'indussero a battere i fiorini,
  Ch'avevan tre carati di mondiglia.

Ed io a lui : Chi son li duo tapini,
  Che fuman, come man, bagnata il verno,
  Giacendo stretti a' tuoi destri confini?

Quì gli trovai, e poi volta non dierno,
  Rispose, quando piovvi in questo greppo,
  E non credo, che deano in sempiterno.

L'una è la falsa, che accusò Giuseppo,
  L'altro è 'l falso Sinon Greco da Troja :
  Per febbre acuta gittan tanto leppo.

E l'un di lor, che si recò a noja,
  Forse d'esser nomato sì oscuro,
  Col pugno gli percosse l'epa croja :

Quella sonò, come fosse un tamburo :
  E mastro Adamo gli percosse 'l volto
  Col braccio suo, che non parve men duro,

Dicendo a lui : Ancor che mi sia tolto
  Lo muover, per le membra, che son gravi,
  Ho io il braccio a tal mestier disciolto :

Ond'ei rispose : Quando tu andavi
  Al fuoco, non l'avei tu così presto :
  Ma sì e più l'avei, quando coniavi.

Et je lui dis : « Qui sont ces deux misérables ombres gisant, l'une auprès de l'autre, à ta droite? Elles exhalent je ne sais quelle fumée; on dirait des mains mouillées pendant l'hiver. »

« Elles fumaient à cette place, repondit-il, quand je tombai sur le bord de cette fosse; elles n'ont pas bougé, et je ne crois pas qu'elles bougent de toute l'éternité. L'une est la calomniatrice qui accusa Joseph [12]; l'autre est le fourbe Sinon, ce Grec fatal aux Troyens [13] : une fièvre ardente soulève en ces âmes cette infecte vapeur. »

A ces mots, l'un de ces esprits, qui sans doute prit à offense une si honteuse qualification, frappa de son poing le ventre dur de l'hydropique, et le fit résonner comme un tambour; maître Adam, à son tour, le frappa au visage, d'un bras qui ne parut pas moins dur, en lui disant : « Si je ne bouge pas, c'est la faute de mes membres alourdis, mais j'ai encore le bras assez dispos pour une telle besogne ! »

« Ce bras n'était pas si agile, répliqua l'autre, quand tu allais au bûcher; en revanche, il l'était bien autant, même plus encore, quand tu battais monnaie. »

E l'idropico : Tu dî ver di questo :
    Ma tu non fosti sì ver testimonio,
    Là 've del ver fosti a Troja richiesto.

S'i' dissi falso, e tu falsasti 'l conio,
    Disse Sinone, e son qui per un fallo,
    E tu per più, ch' alcun altro Dimonio.

Ricorditi, spergiuro, del cavallo,
    Rispose quei, ch' aveva infiata l'epa,
    E sieti reo, che tutto 'l mondo sallo.

A te sia rea la sete, onde ti crepa,
    Disse 'l Greco, la lingua, e l'acqua marcia,
    Che'l ventre innanzi gli occhi ti s'assiepa.

Allora il monetier : Così si squarcia
    La bocca tua per dir mal, come suole;
    Che s'i' ho sete, e umor mi rinfarcia,

Tu hai l'arsura, e 'l capo che ti duole,
    E per leccar lo specchio di Narcisso,
    Non vorresti a 'nvitar molte parole.

Ad ascoltarli er'io del tutto fisso,
    Quando 'l maestro mi disse, Or pur mira,
    Che per poco è, che teco non mi risso.

Quand'io 'l sentî a me parlar con ira,
    Volsimi verso lui con tal vergogna,
    Ch' ancor, per la memoria, mi si gira.

Et l'hydropique : « En cela tu dis vrai ; mais tu n'as pas dit aussi vrai dans ton témoignage, lorsque, à Troie, on te demandait la vérité. »

« Si j'ai dit des paroles fausses, reprit Sinon, toi tu as fait de la fausse monnaie ; je suis ici pour une faute unique, et toi, pour plus de fautes qu'aucun autre damné. »

« Qu'il te souvienne, parjure, du cheval de bois, répondit celui qui avait le ventre enflé, le monde entier sait ton crime, c'est là ta punition ! »

« Et la tienne, dit le Grec, cette soif qui te gerce la langue, et cet amas d'eau putride qui fait de ton ventre une façon de rempart à offusquer tes yeux. »

Et le faux-monnayeur : « Ta bouche s'ouvrira donc toujours pour de mauvaises paroles ! Si j'ai soif, si je suis tout gonflé, toi, la fièvre te dévore, ta tête brûle, et tu lécherais le miroir de Narcisse sans trop te faire prier. »

Il parlait, et j'étais tout oreilles, quand le maître me dit : « Prends-y garde : il ne s'en faut guère que je ne me querelle avec toi. »

A cette parole irritée de mon guide, je me retournai vers lui, si honteux, que le souvenir m'en est toujours présent.

E quale è quei, che suo dannaggio sogna,
   Che, sognando, disidera sognare,
   Sì che quel ch'è, come non fosse, agogna,

Tal mi fec'io, non potendo parlare,
   Che disiava scusarmi, e scusava
   Me tuttavia, e nol mi credea fare.

Maggior difetto men vergogna lava,
   Disse 'l maestro, che 'l tuo non è stato :
   Però d'ogni tristizia ti disgrava :

E fa ragion, ch'i' ti sia sempre allato,
   Se più avvien, che fortuna t'accoglia,
   Dove sien genti in simigliante piato :

Che voler ciò udire è bassa voglia.

Celui-là qui, dans un songe, voit son malheur, et
désire, tout en rêvant, que ce ne soit qu'un rêve,
souhaitant ainsi, comme s'il n'y était pas, l'état où
pourtant il se trouve : ainsi j'étais ; je voulais m'excuser,
la parole manquait à ma voix, et toutefois je m'excusais
sans que je crusse le faire.

« Moins de honte, dit le maître, suffirait pour laver
une faute plus grande que n'a été la tienne : cela étant,
cesse de t'attrister. Rappelle-toi cependant, si tu te
retrouves jamais dans de semblables rixes, que je suis
avec toi : honteuse est la curiosité qui se prend à de
tels démêlés. »

CANTO TRENTESIMOPRIMO

Una medesma lingua pria mi morse,
  Sì che mi tinse l'una e l'altra guancia,
  E poi la medicina mi riporse:

Così od'io, che soleva la lancia
  D'Achille, e del suo padre esser cagione
  Prima di trista, e poi di buona mancia.

Noi demmo 'l dosso al misero vallone,
  Su per la ripa, che 'l cinge dintorno,
  Attraversando, senza alcun sermone.

Quivi era men che notte, e men che giorno,
  Sì che 'l viso m'andava innanzi poco:
  Ma io sentî sonare un alto corno,

Tanto, ch'avrebbe ogni tuon fatto fioco,
  Che contra se la sua via seguitando,
  Dirizzò gli occhi miei tutti ad un loco:

CHANT TRENTE-UNIÈME

La même voix qui m'avait mordu si fort, que j'en avais le rouge aux deux joues, bientôt me guérit et me console. Ainsi la lance d'Achille et de Pélée eut, dit-on, une puissance tour à tour funeste et salutaire.

Nous tournâmes le dos à cette vallée malheureuse, traversant en silence le rempart qui l'environne. Là, ce n'était pas nuit, quoique ce ne fût pas jour, et ma vue s'étendait peu devant moi; mais j'entendis le son d'un cor qui retentissait avec tant d'éclat, qu'il aurait étouffé le bruit du tonnerre; et, me retournant vers le point d'où le son était parti, j'y arrêtai fixement mes regards. Après cette funeste déroute où Charlemagne perdit le fruit de la sainte entreprise, le cor de Roland [1] fit entendre de moins terribles accents.

Dopo la dolorosa rotta, quando
   Carlo Magno perdè la santa gesta,
   Non sonò sì terribilmente Orlando.

Poco portai in là alta la testa,
   Che mi parve veder molte alte torri :
   Ond'io, Maestro, dì, che terra è questa?

Ed egli a me : Però che tu trascorri
   Per le tenebre, troppo dalla lungi,
   Avvien che poi nel maginare aborri.

Tu vedra' ben, se tu là ti congiungi,
   Quanto 'l senso s'inganna di lontano :
   Però alquanto più te stesso pungi.

Poi caramente mi prese per mano,
   E disse : Pria che noi siam più avanti,
   Acciocchè 'l fatto men ti paja strano,

Sappi, che non son torri, ma giganti,
   E son nel pozzo, intorno dalla ripa,
   Dall'umbilico in giuso, tutti quanti.

Come quando la nebbia si dissipa,
   Lo sguardo a poco a poco, raffigura
   Ciò, che cela 'l vapor, che l'aere stipa :

Così forando l'aer grossa e scura,
   Più e più appressando inver la sponda,
   Fuggémi errore, e giugnémi paura :

Je m'avançai en levant la tête, et il me sembla que
je découvrais un grand nombre de tours très-élevées.
Et je dis : « Maître, quelle est cette ville? »

Et lui à moi : « Ta vue, qui court trop vite à travers
ces ténèbres, te fait imaginer ce qui n'est pas. Tu
t'apercevras, si tu arrives là-bas, combien l'éloignement
est, pour les sens, une cause d'erreur. Ainsi, hâtons un
peu notre marche. »

Il me prit affectueusement par la main : « Avant de
nous approcher, et pour que ta surprise soit moins
grande, apprends, me dit-il, que ces tours sont des
géants qui, enfoncés dans le puits, seulement jusqu'au
nombril, en dominent les rebords tout à l'entour. »

Le regard, lorsque la brume se dissipe, retrouve
peu à peu la forme des objets cachés dans la vapeur
qui épaississait l'horizon : ainsi, à mesure que mon œil
perçait cette atmosphère sombre et pesante, et que je
m'approchais davantage vers le bord du puits, mon
erreur s'enfuyait et l'effroi me gagnait. Car, de même
que Montereggione [2] se couronne de tours au-dessus du

Perocchè come in su la cerchia tonda,
   Montereggion di torri si corona ;
   Così la proda, che 'l pozzo circonda,

Torreggiavan di mezza la persona
   Gli orribili giganti, cui minaccia
   Giove del cielo ancora, quando tuona :

Ed io scorgeva già d'alcun la faccia,
   Le spalle, e 'l petto, e del ventre gran parte,
   E per le coste giù ambo le braccia.

Natura certo, quando lasciò l'arte
   Di sì fatti animali, assai fe bene,
   Per tor cotali esecutori a Marte :

E s'ella d'elefanti e di balene
   Non si pente; chi guarda sottilmente,
   Più giusta e più discreta la ne tiene :

Che dove l'argomento della mente
   S'aggiunge al mal volere, e alla possa,
   Nessun riparo vi può far la gente.

La faccia sua mi parea lunga e grossa,
   Come la pina di san Pietro a Roma :
   E a sua proporzione eran l'altr'ossa :

Sì che la ripa, ch'era perizoma
   Dal mezzo in giù, ne mostrava ben tanto
   Di sopra, che di giungere alla chioma

cercle de son enceinte, de même, au-dessus des rebords saillants qui environnent le puits, se dressaient jusqu'à moitié corps, hauts comme des tours, les horribles géants que Jupiter menace encore des hauteurs du ciel quand il tonne.

Déjà de l'un d'eux je distinguai le visage, les épaules, la poitrine, une partie des flancs et ses deux bras pendants le long des côtes.

Assurément c'est un grand bien que la sage nature ait renoncé à produire de tels monstres, et si elle engendre encore sans remords l'éléphant et la baleine, qui observe bien comprendra qu'en cela elle ne dément ni sa justice ni sa prudence; car il faut l'union de l'intelligence, de la force et des instincts mauvais, pour mettre en défaut le pouvoir et la résistance de l'homme.

La face du monstre me parut comparable en longueur et en grosseur à la pomme qui surmonte le dôme de Saint-Pierre[3]. Le reste du corps se développait dans la même proportion, de telle sorte qu'à partir des rebords du puits qui cachait la partie inférieure de son corps, on en voyait encore assez hors de l'abîme pour que trois Frisons se fussent flattés en vain d'atteindre à sa chevelure. De ces rebords à la place où l'homme agrafe son manteau, je pouvais compter trente grandes palmes.

Tre Frison s'averian dato mal vanto :
    Perocch'i' ne vedea trenta gran palmi,
    Dal luogo in giù, dov'uom s'affibbia 'l manto.

Rafel maì amech zabì almi,
    Cominciò a gridar la fiera bocca,
    Cui non si convenien più dolci salmi.

E 'l duca mio ver lui : Anima sciocca,
    Tienti col corno, e con quel ti disfoga,
    Quand'ira, o altra passion ti tocca.

Cercati al collo, e troverrai la soga,
    Che 'l tien legato, o anima confusa,
    E vedi lui, che 'l gran petto ti doga.

Poi disse a me : Egli stesso s'accusa :
    Questi è Nembrotto, per lo cui mal coto,
    Pure un linguaggio nel mondo non s'usa.

Lasciamlo stare, e non parliamo a voto :
    Che così è a lui ciascun linguaggio,
    Come 'l suo ad altrui, ch'a nullo è noto.

Facemmo adunque più lungo viaggio,
    Volti a sinistra, e al trar d'un balestro
    Trovammo l'altro assai più fiero e maggio,

A cinger lui, qual che fosse il maestro,
    Non so io dir : ma ci tenea succinto
    Dinanzi l'altro, e dietro 'l braccio destro,

« Rafèl maì amèch zabì almi[4]! » se mit à crier cette affreuse bouche, de laquelle ne pouvaient sortir des psaumes moins sauvages.

Et mon guide lui dit : « Esprit borné, tiens-t'en au son de ton cor[5], et apaise ainsi la colère ou toute autre passion qui te tourmente. Cherche à ton cou, tu trouveras la courroie qui le tient suspendu. Ne vois-tu pas, âme stupide, qu'il fait le tour de ton immense poitrine? »

Puis il me dit : « Il s'accuse lui-même : c'est Nembrod; c'est celui qui fut cause, par sa folle pensée, qu'une seule et même langue ne se parle plus dans le monde. Laissons-le et ne lui adressons pas d'inutiles paroles; car tout langage est pour lui ce que le sien est pour les autres hommes, qui n'y comprennent rien. »

Nous fîmes alors un long détour vers la gauche, et, à portée d'arbalète, nous trouvâmes un autre géant plus terrible encore et plus grand. Qui fut assez puissant pour le garrotter ainsi? Je ne le saurais dire : la même chaîne qui retenait son bras gauche par devant et attachait le bras droit par derrière, l'étreignait du cou à la ceinture, et faisait jusqu'à cinq fois le tour de son corps.

D'una catena, che 'l teneva avvinto
    Dal collo in giù, sì che 'n su lo scoperto
    Si ravvolgeva infino al giro quinto.

Questo superbo voll'essere esperto
    Di sua potenza contra 'l sommo Giove,
    Disse 'l mio duca, ond'egli ha cotal merto:

Fialte ha nome: e fece le gran pruove
    Quando i giganti fer paura a i Dei:
    Le braccia, ch'ei menò, giammai non muove.

Ed io a lui: S'esser puote, i'vorrei,
    Che dello smisurato Briareo
    Esperienza avesser gli occhi miei:

Ond'ei rispose: Tu vedrai Anteo
    Presso di quì, che parla, ed è disciolto,
    Che ne porrà nel fondo d'ogni reo.

Quel, che tu vuoi veder, più là è molto,
    Ed è legato, e fatto come questo,
    Salvo, che più feroce par nel volto.

Non fu tremuoto già tanto rubesto,
    Che scotesse una torre così forte,
    Come Fialte a scuotersi fu presto.

Allor temetti, più che mai, la morte,
    E non v'era mestier più che la dotta,
    S'i' non avessi viste le ritorte.

« Ce superbe voulut faire l'essai de ses forces contre
le puissant Jupiter, dit mon maître, et voilà ce qu'il y
a gagné ! Il se nomme Ephialte. Il a fait grandement
ses preuves dans la guerre où les géants effrayèrent les
dieux [6]. Ses bras, si agiles alors, il ne les remuera plus. »

Et moi à lui : « Je voudrais, s'il était possible, avoir,
par mes propres yeux, une idée de ce Briarée [7] si déme-
suré. »

Il me répondit : « Près d'ici tu verras Antée, qui sait
parler et n'est point enchaîné. Il nous portera jusqu'au
fond du séjour des coupables. Celui que tu demandes
est beaucoup plus loin ; il est enchaîné comme celui-ci,
et fait à son image, s'il n'a pas l'air encore plus féroce. »

Jamais tremblement de terre dans toute sa violence
n'ébranla une tour avec plus d'effort que n'en fit Ephialte
en s'ébranlant lui-même. En ce moment surtout j'eus
peur de mourir, et je serais en effet mort de peur, si les
liens du géant ne m'avaient pas un peu rassuré.

Noi procedemmo più avanti allotta,
   E venimmo ad Antéo, che ben cinqu'alle,
   Senza la testa, uscía fuor della grotta.

O tu, che nella fortunata valle,
   Che fece Scipion di gloria ereda,
   Quand'Annibál co' suoi diede le spalle,

Recasti già mille lion per preda,
   E che se fossi stato all'alta guerra
   De' tuoi fratelli, ancor par ch'e' si creda,

Ch'avrebber vinto i figli della terra;
   Mettine giuso (e non ten' venga schifo)
   Dove Cocito la freddura serra.

Non ci far' ire a Tizio, nè a Tifo :
   Questi può dar di quel, che qui si brama :
   Però ti china, e non torcer lo grifo.

Ancor ti può nel mondo render fama :
   Ch'ei vive, e lunga vita ancora aspetta,
   Se, innanzi tempo, grazia a se nol chiama.

Così disse 'l maestro : e quegli in fretta
   Le man distese, e prese il duca mio,
   Ond' Ercole sentì già grande stretta.

Virgilio, quando prender si sentío,
   Disse a me Fatti 'n quà sì, ch'io ti prenda :
   Poi fece sì, ch'un fascio er'egli ed io.

Nous avançâmes encore et nous arrivâmes non loin d'Antée, qui dépassait de cinq bonnes aunes, sans compter la tête, l'ouverture du puits.

« O toi, qui dans les champs heureux où Scipion conquit tant de gloire par la défaite d'Annibal et des siens, toi qui fis, en un jour, ta proie de mille lions [8], toi qui aurais, à en croire la renommée, assuré la victoire aux fils de la terre si tu avais pris part à la grande lutte de tes frères, fais-nous la grâce de nous déposer, là-bas, près du Cocyte glacé par l'hiver éternel; fais que nous puissions nous passer du secours de Titye ou de Typhée. Ce que vous désirez tous ici, celui qui est avec moi peut le donner. Baisse-toi donc et nous montre un visage moins farouche. Oui, celui-ci peut encore ajouter à ta renommée dans le monde; il est vivant et il doit compter sur une longue vie, à moins qu'avant le temps la grâce ne l'appelle. »

Ainsi parla le maître; et le géant tout aussitôt prend mon guide avec ces mêmes mains dont Hercule connut la redoutable étreinte.

Dès qu'il se sentit saisir, Virgile me dit : « Fais que je puisse te prendre aussi. » Et il me serra de telle sorte, que nous n'étions plus, lui et moi, qu'un même fardeau.

Qual pare a riguardar la Carisenda,
    Sotto 'l chinato, quand' un nuvol vada
    Sovr' essa sì, ched ella incontro penda :

Tal parve Antéo a me che stava a bada
    Di vederlo chinare, e fu talora,
    Ch' i' avrei volut' ir per altra strada :

Ma lievemente al fondo, che divora
    Lucifero con Giuda, ci posò :
    Nè sì chinato lì fece dimora,

E come albero in nave si levò.

Telle aux yeux qui la regardent du côté où elle penche, Garisende [9], alors qu'un nuage passe au-dessus d'elle, semble, par un mouvement contraire, sur le point de tomber, tel me parut Antée, lorsque je le vis se baisser, et c'est alors que j'aurais pris volontiers un autre chemin. Cependant il nous déposa doucement au fond de l'abîme qui engloutit Lucifer et Judas, et, ne restant penché qu'un instant, il se releva comme se relève le mât incliné d'un vaisseau.

CANTO TRENTESIMOSECONDO

—

S'i' avessi le rime e aspre e chiocce,
 Come si converrebbe al tristo buco,
 Sovra 'l qual pontan tutte l'altre rocce,

I' premerrei di mio concetto il suco
 Più pienamente : ma perch'i' non l'abbo.
 Non senza tema a dicer mi conduco :

Che non è 'mpresa da pigliare a gabbo,
 Descriver fondo a tutto l'universo,
 Ne da lingua, che chiami mamma, o babbo.

Ma quelle Donne ajutino 'l mio verso,
 Ch'ajutaro Anfione a chiuder Tebe,
 Sì che dal fatto il dir non sia diverso.

Oh sovra tutte mal creata plebe,
 Che stai nel loco, onde parlare è duro,
 Me' foste state qui pecore, o zebe.

CHANT TRENTE-DEUXIÈME

Que n'ai-je les accents rauques et sauvages qui conviendraient à l'horrible gouffre[1] sur lequel pèsent tous les cercles de l'enfer! j'exprimerais plus complétement le suc de ma pensée; mais, dépourvu d'un tel secours, à peine si j'ose continuer ce récit. Ce n'est point une entreprise dont on se puisse jouer, de décrire le fond de tout l'univers, ni l'œuvre d'une langue qui ne sait bégayer encore que « maman et papa »[2]. Cependant puissent venir en aide à mes vers les Muses qui aidèrent Amphion à élever les murailles de Thèbes, et qu'ainsi mes paroles ne soient pas au-dessous de mon sujet!

O races maudites entre toutes les autres races que renferme un séjour dont il est si amer de parler! que n'étiez-vous un troupeau de chèvres ou de moutons?

Come noi fummo giù nel pozzo scuro,
   Sotto i piè del gigante, assai più bassi,
   Ed io mirava ancora all'alto muro,

Dicere udimmi, Guarda, come passi:
   Fa sì, che tu non calchi con le piante
   Le teste de' fratei miseri lassi.

Perch' i' mi volsi, e vidimi davante,
   E sotto i piedi un lago, che, per gielo,
   Avea di vetro, e non d'acqua sembiante.

Non fece al corso suo sì grosso velo
   Di verno la Danoja in Austericch,
   Ne 'l Tanai, là sotto 'l freddo cielo,

Com'era quivi: che se Tabernicch
   Vi fosse su caduto, o Pietrapana,
   Non avria pur dall'orlo fatto cricch.

E come a gracidar si sta la rana,
   Col muso fuor dell'acqua, quando sogna
   Di spigolar sovente la villana,

Livide insin là, dove appar vergogna,
   Eran l'ombre dolenti nella ghiaccia,
   Mettendo i denti in nota di cicogna.

Ognuna in giù tenea volta la faccia:
   Da bocca il freddo, e dagli occhi 'l cuor tristo,
   Tra lor testimonianza si procaccia.

Lorsque nous fûmes au fond de l'abîme obscur, bien au-dessous des pieds du géant, et comme je regardais encore les hauts retranchements, j'entendis qu'on me disait : « Prends garde où tu mets les pieds, et fais attention de ne pas écraser tes frères malheureux et so rants. »

Je me retournai tout aussitôt et j'aperçus devant moi, presque sous mes pieds, un lac durci par la gelée [3] et plus semblable à du verre qu'à de l'eau. Ni le Danube autrichien, ni le Tanaïs sous un ciel glacé ne firent à leur cours un manteau d'hiver aussi épais que l'était celui-ci. Sur cette croûte glacée le Tabernick ou la Pietra Pana [4] se seraient écroulés sans causer même un craquement à sa surface.

Semblables à la grenouille qui se met à coasser, la tête hors de l'eau, dans la saison où la villageoise ne rêve que glanage, les ombres pâles et plaintives étaient enfoncées dans la glace jusqu'à cette partie de la figure où se trahit la honte, et leurs dents claquaient comme des becs de cigogne. Elles avaient toutes la face tournée en bas, et en même temps que leur bouche témoignait de l'excès du froid, les désespoirs du cœur s'exprimaient dans leurs yeux.

Quand'io ebbi d'intorno alquanto visto,
   Volsimi a' piedi, e vidi due sì stretti,
   Che 'l pel del capo aveano insieme misto.

Ditemi voi, che sì stringete i petti,
   Diss'io, chi siete; e quei piegar li colli,
   E poi ch'ebber li visi a me eretti,

Gli occhi lor, ch'eran pria pur dentro molli,
   Gocciar su per le labbra, e 'l gielo strinse
   Le lagrime tra essi, e riserolli:

Con legno legno spranga mai non cinse
   Forte così: ond'ei, come duo becchi,
   Cozzaro 'nsieme, tant'ira gli vinse.

Ed un, ch'avea perduti ambo gli orecchi.
   Per la freddura, pur col viso in giùe
   Disse, Perché cotanto in noi ti specchi?

Se vuoi saper chi son cotesti due,
   La valle, onde Bisenzio si dichina
   Del padre loro Alberto e di lor fue.

D'un corpo usciro: e tutta la Caina
   Potrai cercare, e non troverrai ombra
   Degna più d'esser fitta in gelatina:

Non quelli, a cui fu rotto il petto, e l'ombra
   Con esso un colpo, per la man d'Artù:
   Non Focaccia: non questi, che m'ingombra

Après avoir porté ma vue autour de moi, je la ramenai à mes pieds, et je découvris deux ombres si serrées l'une contre l'autre que leurs cheveux en étaient entre-mêlés.

« Dites-moi qui vous êtes, m'écriai-je, vous qui avez vos poitrines si étroitement unies. »

Elles redressèrent la tête, et quand elles eurent tourné leurs regards vers moi, les larmes coulant de leurs yeux humides se gelèrent sur le bord de leurs paupières collées l'une à l'autre. Un crampon de fer ne pressa jamais plus fortement le bois contre le bois. Alors, emportés par la colère, les deux damnés s'entre-cho-quèrent comme deux béliers.

Un autre, à qui la rigueur du froid avait fait tomber les oreilles, me dit en inclinant la tête : « Pourquoi nous regarder si attentivement? Si tu veux savoir qui sont ces deux-là, ils eurent pour patrie, eux et leur père Albert [5], la vallée où le Bisenzio [6] prend sa source. Ils sont l'un et l'autre sortis du même sein, et quand tu chercherais dans tout le cercle de Caïn, tu n'en trou-verais pas un autre qui méritât d'être enseveli plus profondément dans cette glace, pas même celui dont la poitrine fut ouverte par la main d'Artus [7], d'un seul coup qui fit passer le jour à travers, ni Focaccia [8], ni celui qui m'embarrasse tellement avec sa tête, que je ne puis voir plus loin, et qui fut nommé Sassolo Mascheroni [9]. Si tu es Toscan, tu dois savoir maintenant ce qu'il fut. Et, pour n'avoir pas à parler plus longtemps, sache

Col capo sì, ch'i' non veggi'oltre più,
   E fu nomato Sassol Mascheroni :
   Se Tosco se', ben sai omai, chi e' fu.

E perchè non mi metti in più sermoni,
   Sappi ch'i' fu'il Camicion de' Pazzi,
   E aspetto Carlin, che mi scagioni.

Poscia vid'io mille visi cagnazzi
   Fatti, per freddo : onde mi vien riprezzo,
   E verrà sempre de' gelati guazzi.

E mentre ch'andavamo in ver lo mezzo,
   Al quale ogni gravezza si rauna,
   Ed io tremava nell'eterno rezzo :

Se voler fu, o destino, o fortuna,
   Non so : ma passeggiando tra le teste,
   Forte percossi 'l piè nel viso ad una.

Piangendo mi sgridò : Perchè mi peste?
   Se tu non vieni a crescer la vendetta
   Di Mont' Aperti, perchè mi moleste?

Ed io : Maestro mio, or qui m'aspetta,
   Sì ch'i'esca d'un dubbio, per costui :
   Poi mi farai, quantunque vorrai, fretta.

Lo duca stette : ed io dissi a colui,
   Che bestemmiava duramente ancora,
   Qual se' tu, che così rampogni altrui?

que moi, je fus Camiccione de' Pazzi[10], et que j'attends Carlino, qui atténuera ma faute. »

Je vis ensuite, par milliers, des visages que le froid avait bleuis, et le frisson m'en vint, comme il me viendra toujours au souvenir de ces étangs glacés.

Tandis que nous allions vers le centre, qui attire toute pesanteur, et que j'étais tremblant au milieu de l'éternelle obscurité, que ce fût ma volonté, que ce fût le destin ou le hasard, je ne sais, mais en passant au milieu de ces têtes, mon pied en heurta une fort rudement au visage.

Elle me cria en pleurant : « Pourquoi me fouler aux pieds? à moins que tu ne viennes tout exprès pour ajouter à la vengeance de Montaperto[11], pourquoi m'outrager ainsi? »

Et moi : « O mon maître, attends-moi un peu pour que je puisse sortir d'un doute avec celui-ci; après quoi j'irai vite autant que tu le voudras. »

Le guide s'arrêta, et je dis à celui qui continuait de blasphémer horriblement : « Qui es-tu, toi qui réprimandes les autres avec tant d'âpreté? »

Or tu chi se', che vai, per l'Antenóra,
   Percotendo, rispose, altrui le gote,
   Sì che se vivo fossi, troppo fora?

Vivo son io: e caro esser ti puote,
   Fu mia risposta, se domandi fama,
   Ch'i' metta 'l nome tuo tra l'altre note.

Ed egli a me: Del contrario ho io brama:
   Levati quinci, e non mi dar più lagna:
   Che mal sai lusingar, per questa lama.

Allor lo presi per la cuticagna,
   E dissi: E' converrà, che tu ti nomi,
   O che capel qui su non ti rimagna:

Ond'egli a me: Perchè tu mi dischiomi,
   Nè ti dirò ch'i' sia, nè mosterrolti,
   Se mille fiate in sul capo mi tomi.

I' avea già i capelli in mano avvolti,
   E tratti glien' avea più d'una ciocca,
   Latrando lui, con gli occhi in giù raccolti,

Quando un' altro gridò, Che ha' tu Bocca?
   Non ti basta sonar con le mascelle,
   Se tu non latri? qual Diavol ti tocca?

Omai, diss'io, non vo', che tu favelle,
   Malvagio traditor: ch'alla tu' onta,
   I' porterò di te vere novelle.

« Mais toi-même qui es-tu, répliqua-t-il, toi qui vas
par l'Antenora, te heurtant à la tête des autres, de telle
sorte que, d'un vivant, le coup m'eût paru trop rude
encore ? »

« Je suis vivant, répondis-je, et, si tu aimes la
renommée, il peut être flatteur pour toi que ton nom
trouve sa place à côté de tous les noms que je viens de
recueillir. »

« Mais, s'écria-t-il, c'est tout le contraire que je
souhaite. Loin d'ici ! ne me tourmente pas davantage :
la belle flatterie à nous faire dans cette vallée de glace ! »

Je le saisis alors par la nuque, en m'écriant : « Il
faudra pourtant que tu dises qui tu es, ou pas un cheveu
ne te restera là-dessus. »

« Non, répondit-il, arrache-moi tous les cheveux,
mais je ne te dirai pas qui je suis, quand même tu
devrais te culbuter mille fois sur ma tête. »

Je tenais déjà ses cheveux enroulés dans ma main,
et je lui en avais arraché plus d'une touffe, pendant
que, la tête renversée, il hurlait comme un chien,
lorsqu'un autre s'écria : « Qu'est-ce donc, Bocca ? Ne
te suffit-il pas de faire claquer tes dents ? Quel diable
te secoue, et qu'as-tu besoin d'aboyer ? »

« A présent je ne veux plus que tu parles, maudit
traître, lui dis-je : tu auras la honte que je porte là-haut
de vraies nouvelles de toi, Bocca ! »

Va via, rispose : e ciò che tu vuoi, conta :
 Ma non tacer, se tu di qua entr'eschi,
 Di que', ch'ebb'or così la lingua pronta :

Ei piange qui l'argento de' Franceschi :
 I' vidi, potrai dir, quel da Duera,
 Là dove i peccatori stanno freschi.

Se fossi dimandato altri chi v'era,
 Tu hai dallato quel di Beccheria,
 Di cui segò Fiorenza la gorgiera.

Gianni del Soldanier credo che sia
 Più là, con Ganellone, e Tribaldello,
 Ch'aprì Faenza, quando si dormia.

Noi eravam partiti già da ello,
 Ch'i' vidi duo ghiacciati in una buca,
 Sì, che l'un capo all'altro era cappello :

E come 'l pan, pei fame, si manduca,
 Così 'l sovran li denti all'altro pose,
 Là 've 'l cervel s'aggiunge con la nuca.

Non altrimenti Tideo si rose
 Le tempie a Menalippo, per disdegno,
 Che quei faceva 'l teschio, e l'altre cose.

O tu, che mostri, per sì bestial segno,
 Odio sovra colui, che tu ti mangi,
 Dimmi 'l perchè, diss'io, per tal convegno.

« Va donc, répliqua-t-il, et parle à ton plaisir ; mais
si tu dois sortir d'ici, parle aussi de celui qui m'a
dénoncé, et qui pleure l'argent reçu des Français. Tu
pourras dire : J'ai vu Buosa da Duera [12], là où les
pécheurs ont si grand froid. Et si l'on te demande quels
autres s'y trouvaient, voici, à ton côté, Beccheria [13], à
qui Florence a fait couper la tête ; un peu plus loin, je
crois, c'est Gianni de Soldanero [14], avec Ganellone [15]
et Tribaldello qui, pendant que Faenza dormait, livra
ses portes. »

Nous étions déjà loin de ce damné, lorsque j'en
découvris deux autres que la glace resserrait dans le
même trou, de telle sorte que la tête de celui-ci était
comme un chaperon pour celui-là. Comme un affamé
qui se jette sur du pain, celui qui était dessus attaqua
l'autre avec ses dents à l'endroit où le cerveau se joint
à la nuque. Tydée, dans sa vengeance, broyait avec
moins de rage les tempes de Ménalippe [16], que celui-ci
le crâne et la cervelle de son ennemi.

« O toi, lui dis-je, qui montres, par cette fureur de
bête féroce, tant de haine contre celui que tu dévores,
que t'a-t-il fait ? Dis-le-moi, et si cette haine tient à

1   27

Che se tu a ragion di lui ti piangi,
  Sappiendo chi voi siete, e la sua pecca,
  Nel mondo suso ancor'io te ne cangi,

Se quella, con ch'i' parlo, non si secca.

une juste cause, je m'engage, sachant qui vous êtes, lui
et toi, et quel fut son crime, à te venger aussi là-haut
dans le monde, à moins que la langue qui te parle ne
se dessèche. »

CANTO TRENTESIMOTERZO

La bocca sollevò dal fiero pasto
    Quel peccator, forbendola a' capelli
    Del capo, ch'egli avea diretro guasto :

Poi cominciò : Tu vuoi ch'i' rinnovelli
    Disperato dolor, che 'l cuor mi preme,
    Già pur pensando, pria ch'i' ne favelli.

Ma se le mie parole esser den seme,
    Che frutti infamia al traditor, ch'i' rodo,
    Parlare e lagrimar vedrai insieme.

I' non so chi tu sie, nè per che modo
    Venuto se' quaggiù : ma Fiorentino
    Mi sembri veramente, quand'i' t'odo.

Tu de' saper, ch'i' fu 'l Conte Ugolino,
    E questi l'Arcivescovo Ruggieri :
    Or ti dirò, perch'i' son tal vicino.

CHANT TRENTE-TROISIÈME

Le pécheur [1], détournant la bouche de son horrible pâture, l'essuya aux cheveux de la tête dont il avait déjà rongé la nuque. Puis il commença en ces termes :

« Tu veux que je renouvelle une douleur sans espoir qui, dès que je me souviens et avant que je parle, me brise le cœur. Pourtant, si mes paroles doivent être quelque jour une semence féconde en infamie pour le traître que je déchire, tu me verras parlant et pleurant à la fois [2].

« J'ignore qui tu es et comment tu as pu descendre jusqu'ici : mais je crois vraiment, à ton langage, te reconnaître pour Florentin.

« Tu dois me connaître : je fus le comte Ugolin, celui-ci, l'archevêque Ruggieri ; et je vais te dire ce qui lui a valu un si terrible voisin.

Che per l'effetto de' suo' ma' pensieri,
   Fidandomi di lui io fossi preso,
   E poscia morto, dir non è mestieri.

Però quel, che non puoi avere inteso,
   Cioè, come la morte mia fu cruda,
   Udirai, e saprai, se m'ha offeso.

Breve pertugio dentro dalla muda,
   La qual per me ha 'l titol della fame,
   E 'n che conviene ancor ch'altri si chiuda,

M'avea mostrato, per lo suo forame,
   Più lune già, quand'i' feci 'l mal sonno,
   Che del futuro mi squarciò 'l velame.

Questi parea a me maestro e donno,
   Cacciando 'l lupo e i lupicini al monte,
   Perchè i Pisan veder Lucca non ponno.

Con cagne magre, studiose, e conte
   Gualandi, con Sismondi, e con Lanfranchi,
   S'avea messi dinanzi dalla fronte.

In picciol corso mi pareano stanchi
   Lo padre e i figli, e con l'agute scane
   Mi parea lor veder fender li fianchi.

Quando fui desto innanzi la dimane,
   Pianger senti fra 'l sonno i miei figliuoli,
   Ch'eran con meco, e dimandar del pane.

« Je n'ai pas à t'apprendre que, victime de ses lâches desseins et trompé dans ma confiance, je tombai en son pouvoir, et qu'il me donna la mort. Mais à quel point cette mort fut atroce, tu ne peux le savoir; écoute, et tu verras comme il m'a traité.

« Déjà, par une étroite fente de cette prison que ma destinée a fait appeler la Tour de la Faim, et où tant d'autres auront encore à gémir, j'avais vu bien des lunes se succéder, quand je fis le rêve sinistre qui, pour moi, déchira le voile de l'avenir. Celui que voilà m'apparut, chassant en maître et seigneur un loup et ses louveteaux vers la montagne qui dérobe Lucques à la vue des Pisans. Le comte Gualandi, accompagné des Sismondi et des Lanfranchi, courait en avant à la suite de chiennes maigres, agiles et bien dressées. Ils avaient peu couru, que déjà le loup et ses petits me parurent exténués, et je crus voir des dents aiguës s'enfoncer dans leurs flancs déchirés.

« Je m'éveillai avant qu'il fût jour, et j'entendis mes fils, étendus près de moi, qui se plaignaient dans leur sommeil et demandaient du pain.

Ben se' crudel, se tu già non ti duoli,
   Pensando ciò, ch'al mio cuor s'annunziava:
   E se non piangi, di che pianger suoli?

Già eram desti, e l'ora s'appressava,
   Che 'l cibo ne soleva essere addotto,
   E per suo sogno ciascun dubitava,

Ed io sentî chiavar l'uscio di sotto
   All'orribile torre: ond'io guardai
   Nel viso a' miei figliuoi, senza far motto:

I' non piangeva, sì dentro impietrai:
   Piangevan'elli: ed Anselmuccio mio
   Disse, Tu guardi sì, padre: che hai?

Però non lagrimai, nè rispos'io
   Tutto quel giorno, nè la notte appresso.
   Infin che l'altro sol nel mondo uscío.

Com'un poco di raggio si fu messo
   Nel doloroso carcere, ed io scorsi
   Per quattro visi il mio aspetto stesso;

Ambo le mani, per dolor, mi morsi:
   E quei pensando, ch'i 'l fessi per voglia
   Di manicar, di subito levorsi,

E disser: Padre, assai ci fia men doglia,
   Se tu mangi di noi: tu ne vestisti
   Queste misere carni, e tu le spoglia.

« Que tu es cruel, toi, si déjà tu ne frémis pas en songeant à ce que mon cœur pressentait ; et si tu ne pleures pas, de quoi donc sais-tu pleurer?

« Déjà ils étaient éveillés et l'heure s'approchait où, d'habitude, on apportait la nourriture ; à chacun de nous le même songe fit venir un doute, et moi j'entendis que l'on murait en bas la porte de l'horrible prison ! Alors je regardai mes fils en face, sans dire un mot. Je ne pleurais pas, comme si à force de douleur je fusse devenu de pierre : ils pleuraient, eux ! Mon petit Anselme dit : « Comme tu nous regardes, père ! Qu'as-tu ? » Et pourtant encore je ne pleurai pas, et je ne répondis rien ni de tout le jour ni de toute la nuit qui vint après, jusqu'à ce qu'un autre soleil se levât sur le monde.

« Lorsqu'un peu de lumière eut pénétré dans la prison douloureuse, et que je pus, sur leurs quatre visages, reconnaître la propre expression du mien, dans l'excès de ma douleur, je mordis mes deux mains. Eux, pensant que c'était par besoin de manger, ils se levèrent aussitôt, et me dirent : « Père, nous souffririons bien moins si, te nourrissant de nous, ta faim nous dépouillait de ces misérables chairs dont tu nous a revêtus. »

Quetámi allor, per non fargli più tristi :
   Quel dì, e l'altro stemmo tutti muti :
   Ahi dura terra, perchè non t'apristi?

Posciachè fummo al quarto dì venuti,
   Gaddo mi si gittò disteso a' piedi,
   Dicendo, Padre mio, che non m'ajuti?

Quivi morì : e come tu mi vedi,
   Vid'io cascar li tre ad uno ad uno,
   Tra 'l quinto dì, e 'l sesto : ond'i' mi diedi

Già cieco a brancolar sovra ciascuno,
   E tre dì gli chiamai, poich'e' fur morti :
   Poscia, più che 'l dolor potè 'l digiuno.

Quand'ebbe detto ciò, con gli occhi torti
   Riprese 'l teschio misero co' denti,
   Che furo all'osso, come d'un can, forti.

Ahi Pisa, vituperio delle genti
   Del bel paese là, dove 'l sì suona;
   Poi che i vicini a te punir son lenti,

Muovasi la Capraja e la Gorgona,
   E faccian siepe ad Arno in su la foce,
   Sì ch'egli anneghi in te ogni persona :

Che se 'l Conte Ugolino aveva voce
   D'aver tradita te delle castella,
   Non dovei tu i figliuoi porre a tal croce.

« Alors je me contins pour ne pas les rendre plus tristes. Ce jour et le jour d'après nous restâmes tous muets. O terre sans pitié, tu ne t'es pas ouverte!

« Quand nous fûmes au quatrième jour, Gaddo tomba étendu à mes pieds, en disant : « O mon père, ne viendras-tu pas à mon aide? » Et il expira! Et, tout comme tu me vois ici, je vis tomber les trois autres, un à un, entre la cinquième et la sixième journée. »

« Et moi, n'y voyant plus, je me traînai de l'un à l'autre, les cherchant à tâtons; et je les appelai trois jours durant après qu'ils furent morts. Après quoi la faim fut plus forte que la douleur! »

Ces paroles dites, il se mit, en tordant les yeux, à remordre le misérable crâne où ses dents, comme celles d'un chien, s'enfoncèrent jusqu'à l'os.

O Pise, qui seras la honte de la douce contrée où le si résonne [3], si tes voisins sont lents à te punir, puissent la Capraja et la Gorgona [4] marcher et venir aux bouches de l'Arno, comme un rempart qui fasse refluer ses eaux pour t'engloutir!

On pouvait, sans doute, accuser le comte Ugolin d'avoir livré tes forteresses; mais devais-tu faire subir à ses fils un pareil martyre? Leur jeunesse, ô nouvelle

Innocenti facea l'età novella,
    Novella Tebe, Uguccione, e 'l Brigata,
    E gli altri duo, che 'l canto suso appella.

Noi passamm'oltre, là 've la gelata
    Ruvidamente un'altra gente fascia,
    Non volta in giù, ma tutta riversata.

Lo pianto stesso lì pianger non lascia,
    E 'l duol, che truova 'n su gli occhi rintoppo,
    Si volve in entro a far crescer l'ambascia:

Che le lagrime prime fanno groppo,
    E, sì come visiere di cristallo,
    Riempion sotto 'l ciglio tutto 'l coppo.

E avvegna che, sì come d'un callo,
    Per la freddura, ciascun sentimento
    Cessato avesse del mio viso stallo;

Già mi parea sentire alquanto vento:
    Perch'i', Maestro mio, questo chi muove?
    Non è quaggiuso ogni vapore spento?

Ond'egli a me: Avaccio sarai, dove
    Di ciò ti farà l'occhio la risposta,
    Veggendo la cagion, che 'l fiato piove.

E un de' tristi della fredda crosta
    Gridò a noi: O anime crudeli
    Tanto, che data v'è l'ultima posta,

Thebes, faisait l'innocence d'Uguccione, de Brigata ? et des deux autres que mon chant vient de nommer.

En continuant d'avancer, nous rencontrâmes d'autres damnés plus rudement enserrés dans la glace, et dont la tête, au lieu d'être penchée en avant, se renversait en arrière.

Ici les pleurs mêmes s'opposent à ce que l'on pleure, et la douleur, ne pouvant se faire passage par les yeux, retombe au dedans et y redouble les angoisses[6]. Car les premières larmes, durcies par la gelée, forment une visière de cristal et s'amoncellent sous les paupières, dans l'intérieur de l'orbite.

Et quoique le froid eût mis sur mon visage comme un calus qui lui ôtait toute sensibilité, cependant il me sembla sentir une haleine de vent. « Mon maître, dis-je, qu'est-ce qui remue ? Est-ce qu'ici-bas toute vapeur n'est pas éteinte ? »

Et lui à moi : « Tu le sauras tout à l'heure ; ton œil même te répondra, quand tu auras compris pourquoi l'air est agité. »

Un des malheureux captifs de cette prison de glace : « Âmes assez perverses, disait-il, pour être reléguées dans le dernier cercle, débarrassez mes yeux de ces

Levatemi dal viso i duri veli,
    Sì ch'i' sfoghi 'l dolor, che 'l cuor m'impregna,
    Un poco pria, che 'l pianto si raggieli.

Per ch'io a lui. Se vuoi ch'i' ti sovvegna,
    Dimmi chi fosti. e s'i' non ti disbrigo,
    Al fondo della ghiaccia ir mi convegna.

Rispose adunque : I' son frate Alberigo :
    I' son quel delle frutte del mal'orto,
    Che quì riprendo dattero per figo.

O', dissi lui, or se' tu ancor morto?
    Ed egli a me : Come 'l mio corpo stea,
    Nel mondo su, nulla scienzia porto.

Cotal vantaggio ha questa Tolommea,
    Che spesse volte l'anima ci cade,
    Innanzi, ch'Atropós mossa le dea.

E perchè tu più volentier mi rade
    Le 'nvetriate lagrime dal volto,
    Sappi che tosto che l'anima trade,

Come fec'io, il corpo suo l'è tolto
    Da un Dimomo, che poscia il governa,
    Mentre che 'l tempo suo tutto sia volto.

Ella ruina in sì fatta cisterna :
    E forse pare ancor lo corpo suso
    Dell'ombra, che di qua dietro mi verna :

voiles si durs; que mon cœur puisse exhaler un peu de cette douleur qui l'oppresse, avant que mes pleurs se gèlent de nouveau. »

Et moi à lui : « Si tu veux que je te soulage, dis-moi d'abord qui tu es, et si je passe sans t'aider, que je sois plongé moi-même dans cet abîme de glace ! »

Alors il me répondit : « Je suis frère Albéric [7], le jardinier du jardin qui donne des fruits de mort. Datte pour figue ! je reçois ici mon salaire. »

« Oh ! lui dis-je, véritablement serais-tu déjà mort? »
Et lui à moi : « Que mon corps soit ou non resté là-haut dans le monde, je n'en sais rien. Le cercle de Ptolémée a ce privilége, que souvent l'âme y tombe avant que la parque ait rompu ses liens. Et afin que tu sois plus disposé à délivrer mon visage de ces larmes de verre, apprends qu'aussitôt qu'une âme s'est souillée par la trahison (et moi-même je suis un traître), un démon prend à cette âme son corps et le gouverne jusqu'à ce que tous ses jours soient accomplis. Quant à l'âme, elle est précipitée dans cette geôle affreuse. Peut-être le corps de l'ombre qui, là, derrière moi, frissonne dans la glace, est-il resté là-haut avec les apparences de la vie. Tu dois le savoir, toi qui ne fais que d'arriver. C'est Messer Branca d'Oria [8], et déjà bien des années ont passé depuis qu'il est ainsi emprisonné. »

Tu 'l dei saper, se tu vien pur mo giuso :
   Egli è ser Branca d'Oria, e son più anni
   Poscia passati, ch'ei fu sì racchiuso.

I' credo, diss'io lui, che tu m'inganni :
   Che Branca d'Oria non morì unquanche.
   E mangia, e bee, e dorme, e veste panni.

Nel fosso su, diss'ei, di Malebranche,
   Là dove bolle la tenace pece,
   Non era giunto ancora Michel Zanche.

Che questi lasciò 'l Diavolo in sua vece.
   Nel corpo suo, e d'un suo prossimano,
   Che 'l tradimento, insieme con lui, fece.

Ma distendi oramai in qua la mano.
   Aprimi gli occhi : ed io non gliele apersi,
   E cortesia fu lui esser villano.

Ahi Genovesi. uomini diversi
   D'ogni costume, e pien d'ogni magagna.
   Perchè non siete voi del mondo spersi?

Che col peggiore spirto di Romagna
   Trovai un tal di voi. che per su' opra
   In anima in Cocito già si bagna,

Ed in corpo par vivo ancor di sopra.

« Mais. lui dis-je. il faudrait me parler sérieusement. Il n'est pas mort. Branca d Oria : il mange. il boit. il dort et s'habille là-haut comme tout le monde. »

« Dans la tosse de Malebranche. répondit-il, où bouillonne la poix visqueuse. Michelo Sanche n'était pas encore tombé. que déjà Branca d'Oria laissait à sa place un diable en possession de son corps. ainsi qu'avait fait un de ses parents. complice de sa félonie. A présent. étends la main et dégage mes yeux. »

J'avais promis : je manquai de parole. et ce fut courtoisie que d'être sans foi à son égard [9].

O Génois. hommes sans mœurs et pleins de corruption. pourquoi n'êtes-vous pas chassés du monde ? Auprès du pire esprit de la Romagne, j ai trouvé un des vôtres : en expiation de ses fautes. son âme est déjà plongée dans le Cocyte, et pourtant son corps est toujours là-haut. qui fait semblant de vivre.

CANTO TRENTESIMOQUARTO

Vexilla reyis prodeunt inferni,
    Verso di noi : però dinanzi mira,
    Disse 'l maestro mio, se tu 'l discerni.

Come quando una grossa nebbia spira,
    O quando l'emisperio nostro annotta,
    Par da lungi un mulin, che 'l vento gira,

Veder mi parve un tal dificio allotta :
    Poi, per lo vento, mi ristrinsi retro
    Al duca mio; che non v'era altra grotta.

Già era (e con paura il metto in metro)
    Là dove l'ombre tutte eran coverte,
    E trasparean, come festuca in vetro.

Altre stanno a giacere, altre stanno erte,
    Quella col capo, e quella con le piante;
    Altra, com'arco, il volto a' piedi inverte.

CHANT TRENTE-QUATRIÈME

« *Vexilla regis prodeunt inferni;* oui, ils s'avancent vers nous, dit mon maître ; regarde et tâche de les distinguer. »

Tel, à travers les sombres nuées qui se gonflent dans l'air, ou quand la nuit vient à notre hémisphère, apparaît au loin un moulin que le vent fait tourner, tel je crus voir alors dans l'éloignement un édifice de cette forme. Mais, à cause de la violence du vent, comme il n'y avait pas d'autre abri, je me réfugiai derrière mon guide.

Déjà, et je ne le dis pas sans crainte dans ces vers, j'étais arrivé au lieu où toutes les ombres étaient couvertes par la glace, et à travers cette glace on les pouvait entrevoir comme des fétus renfermés dans du verre. Les unes sont couchées, les autres se tiennent debout ; celles-ci sur la tête, celles-là sur les pieds ; d'autres, se courbant comme un arc, ramènent la tête vers leurs pieds.

Quando noi fummo fatti tanto avante,
  Ch'al mio maestro piacque di mostrarmi
  La creatura, ch'ebbe il bel sembiante,

Dinanzi mi si tolse, e fe restarmi,
  Ecco Dite, dicendo, ed ecco il loco,
  Ove convien, che di fortezza t'armi.

Com'i' divenni allor gelato e fioco,
  Nol dimandar, Lettor, ch'i' non lo scrivo,
  Però, ch'ogni parlar sarebbe poco.

I' non morî, e non rimasi vivo :
  Pensa oramai per te, s'hai fior d'ingegno,
  Qual'io divenni, d'uno e d'altro privo.

Lo 'mperador del doloroso regno
  Da mezzo 'l petto uscía fuor della ghiaccia :
  E più con un gigante i' mi convegno,

Che i giganti non fan con le sue braccia :
  Vedi oggimai, quant'esser dee quel tutto,
  Ch'a così fatta parte si confaccia.

S'ei fu sì bel, com'egli è ora brutto,
  E contra 'l suo fattore alzò le ciglia :
  Ben dee da lui procedere ogni lutto.

O quanto parve a me gran meraviglia,
  Quando vidi tre facce alla sua testa !
  L'una dinanzi, e quella era vermiglia :

Lorsque nous fûmes assez avancés pour qu'il convînt à mon maître de me montrer la créature qui fut si parfaitement belle, il s'écarta de moi, en disant : « Voilà Dité[1], et voilà le lieu où il faut que tu appelles à ton aide ton courage. »

Comment alors je devins muet de terreur, ne le demande pas, lecteur : je ne l'écrirai point, car de toute manière, ce serait trop peu de le dire. Je ne mourus pas et je n'étais plus vivant. Pense maintenant, pour peu qu'en toi fleurisse l'imagination, à ce que je devins, n'appartenant ainsi ni à la vie ni à la mort ! »

Le souverain de l'empire des douleurs se tenait hors du lac glacé jusqu'au milieu de la poitrine. Je serais plus près d'atteindre à la taille des géants, que ceux-ci à la longueur d'un de ses bras. Juge maintenant ce que devait être le tout, proportionné à une telle partie. S'il fut aussi beau qu'il est affreux aujourd'hui, et s'il eut l'audace de lever les yeux contre son créateur, c'est bien de lui que doit venir toute désolation.

Il m'apparut comme un étrange miracle, quand je vis sa tête avec trois faces[2] : l'une par devant, et de couleur vermeille ; les deux autres, qui s'unissaient à

L'altre eran due, che s'aggiungéno a questa,
   Sovr'esso 'l mezzo di ciascuna spalla,
   E si giungéno al luogo della cresta :

E la destra parea tra bianca e gialla :
   La sinistra a vedere era tal, quali
   Vengon di là, ove 'l Nilo s'avvalla.

Sotto ciascuna uscivan duo grand'ali,
   Quanto si conveniva a tant'uccello.
   Vele di mar non vid'io mai cotali.

Non avén penne, ma di vispistrello
   Era lor modo : e quelle svolazzava,
   Sì che tre venti si movén da ello.

Quindi Cocito tutto s'aggelava :
   Con sei occhi piangeva, e per tre menti
   Gocciava 'l pianto, e sanguinosa bava.

Da ogni bocca dirompea, co' denti,
   Un peccatore a guisa di maciulla,
   Sì che tre ne facca così dolenti.

A quel dinanzi il mordere era nulla,
   Verso 'l graffiar, che tal volta la schiena
   Rimanea della pelle tutta brulla.

Quell'anima lassù ch'ha maggior pena,
   Disse 'l maestro, è Giuda Scariotto,
   Che 'l capo ha dentro, e fuor le gambe mena.

celle-ci, s'élevaient du milieu de chaque épaule, et se joignaient vers le haut de la tête. Le coloris de la face droite tenait du blanc et du jaune. La face gauche se montrait semblable à celles qui viennent du lieu où le Nil se précipite.

Au-dessous de chacune d'elles s'étendaient deux grandes ailes assorties à un pareil oiseau. Jamais navire ne déploya de voiles plus larges. Ces ailes, dépourvues de plumes, étaient comme celles de la chauve-souris. Quand il les agitait, elles donnaient au vent trois mouvements différents.

Autour de lui, le Cocyte était entièrement gelé. Il pleurait par ses six yeux, et les larmes coulaient sur ses trois mentons, avec un mélange de bave et de sang [3].

De chaque bouche il broyait un pécheur avec ses dents, comme fait la machine à briser le chanvre, et il en mordait trois à la fois [4]. Mais pour celui de devant, ce n'était rien que les morsures, comparées aux coups de griffes, qui étaient si violents, que les reins parfois restaient avec la peau toute dépecée.

« Cette âme, dit mon maître, qui là-haut est en proie à la plus grande souffrance, dont la tête est engloutie et qui agite ses jambes au dehors, c'est Judas Iscariote.

De gli altri duo, c'hanno 'l capo di sotto,
  Quei che pende dal nero ceffo, è Bruto :
  Vedi come si storce, e non fa motto :

E l'altro è Cassio, che par sì membruto.
  Ma la notte risurge, e ora mai
  È da partir, che tutto avém veduto.

Com'a lui piacque, il collo gli avvinghiai :
  Ed ei prese di tempo e luogo poste :
  E, quando l'ale furo aperte assai,

Appighò se alle vellute coste :
  Di vello in vello giù discese poscia,
  Tra 'l folto pelo, e le gelate croste.

Quando noi fummo là, dove la coscia
  Si volge appunto in sul grosso dell'anche,
  Lo duca, con fatica e con angoscia,

Volse la testa, ov'egli avea le zanche,
  E aggrappossi al pel, come uom che sale,
  Sì che in inferno i' credea tornar' anche.

Attienti ben, che per cotali scale,
  Disse 'l maestro, ansando, com'uom lasso,
  Conviensi dipartir da tanto male.

Poi uscì fuor, per lo foro d'un sasso,
  E pose me in su l'orlo a sedere :
  Appresso porse a me l'accorto passo.

Des deux autres qui ont la tête pendante, celui qui sort de la bouche noire, c'est Brutus ⁵. Vois comme il se tord, sans dire une parole. L'autre qui paraît si trapu, c'est Cassius ⁶.

« Mais voici la nuit qui revient ⁷, et maintenant il faut que nous partions, car nous avons tout vu. »

Alors, cédant au désir de mon maître, je m'enlaçai à son cou ; et lui, ensuite, choisissant à propos le lieu et le moment, quand les ailes de Lucifer furent assez déployées, il s'attacha à ses côtes velues, et se glissant à travers cette toison, il descendit entre les poils touffus et la muraille de glace.

Lorsque nous fûmes arrivés précisément au point où la cuisse se meut dans l'épaisseur de la hanche, mon guide, non sans fatigue et sans effort, ramena sa tête là où d'abord il avait les pieds, et s'accrocha aux poils comme un homme qui veut monter, me laissant ainsi croire que nous retournions dans l'enfer.

« Tiens-toi bien, dit mon maître, haletant comme un homme exténué ; c'est par une échelle de cette sorte que nous devons nous échapper de la région du mal. »

Alors il sortit par la crevasse d'un rocher et me déposa sur le bord, en me faisant asseoir ; puis il se mit à côté de moi.

I' levai gli occhi, e credetti vedere
   Lucifero, com' i' l' avea lasciato,
   E vidili le gambe in su tenere.

E s'io divenni allora travagliato,
   La gente grossa il pensi, che non vede,
   Qual' era il punto, ch' i' avea passato.

Levati su, disse 'l maestro, in piede :
   La via è lunga, e 'l cammino è malvagio,
   E già il sole a mezza terza riede.

Non era camminata di palagio,
   Là v'eravam, ma natural burella,
   Ch' avea mal suolo, e di lume disagio.

Prima, ch' i' dell' Abisso mi divella,
   Maestro mio, diss'io, quando fu' dritto,
   A trarmi d'erro un poco mi favella :

Ov' è la ghiaccia? e questi com' è fitto
   Sì sottosopra? e come 'n sì poc'ora,
   Da sera a mane, ha fatto il sol tragitto?

Ed egli a me : Tu immagini ancora
   D'esser di là dal centro, ov'i' mi presi
   Al pel del vermo reo, che 'l mondo fora.

Di là fosti cotanto, quant'io scesi :
   Quando mi volsi, tu passasti il punto,
   Al qual si traggon d'ogni parte i pesi :

En levant les yeux, je crus revoir Lucifer tel que je l'avais quitté, mais il avait les pieds en haut. Quelle fut alors mon inquiétude, je le laisse à penser aux esprits grossiers, qui ne connaissent pas le point par où j'avais passé.

« Lève-toi, dit le maître, la route est longue et rude est le chemin; déjà le soleil s'avance vers la huitième heure du jour [8]. »

Ce n'était pas la salle d'un palais que cette route où nous étions; c'était plutôt comme une tranchée creusée par la nature dans un sol rocailleux et dépourvu de toute clarté.

« Maître, avant de sortir de cet abîme, lui dis-je quand je fus debout, aide-moi par ta parole à me tirer d'erreur. Où se trouve le glacier? Comment se fait-il que Lucifer soit maintenant enfoncé la tête en bas? Comment le soleil a-t-il fait si vite le chemin du soir au matin? »

Et lui à moi : « Tu te figures encore être de l'autre côté du centre où je m'accrochai aux poils du reptile maudit qui traverse le monde de part en part. Là tu étais, en effet, au moment où je descendais; mais en me retournant, je t'ai fait passer le point vers lequel, de toutes parts, sont attirés les corps pesants [9]. Te voici maintenant arrivé à l'hémisphère opposé à celui qui enveloppe la

E se' or sotto l' emisperio giunto,
   Ched è opposto a quel, che la gran secca
   Coverchia, e sotto 'l cui colmo consunto

Fu l' uom, che nacque e visse sanza pecca :
   Tu hai i piedi in su picciola spera,
   Che l' altra faccia fa della Giudecca.

Qui e da man, quando di là è sera :
   E questi, che ne fe scala col pelo,
   Fitt' è ancora, si come prim' era.

Da questa parte cadde giù dal Cielo :
   E la terra, che pria di qua si sporse,
   Per paura di lui fe del mar velo,

E venne all' emisperio nostro : e forse,
   Per fuggir lui, lasciò qui il luogo voto
   Quella, ch' appar di qua, e su ricorse.

Luogo è laggiù da Belzebù rimoto
   Tanto, quanto la tomba si distende,
   Che non per vista, ma per suono è noto

D' un ruscelletto, che quivi discende,
   Per la buca d' un sasso, ch' egli ha roso,
   Col corso, ch' egli avvolge, e poco pende.

Lo duca ed io, per quel cammino ascoso
   Entrammo a ritornar nel chiaro mondo :
   E senza cura aver d' alcun riposo

grande terre séparée de l'Océan [10], et sous la voûte
duquel fut livré à la mort l'homme qui naquit et vécut
sans péché [11]. Tu as les pieds sur le petit cercle qui se
trouve à l'opposite de celui de Judas. Quand c'est là-haut
le soir, c'est ici le matin, et celui dont les poils nous
ont servi d'échelle est encore enfoncé dans le même sens
qu'auparavant. C'est de ce côté qu'il tomba du ciel ; et
la terre qui d'abord était ici à découvert, par la peur
qu'elle en eut, se fit des eaux de la mer comme un
voile, et se réfugia vers notre hémisphère. Peut-être
est-ce pour échapper à ce rebelle qu'elle creusa cet
abîme et se redressa là-bas en montagne [12].

« Il est un lieu éloigné de Belzébuth d'une distance
égale à la longueur de sa tombe, un lieu qui ne paraît
pas à la vue, mais que fait découvrir le murmure d'un
petit ruisseau qui descend là par la fente d'un rocher
creusé dans les sinuosités et sur la pente de son cours. »

Le guide et moi nous entrâmes dans le chemin mystérieux qui nous ramenait à ce monde où brille la douce
lumière du jour, et, sans songer à prendre aucun repos,

Salimmo su, ei primo, ed io secondo,
  Tanto, ch'i' vidi delle cose belle,
  Che porta 'l ciel, per un pertugio tondo :

E quindi uscimmo a riveder le stelle.

FINE DELL' INFERNO.

nous montions toujours, Virgile me montrant la voie, moi le suivant, jusqu'à ce que, par un grand cercle ouvert, je découvris les belles choses qui resplendissent au firmament, et hors de l'abîme enfin, nous revîmes la clarté des étoiles.

FIN DE L'ENFER.

‹ S

CHANT PREMIER.

1. Une indication très-précise donnée au xxie chant assigne la date fictive de 1300 au voyage du Dante dans l'Enfer. Son poème ne fut cependant achevé que longtemps après; mais il avait besoin de cette date, autour de laquelle se placent les événements qu'il voulait raconter ou plutôt traduire en récits prophétiques. Ces étranges prédictions, faites à coup sûr, et justifiées déjà au moment où le poète les rappelle, apparaissent tout à la fois, sévères comme une menace ou une représaille, et infaillibles comme la réalité. Elles ajoutent singulièrement au caractère dramatique de cette épopée, où les passions politiques du temps devaient trouver un echo.

A cette même époque de 1300, le Dante, né en 1265, avait trente-cinq ans; ce qui lui fait dire qu'il était parvenu au milieu du chemin de la vie, « nel mezzo del cammin di nostra vita » Mais l'autre moitié ne lui était pas réservée tout entière : l'exil, le chagrin, les malheurs de sa patrie devaient en abreger la duree il mourut en 1321, age de cinquante-six ans.

2 Tout ce premier chant n'est qu'une suite d'allegories qui ont longtemps exerce la sagacite des commentateurs. Dans cette foule d'interpretations difficiles a concilier entre elles, il faut se borner a choisir avec discretion celles qui donnent au texte le sens le plus naturel et le plus raisonnable.

La forêt sombre ou s'egare le poete, c'est l'image de l'erreur et de l'obscurcissement de l'âme quand la verite cesse de l'eclairer. Il y entre au moment ou il vient de perdre le droit chemin, « la via verace. » Il dit ailleurs . « La selva « erronea di questa vita. »

La montagne delicieuse, « il dilettoso monte, » au pied de laquelle il est arrête par d'effrayants obstacles, represente la route qui conduit a la verite dont le soleil est le symbole La panthere, le lion et la louve maigre figurent les passions qui s'emparent le plus fortement du cœur de l'homme, aux trois âges de la vie les appetits des sens dans la jeunesse, l'ambition a l'âge mûr, l'avarice dans la vieillesse L'Ecriture avait dit « Omne quod est in mundo, aut est « concupiscentia carnis, aut concupiscentia oculorum, aut « superbia vitæ » Voir le magnifique commentaire de Bossuet (*Traite de la Concupiscence*).

Cette foret sauvage, cette montagne, chemin de la verite, ces obstacles vivants contre lesquels il faut lutter, rappellent, par un curieux rapprochement, ce passage de saint Augustin « Et aliud de silvestri cacumine videre « patriam pacis, et iter ad eam non invenire, et frustra « conari per invia, circum obsidentibus et insidiantibus « fugitivis desertoribus cum principe suo leone et dracone « et aliud tenere viam illuc ducentem curâ cœlestis impe- « ratoris munitam, ubi non latrocinantur qui cœlestem mi- « litiam deseruerunt. » (S. Aug., *Conf*, lib. vii, chap 21.)

3 Les Latins disaient

Clarescunt sonitus — Luna silens

Mieux encore

Tacitæ per amica silentia lunæ (a)

VIRG, *Eneid*, lib. II

4. Le Dante met ici dans la bouche de Virgile les vers mêmes de *l'Eneide* ·

Rex erat Æneas nobis quo justior alter,
Nec pietate fuit

VIRG, *Eneid*, lib. I

Cecidıtque superbum
Ilıum, et omnis humo fumat Neptunia Troja

VIRG, *Eneid*, lib. III

5. Le poete fait allusion a un de ses protecteurs, Can Grande Della Scala, seigneur de Verone

6 Province de Verone, qui confine, par l'un de ses côtes, a la Marche trevisane, ou est situe Feltro, et, par l'autre, à la Romagne, ou se trouve Monte Feltro.

7 Beatrix, personnification de la Theologie, qui doit conduire le poete dans le Paradis.

CHANT DEUXIEME

1. Selon le poete, il entrait dans les vues de la Providence de placer un jour le siege de l'Eglise, ou le trône de saint Pierre, dans le lieu même ou allait se fonder la puissance romaine.

2. Saint Paul « Quoniam vas electionis est mihi iste. » (*Act. des Apôtres.*)

(a) Il serait difficile de ne pas reproduire ces reminiscences d l antiquite ou le Dante a si souvent puise Si de telles citations, connues de tous n apprennent rien c personne elles ont du moins la valeur d un souvenir qui plait

3 Les ames placées dans les limbes et dont l'etat ne doit être fixe qu'apres le jugement dernier.

4 La clemence divine, ou, en langage theologique, la grâce prevenante.

5. La grâce illuminante, de *lux*, lumiere

CHANT TROISIEME

1 Le poete indique les attributs de chacune des trois personnes de la sainte Trinite, il s'est souvenu de la maxime theologique « Opera ad extra sunt totius trinitatis. »

2
> Res alta terra et caligine mersas
> VIRG , *Æneid*, lib vi

3 Virgile avait dit

> Tristes sine sole domos
> VIRG , *Æneid* , lib vi

4. Presque tous les commentateurs pensent qu'il s'agit de l'acte par lequel Celestin V, elu pape, renonça au souverain pontificat.

Le Dante a ete plus d'une fois blâme d'avoir place dans l'Enfer un pontife que l'Eglise a reconnu pour un saint. Mais le poete, ainsi que l'atteste Boccace, vivait avant la canonisation de Celestin V, et d'ailleurs il le jugeait avec les idees de son temps, envisageant l'acte au point de vue humain et sans trop en rechercher les motifs.

5
> Huc omnis turba ad ripas effusa ruebat
> VIRG , *Æneid* , lib vi

Et plus bas .

> Dic, ait o virgo, quid vult concursus ad amnem?
> Quidve petunt animæ?
> VIRG , *Æneid* , lib vi

6.
> Nulli fas casto sceleratum insistere limen
>
> *Virg , Æneid , lib vi*

Ou encore :

> Corpora viva nefas Stygia vectare carina
>
> *Virg , Æneid , lib vi*

CHANT QUATRIEME.

1. Jesus-Christ.

2. Plusieurs commentateurs voient, dans ces sept murailles, une allusion aux sept vertus ou sept dons de l'esprit saint, d'autres y trouvent le symbole des sept arts liberaux. Le passage suivant d'*Il convito*, cite à l'appui de cette derniere opinion, donne une idee de la cosmogonie de ces temps eloignes :

   « Siccome adunque disopra narrato, li sette cieli, primi a
   « noi, sono quelli delle p ete; poi sono due cieli sopra
   « questi mobili, e uno sopra tutti quieto. Alli sette primi
   « rispondono le sette scienze del trivio e del quadrivio, cioe
   « gramatica, dialectica, rettorica, aritmetica, musica,
   « geometria, astrologia. »

3. Dante dira encore dans le même sens

> Che la dolcezza ancor dentro mi suona
>
> *Purg*

> E ancor mi distilla nel cor lo dolce
> Che nacque da essa
>
> *Parad*

4. Electre, l'une des Atlantides, mere de Dardanus, fondateur de Troie, les heros places a ses côtes et designes par le poete composent sa descendance.

5 Dante ne parle pas ici en mauvaise part, il a voulu seulement

exprimer ce qu'il y avait de perçant dans le regard de
Cesar et d'irresistible autorite sur son visage — Suetone
avait dit de lui · « Nigris, getisque oculis »

6   Ducit Amazonidum lunatis agmina peltis
Penthesilea furens, mediisque in millibus ardet,
Bellatrix
                           VIRG., *Æneid*, lib. I

    Hos super advenit Volsca de gente Camilla,

    Bellatrix
                           VIRG., *Æneid*, lib. VII

7 Saladin place a l'ecart, comme le seul des souverains mahometans qui fût alors celebre

8. Aristote, dont la philosophie dominait au XIVe siècle et que
Dante nomme ailleurs · « Il maestro e duca della ragione
« umana. » Montaigne l'a appele depuis « Le monarque
« de la doctrine moderne »

9. Il s'appliqua a rechercher la vertu et les proprietes des plantes

10. M. Eugene Delacroix s'est heureusement inspire de toute
cette grande scene, dans l'œuvre admirable qui decore la
bibliotheque du Senat. Non moins tolerant et plus inde-
pendant encore que la theologie du Dante, le genie des arts
n'a mesure a ces grands esprits de l'antiquite ni l'espace ni
la lumiere. Il les place dans une region sereine et indefinie.
Le ciel, d'un azur profond, les nuages teints d'une molle
clarte rappellent les plus beaux jours de la vie terrestre

    L'aer dolce che dal sol s'allegra,

Ou même les splendeurs harmonieuses et surnaturelles que
Dante trouvera plus tard au sommet du Purgatoire :

    E una melodia dolce correa
    Per l'aer luminoso

Telle, la grâce chretienne de Fenelon, fidele aux plus riants
souvenirs du paganisme, enveloppe les âmes privilegiees
d'une atmosphere lumineuse et incorruptible

CHANT CINQUIEME.

1. Achille perit victime de la trahison de Pâris, au moment ou il croyait epouser Polyxène.

> Phœbe graves Trojæ semper miserate labores
> Dardana qui Paridis direxti tela manusque
> Corpus in Æacidæ
>
> VIRG , Æneid , lib VI

> Achille
> Ch' ebbe in suo amor assai dogliosa sorte
> PETRARQUE

2. Tristan, dont il est parlé dans les romans de chevalerie, perit de la main du roi Marco de Cornouailles, dont il avait seduit la femme.

3. Francoise, fille de Guido de Polenta, seigneur de Ravenne, fut mariee malgre elle a Lanciotto, fils ainé de Malatesta, seigneur de Rimini. Seduite par les graces de Paul Malatesta, son beau-frere, elle partagea la passion qu'il avait pour elle. Lanciotto les surprit ensemble et perça du même coup les deux amants.

4. Est-ce à Virgile qu'il est fait allusion ou à ce passage de Boece

« In omni adversitate fortunæ. infelicissimum genus infortunii « est fuisse felicem ? »

On sait que Dante, au milieu de ses adversites, eut souvent recours, comme il le dit lui-même, au traite de Boece, de Consolatione philosophicâ.

5. Lancelot, l'un des heros de la Table-Ronde, amant de la reine Ginevre; Gallehaut (Galcotto) s'etait entremis dans leurs amours.

CHANT SIXIEME.

1. Ciacco (pourceau), surnom donne a un parasite florentin dont il est question dans le Decameron.

2. La faction des Blancs, ainsi designee a Florence a cause de son chef Vieri de' Cerchi, de noblesse nouvelle, qui venait des bois de Val di Nievole Corso Donati, de noblesse ancienne, etait le chef de la faction opposee.

3. Charles de Valois, appele au secours des Noirs expulses de Florence, les aida a se venger des Blancs, apres avoir tenu longtemps les deux partis en suspens par de vagues promesses.

4 On pense que Dante a voulu se designer lui-même, ainsi que Guido Cavalcante, son ami.

5 Nobles Florentins qui figurerent dans l'une des deux factions et dont plusieurs sont nommes plus loin.

6. La doctrine d'Aristote « La sensibilite morale de l'homme « s'accroît en raison même de sa perfection. »

Saint Augustin disait · « Cum fiet resurrectio carnis, et bono- « rum gaudia et malorum tormenta majora erunt. »

7 Plutus, dieu des richesses.

CHANT SEPTIEME.

1. Des commentateurs se sont ingenies a donner un sens a ce vers, dans lequel il ne faut voir que des cris de colere, en dehors de tout langage humain.

2. Il s'agit des richesses. C'est la rencontre des avares et des prodigues qui se heurtent et se repoussent.

3. Saint Augustin appelle la Fortune « une secrète volonte de « Dieu. » Lucrèce la nommait avant lui « Vis abdita. » On a dit de nos jours que le hasard etait « l'incognito de la Providence »

4.
    Fortuna, sævo læta negotio, et
      Ludum insolentem ludere pertinax,
        Transmutat incertos honores,
          Nunc mihi, nunc alii benigna, etc

                     HORACE, lib iii, od 29

Et l'ode

    O Diva, gratum quæ regis Antium
                  HORACE, lib i, od 35

CHANT HUITIÈME

1. Phlegias, pour se venger de l'attentat d'Apollon sur sa fille, incendia le temple de ce dieu qui le perca de ses fleches

2.
        Gemuit sub pondere cymba
     Sutilis, et multam accepit limosa paludem

            VIRG, Æneid, lib vi

3. Florentin connu par son orgueil, sa morgue insolente et ses bizarreries.

4. Le Dante donne a cette partie de l'Enfer le nom dont il se servira au xxxive chant pour designer Lucifer lui-même

5 C'est à dessein que le poete dit mosquees, il a choisi un nom profane pour le lieu qu'il destine aux heresiarques.

6. La porte par laquelle « on va a l'eternelle douleur, » et que brisa le Christ, lorsqu'il vint retirer les âmes enfermees dans les limbes.

CHANT NEUVIEME.

1. Erycto, magicienne de Thessalie dont il est question dans la *Pharsale* (liv vi).

2
      Vipereum cinem vittis innexa cruentis
                        Virg , *Æneid* , lib vi

3. Hercule, pour sauver Thesee, enchaina Cerbere et le traina hors des Enfers

4. Arles et Pola, ou l'on voyait de nombreuses sepultures elevees a la suite des batailles livrees dans le voisinage de ces deux villes.

CHANT DIXIEME.

1. Il a deja ete nomme au vi^e chant. Il fut le chef des Gibelins et contribua a la defaite des Guelfes a Monte-Aperto. Dante etait Guelfe en 1300, et ne devint Gibelin que plus tard, sa famille avait persecute la faction gibeline, de la les plaintes de Farinata.

2. Les Gibelins, vainqueurs a Monte-Aperto et maîtres de Florence, en furent chasses à leur tour et n'y rentrerent plus.

3 Cavalcante de' Cavalcanti, comme Farinata, sectateur d'Epicure. Son fils Guido, ami de Dante, cultiva les lettres, mais prefera les philosophes aux poetes « Ebbe a dis- « degno. »

4. « La loggia, » lieu de reunion des Florentins. Voir le *Voyage en Italie*, de J. Janin, p 117 et suiv

5. Rivière voisine de Monte-Aperto, où furent defaits les Guelfes
Ce champ de bataille de Monte-Aperto a inspire une belle
page a Ugo Foscolo. (*Ultime lettere* di Jacopo Ortis,
p. 123, edit. de Baudry)

6. Frederic II, neveu de Frederic Barberousse, ardent ennemi
de l'Eglise

7 Ottaviano degli Ubaldini, qu'on designait par son titre « le
« Cardinal. »

8. Lorsque Beatrix lui servira de guide dans le Paradis. (Ch. xvii,
Parad.)

CHANT ONZIEME.

1. Le pape Anastase II, qui vivait au ve siecle, il partagea l'erreur de Photin, qui enseignait que l'Esprit Saint ne pro-
cede pas du Pere.

2. Sodome, l'une des villes de la Pentapole en Palestine, Cahors,
ville ancienne de la Guienne qui etait, au xiv^e siecle, un
repaire d'usuriers

3. Dite, c'est Lucifer, qui donne son nom a la cite elle-même,
et que le poete place ensuite au centre de la terre ·

> Verso cui tendono tutti i gravi
>
> Ch xxxiv

4. Ce passage est pris a l'*Ethique* d'Aristote, liv. vii, on y trouve
que l'incontinence est moins coupable, a cause de sa courte
duree et du repentir qui la suit toujours.

5. Sous cette forme ingénieuse, le poete a-t-il voulu assigner,
comme origine et comme but à l'art humain, le principe

de l'imitation de la nature sensible? S'il en etait ainsi, il
aurait meconnu les vrais fondements de l'esthetique et la
doctrine platonicienne reprise avec tant d'eclat, de nos
jours, par MM. Cousin et Jouffroy. Il aurait, dans un sens
plus general, exprime la même idee qu'il est arrive au
genie de Pascal de laisser echapper, lorsqu'il dit : « Quelle
« vanite que la peinture, qui attire l'admiration par la
« ressemblance des choses dont on n'admire pas les origi-
« naux[1] »

Mais le passage du Dante, pris en lui-même et compare avec
les theories que le poete expose ailleurs, peut prêter a une
interpretation differente. Le Dante a plus d'une fois represente la nature comme animee par cet art divin, qui se manifeste en elle a des degres divers, en vertu de « participations
« successives. » Rien de plus logique, a ce point de vue,
que de donner pour mission a l'art humain d'interroger la
nature, afin d'y saisir ces secretes et divines empreintes.
Si le genie de l'artiste se met ainsi a l'ecole de la nature,
ce n'est pas pour la reproduire servilement, c'est pour
l'interpreter et la deviner. La nature n'est plus interposee
entre Dieu et l'homme, c'est l'homme qui, place au sein
de la creation, lui demande des secours et des revelations
pour remonter jusqu a Dieu.

Une autre interpretation pourrait se fonder sur la distinction
des beaux-arts et des arts mecaniques ou industriels. Il est
bien certain que ces derniers, reposant principalement sur
l'idee d'utilite, empruntent a la nature ses lois et ses
formes, pour les diriger, les reproduire et les rendre plus
fecondes. Ils font œuvre d'invention plus que d'inspiration,
de puissance plus que de divination. Ce n'est plus la pensee
divine qu'ils cherchent a travers la matiere transfiguree .
ils sont d'extraction purement humaine, et, a leur egard,
la filiation imaginee par Dante n'est pas seulement subtile,
elle peut être consideree comme rigoureusement vraie.

Dans ce dernier ordre d'idees, on pourrait citer quelques
traits d'un admirable sermon de Bossuet, qui semblent

developper, avec une grande richesse de pensees et d expressions, ce qui vient d'être indique rapidement

« Si un excellent ouvrier a fait quelque rare machine, aucun
« ne peut s'en servir que par les lumieres qu'il donne. Dieu
« a fabrique le monde comme une grande machine que sa
« seule sagesse pouvait inventer, que sa seule puissance
« pouvait construire. O homme, il t'a etabli pour t'en
« servir, il a mis, pour ainsi dire, en tes mains toute la
« nature, pour l'appliquer a tes usages, il t'a même permis
« de l'orner et de l'embellir par ton art, car qu'est-ce autre
« chose que l'art. sinon l embellissement de la nature ? Tu
« peux ajouter quelques couleurs pour orner cet admi-
« rable tableau, mais comment pourrais-tu faire remuer
« tant soit peu une machine si forte et si delicate, ou de
« quelle sorte pourrais-tu faire seulement un trait conve-
« nable dans une peinture si riche, s'il n y avait en toi-
« même et dans quelque partie de ton être. quelque art
« derive de ce premier art, quelques fecondes idees tirees
« de ces idees originales, en un mot quelque ressem-
« blance, quelque ecoulement, quelque portion de cet
« esprit ouvrier qui a fait le monde? » (Sermon pour le
vendredi de la quatrieme semaine de carême, sur la Mort,
§ xvii.)

6 Curieuse et originale demonstration du vice de l'usure ! Le
profit que trouve l'usurier est un gain sans legitimite, une
production sans motifs, un effet sans cause ! Il offense la
nature, puisque l'argent n ayant en lui-même aucune vertu
reproductive, est frappe d'une sterilite radicale. Ce gain
de l'usurier n'offense pas moins l'art legitime, puisqu il ne
suppose ni effort ni travail. Il est donc, a un double titre,
illicite et mensonger.

Telles sont les idees qui prevalaient, et a l'aide desquelles on
en etait venu a confondre, dans une même reprobation,
l'usure et tout interêt produit par le pret d'une somme
d'argent.

De justes limites ont ete apportees a ces severites de la theologie du moyen âge . on reconnaît, maintenant, que le
capital, representation et instrument du travail, peut être,
a bon droit, considere comme une puissance active et
reproductive.

7　« Carro, » le Chariot ou la Grande Ourse. « Coro, » Caurus
en latin, vent qui souffle du nord-ouest. Le rapprochement
de ces signes indique le matin.

CHANT DOUZIEME

1　Le Minotaure

> . Mixtumque genus, prolesque biformis
> Minotaurus inest, Veneris monumenta nefandæ
> 　　　　　　VIRG, Æneid, lib VI

2. Jesus-Christ, lorsqu'il descendit dans les limbes.

3. Empedocle pensait que le monde etait le produit de la discorde ou de la separation des elements; que leur rapprochement et leur union ramenaient des alternatives d'ordre
et de desordre.

4. Beatrix.

5. Ezzelino, tyran de Padoue Obizzo d'Este, marquis de Ferrare
et de la marche d'Ancône; il fut, dit-on, etouffe par son
fils.

6. Guido di Monteforte. Pour venger la mort de son pere, execute
a Londres, il assassina dans l'eglise de Viterbe, au moment
de l'elevation, Henri, neveu de Henri III, roi d'Angleterre,
dont le cœur fut rapporte a Londres et place dans la
chapelle royale

7 Les commentateurs ont hesite entre Sextus, fils de Tarquin
le Superbe, et Sextus, fils du grand Pompee. Il est vrai
que ce dernier, qui soutint quelque temps la cause de son
pere, a la tête de forces maritimes considerables (Voy.
PLUTARQUE, *Vie d Antoine*), infidele, du moins sous ce
rapport aux traditions paternelles, devint l'allie et le
chef d'une bande de corsaires. Mais il n'est pas probable
que les exploits un peu equivoques qui lui sont reproches
par l'histoire, lui aient valu l'animadversion du Dante
L'attentat de Sextus Tarquin ne semble-t il pas mieux fait
pour justifier le souvenir courrouce du poete?

8 L'un et l'autre connus, au temps du Dante, par leurs brigan-
dages

CHANT TREIZIEME.

1 « Cecina, » fleuve qui se jette dans la mer, non loin de
Livourne. « Corneto, » petite ville du patrimoine de Saint-
Pierre.

2.
Virginei volucrum vultus, fœdissima ventris
Proluvies, uncæque manus et pallida semper
Ora fame
　　　　　　　　　　　　　VIRG, *Æneid*, lib III

3
　　　　　　　　Mihi frigidus horror
Membra quatit, gelidusque coit formidine sanguis

Quid miserum, Ænea, laceras? jam parce sepulto,
Parce pias scelerare manus
　　　　　　　　　　　VIRG *Ibid*

4. Pierre Desvignes, homme de basse condition, il sut gagner
la confiance de Frederic II. Des calomnies causerent sa
disgrâce, et on lui creva les yeux par ordre de son maître
De desespoir, il se donna la mort.

5. Il etait difficile de caracteriser l'Envie avec plus de severite « La meretrice,... gli occhi putti,... morte commune e « delle corte vizio! » Deja le poete avait dit (ch. 1) que la louve, embleme de toutes les convoitises, avait ete renvoyee de l'Enfer dans ce monde par l'Envie, plus loin il fait dire a Ciacco (ch. vi) que Florence est si pleine d'envie, « che gia trabocca il sacco! »

Dans les republiques du moyen âge, si jalouses les unes des autres, et agitees au dedans par de perpetuelles dissensions, le Dante avait eu plus d'une occasion de s'apercevoir combien l'envie est feconde en malheurs, pour les petits Etats surtout, ou un certain nombre de familles se disputent sans cesse le pouvoir.

Se fut-il, de notre temps, montre moins severe a l'egard de « cette prostituee aux regards impudents? » Il est permis d'en douter Si, a l'epoque ou il vivait, la « louve maigre, « toute chargee d appetits, » avait fait deja bien des victimes (ch. 1), combien n'en fait-elle pas de nos jours, ou tant de convoitises ont ete excitees et par les vicissitudes politiques, et par les doctrines d'imprudents sophistes!

L'envie, cette « peste des cours, » est aussi devenue la peste des villes Le rapprochement et le melange des conditions, en diminuant les distances, produisent ce double effet, de ne rien laisser d'infranchissable aux rêves les plus malsains de l'ambition, et de rendre plus immediat et plus distinct le spectacle assidu de l'objet envie :

Ante oculos ollum esse potentem,
Ollum adspectan, claro qui incedit honore
LUCRET *de Natur rer*, lib III

6 Riche Siennois, qui dissipa ses biens. Voulant se soustraire a la misere, au combat de Pieve di Toppo, il se jeta dans les rangs ennemis pour y trouver la mort.

7 Gentilhomme padouan, de la famille della Capella da Sant' Andrea. Il se tua, apres avoir perdu ses richesses en folles prodigalites

8. Florence, devenue chrétienne, prit saint Jean-Baptiste pour patron. Elle était placée auparavant sous la protection du Dieu Mars.

CHANT QUATORZIEME.

1. Caton traversa la Libye avec les debris de l'armee de Pompee. (*Pharsale*, liv. IX, et PLUTARQUE, *Vie de Caton d'Utique*.)

2. Combat des Geants contre Jupiter.

3. Voyez ESCHYLE.

4. Eaux chaudes sulfureuses et de couleur rougeâtre qui coulaient pres de Viterbe, elles etaient tres-frequentees autrefois, et probablement des courtisanes etaient venues s'etablir dans le voisinage.

5. Saturne, l'âge d'or.

6. Figure du Temps. Il tourne le dos a Damiette et regarde Rome, pour indiquer la revolution des astres d'Orient en Occident, ou, a un point de vue chretien, parce que l'Egypte est idolâtre et que Rome est le siege de la vraie foi.

7. Virgile semble rappeler au Dante l'etymologie du nom, d'ou les commentateurs ont conclu que le poete avait voulu indiquer qu'il savait le grec.

CHANT QUINZIEME.

1. La Brenta prend sa source dans la partie des Alpes appelee
Chiarentana.

2. Ser Brunetto Latini, originaire de Florence, sejourna en
France et y composa, en français, un ouvrage qu'il intitula
Tresor, et qu'il divisa en trois parties. « Monnaie cou-
rante, pierres precieuses, or pur. » La première partie traite
de l'histoire sacree et profane, notamment des destinees
de l'Eglise et de l'Empire, de la philosophie naturelle, etc.
La seconde est consacree a la morale. La troisieme est a
la fois une rhetorique et une politique. Sous cette forme
encyclopedique qui n'a pas ete connue et pratiquee seulement par le XIIIe siecle, Brunetto Latini avait touche a
une foule de questions dont plusieurs sont restees dans
le domaine de la science. L'auteur et l'ouvrage avaient
exerce une grande influence sur l'esprit et sur les opinions
du Dante.

3. Brunetto se serait occupe d'astrologie

4. On croit que les habitants de Fiesole, ville ancienne de
l'Etrurie, furent les premiers fondateurs de Florence.

5. Pour prix d'un service rendu aux Pisans, les Florentins
eurent le choix entre des portes de bronze richement tra-
vaillees et des colonnes de porphyre couvertes de brillantes
etoffes, que leur offraient leurs voisins Ils prirent les
colonnes, mais, sous leur enveloppe, ils les trouvèrent
toutes mutilees. De la le nom d'aveugles, « orbi, » donne
aux Florentins, et celui de traîtres, « traditori, » inflige
aux Pisans

6. Les Florentins.

7. C'est-a-dire les paroles de Farinata au xe chant

8. Priscien, grammairien du vi^e siecle.
   François d'Accurse, jurisconsulte florentin

9. Andrea de' Mozzi. A cause de sa vie scandaleuse, il fut trans-
   fere, par le pape « servus servorum », de l'evêche de Flo
   rence a celui de Vicence, ou coule le Bacchiglione.

10. Course dont le prix etait une pièce de drap vert. Elle avait
    lieu a Verone, le premier dimanche de carême.

CHANT SEIZIEME.

1. Gualdrada, dame de Florence, belle et vertueuse, dont il est
   parle aux xve et xvie chants du Paradis.

2. De la famille Degli Adimari de Florence. Il conseilla, mais en
   vain, aux Florentins de ne point livrer bataille aux Siennois à Monte-Aperto.

3. Noble Florentin. On sait de lui seulement qu'il eut une
   mechante femme, et que, force de la quitter, il se livra
   au vice qui est si cruellement châtie dans le cercle des
   sables enflammes.

4. Guglielmo Borsiere, dont il est parle dans le Decameron
   (8 nouv., ixe journee).

5. Le Montone à sa source dans l'Apennin, au-dessus de l'ab-
   baye de Saint-Benoît; il se nomme Acquacheta, jusqu'à
   Forli, ou il prend le nom de Montone.

CHANT DIX-SEPTIEME.

1. Geryon, image de la Fraude. Il y eut un roi de ce nom; la fable lui prêtait trois corps, parce qu'il regna sur trois îles.

> Tergemini Geryonis
>
> VIRG., *Æneid*, lib VIII

2. Les Gianfigliacci, de Florence

3. Les Ubriacchi, de Florence

4. Les Serovigni, de Padoue.

5. Vitaliano, egalement de Padoue.

6. Giovanni Buiamonte, appele ironiquement « Cavalier Sovrano. »

7. Quelques anciens voulaient que la voie lactee fut la trace de l'incendie cause par Phaeton

> Perche 'l ciel, come pare ancor etc

CHANT DIX-HUITIEME.

1. Bolonais coupable d'avoir livre sa propre sœur, Ghisola, au marquis Obizzo d'Este. Le fait aurait ete raconte differemment.

2. « Sipa » pour « sia, » idiotisme usite a Bologne.

3. Vid. OVIDE, *Met.*, lib. VII.

4. Fille de Thoas, roi de l'île de Lemnos.

5 Elle sauva son pere du massacre

> Hypsipyles patriam, clarique Thoantis,
> Et veterum terras infames cæde virorum
>
> OVID., *Metam* lib XIII

6. L'un des plus adroits flatteurs de son temps

7. Est-il bien possible de reconnaître, sous les traits de cette hideuse creature, la charmante Thaïs de Terence?

> Color verus, corpus solidum et succi plenum
> — Anni? — Anni sedecim. — Flos ipse!
> *Eunuque*, act II, scene 4

CHANT DIX-NEUVIEME.

1. Le Dante brisa l'ouverture de l'une des piscines du baptistère de Florence, pour sauver un enfant qui s'y noyait; a l'occasion de ce fait, on l'accusa de sacrilege.

2. Les assassins etaient enfonces la tête en bas dans une fosse que l'on comblait peu à peu.

3. Boniface VIII, dont il s'agit, ne mourut qu'en 1303. « Il entra, « dit-on, en charge comme un renard, s'y porta comme « un lion, et mourut comme un chien. » (Montaigne.)

4. L'Eglise. « Non habentem maculam, aut rugam, aut aliquid « hujus modi. » (S. Paul.)

5. Celui qui parle est Nicolas III, de la famille Orsini.

6. Clement V, successeur de Boniface VIII. Il dut la tiare à Philippe le Bel, comme Jason dut le souverain sacerdoce à Antiochus, roi de Syrie, alors maître de Jerusalem (*Macchab.*, liv II, ch. IV.)

7. Judas Iscariote.

8. Nicolas III combattit Charles Ier, roi de Sicile, qui lui avait refuse une alliance de famille.

9. « Veni, ostendam tibi damnationem meretricis magnæ, quæ « sedet super aquas multas, cum quâ fornicati sunt reges « terræ.... Habentem capita septem et cornua decem. » (*Apoc.*)

CHANT VINGTIEME.

1 Amphiaraus, l'un des sept rois qui assiegerent Thèbes. (*Theb. de* STACE ESCHYLE, *Les sept chefs devant Thebes.*)

2   Nomenque erat augur is ingens
                 OVID, *Metam* lib III

3. Vid. OVID., *Metam*

4. Arons, autre devin, qui vivait au moment de la guerre entre Cesar et Pompee. (LUCAIN, *Phars.*)

5 Manto de Thebes, fille de Tiresias. Le Dante lui attribue la fondation de Mantoue, patrie de Virgile

      Mantua me genuit, etc

6. Thèbes.

7. Le lac de Garda, nomme autrefois Benaco.

8. Vers le milieu du lac de Garda et a l'endroit ou la Tignalga y verse ses eaux, se trouve un point ou confinent les trois diocèses de Trente, de Brescia et de Verone.

9 Albert, comte de Casalodi, seigneur de Mantoue, exila de la ville toute la noblesse composant son parti, d'après les conseils interesses de Pinamonte de' Buonacossi, qui l'en chassa a son tour, en soulevant le peuple contre lui

10   Suspensi Eurypilum scitatum oracula Phœbi
     Mittimus
                VIRG, *Æneid*, lib II

11. Michel Scot, qui vecut a la cour de Frederic II.

12. Le premier etait un astrologue du XIIIe siecle, le second, un savetier qui se livra a l'etude de l'astrologie.

13. Les croyances populaires attribuaient les taches de la lune a la presence de Cain charge d'un fagot d'epines

CHANT VINGT-UNIEME.

1. Ce nom doit-il être appliqué a l'un des demons, a tous ensemble, ou au lieu qu'ils occupent? Guiniforto delli Bargigi l'attribue à l'ensemble des demons et des damnes enfermes dans cette portion de l'enfer. « Quel nom, dit-il, « conviendrait mieux aux fripons et aux escrocs : Male-« branche, griffes maudites? »

2. L'un des magistrats de Lucques, designe sous ce nom à cause de la patronne de la ville.

3 Amère ironie! Ce Bonturo, de la famille de' Dati, passait pour le plus venal des hommes.

4. Image de Jesus-Christ, particulierement veneree des Lucquois et deposee dans l'eglise Saint-Martin.

5. Rivière voisine de Lucques.

6 Les Lucquois, forces de rendre Capiona aux Pisans, defilerent a travers les rangs ennemis, d'ou se faisaient entendre contre eux des cris de mort.

7. Malacoda se garderait bien de nommer Jesus-Christ; il donne seulement les chiffres qui peuvent indiquer l'epoque de sa mort. En ajoutant aux 1,266 annees du texte, les 33 ans, les mois et les jours de la vie de Notre-Seigneur, on arrive justement à l'annee 1300, de laquelle le Dante date son poeme.

8. La plupart de ces noms portent avec eux leur signification.

9. Guiniforto delli Bargigi justifie ainsi ce passage
« E nota bene che parendo a Dante non convenevole, che « sì fatta fanteria di demoni andasse alla sua cerca con « tamburino o ciaramella, finge, per dispiezzo, che il « caporal loro Barbariccia avesse fatto trombetta del culo.

CHANT VINGT-DEUXIEME.

1 Ciampolo ou Giampolo. Ruine par les dissipations de son père, il réussit à se faire bien venir de Thibaut, roi de Navarre, et il abusa de sa confiance.

2.
    Colui che fu di tutti virtù il vaso
                                        ARIOSTE

Il trahit Nino de Visconti, seigneur de Gallura, qui occupait l'une des quatre judicatures de la Sardaigne, en favorisant, à prix d'argent, l'évasion de ses ennemis

3 Michel Sanche devint seigneur de Logodoro en Sardaigne, après être parvenu à se faire épouser par la veuve du roi Enzius, fils naturel de Frédéric II.

4. Barbariccia « Cæteris præpositus. »

5.
    Come sparvier che, nel piede giltagno,
    Tenga la preda, e sia per faine pasto
                                        ARIOSTE

CHANT VINGT-TROISIEME.

1. LA FONTAINE, liv. VI, fable II.

2. « Mo, » de modo en latin, est usité dans tous les dialectes, « issa » l'est plus particulièrement dans le dialecte milanais.

3
    Obstupui, steteruntque comæ
                                VIRG, Æneid, lib II

4. Les moines de Cologne portaient des chapes d'une grande ampleur et d'une couleur éclatante.
    Le Dante a sans doute trouvé l'idée de ce supplice, dans ces paroles de Jesus-Christ sur les Pharisiens ·
    « Alligant enim onera gravia et importabilia, et imponunt in
    « humeros hominum digito autem suo nolunt ea movere

« Omnia vero opera sua faciunt ut videantur ab hominibus
« dilatant enim phylacteria sua, et magnificant fimbrias »
(S. MATTH., ch. XXIII, v. 4 et 5.)

5. On dit que Frederic II faisait enfermer dans une sorte de
chape de plomb les coupables de lese-majeste, ainsi enve-
loppes, ils etaient livres aux flammes.

6. Ils firent partie de l'ordre de chevalerie de Sainte-Marie,
institue a Bologne, en 1260, pour combattre les infideles,
et qu'on nomma plus tard, en raison du relâchement de
la regle, l'ordre des « Freres joyeux. »
Catalano etait Guelfe, Loderingo, Gibelin. Les Florentins
leur confierent, en 1266, le gouvernement de leur ville,
mais. gagnes l'un et l'autre au parti guelfe, ils chasserent
les Gibelins de Florence, et incendierent les palais de la
famille degli Ubberti, situes dans le quartier appele « Il
« Gardingo. »

7. Caiphe « Expedit ut unus moriatur homo pro populo, ne
« tota gens pereat. » (S. JEAN)

8 Le grand pontife Anne

9. Virgile s'etonne, dit Lombardi, de rencontrer un crucifie qu'il
n'avait pas vu la derniere fois qu'il passa par ce même
cercle. C'est parmi les nombreuses explications donnees
par les commentateurs, celle qui paraît la plus naturelle

CHANT VINGT-QUATRIEME.

1

Quand les jours repoussaient leurs bornes circonscrites,
Et des nuits a leur tour usurpaient les limites
ANDRE CHENIER

Qui rore puro Castaliæ lavit
Crines solutos
HORAT, lib III, od IV

2   Ignavia corpus hebetat, labor firmat

                   CORN. CELSE

3. Le chemin du Purgatoire.

4. *La Pharsale*, liv. ix, et MILTON, *Paradis perdu*, liv. x.

5. Comparaison empruntee a Ovide (*Metam.*, liv. xv).

6.   Se super imponit, finitque in odoribus ævum

                   OVID, *loc. cit.*

7 Messer Fuccio de' Lazzeri de Pistoie, surnomme Mulo, a cause de sa naissance illegitime, vola des vases sacres, et laissa accuser et condamner Vanni della Nona, qui n'en etait que le depositaire.

8   Accipite ergo animis, atque hæc mea figite dicta

                   VIRG., *Æneid*, lib. iii

Tout ce qui suit a trait a des evenements posterieurs a l'annee 1300. La deroute des Noirs a Pistoie, leur revanche dans les champs de Picene, la prise de Florence enlevee a la faction des Blancs, les changements qui en furent la suite, et enfin l'exil du poete « Si ch' ogni Bianco ne sara « feruto »

CHANT VINGT-CINQUIEME.

1. Capanee. (Voyez chant xiv.)

2. Cacus, qui perit sous la massue d'Hercule.

       Huic monstro Vulcanus erat pater, illius atros
       Ore vomens ignes, magna se mole ferebat

                   VIRG., *Æneid*, lib. viii

3. Cianfa, de la famille des Donati, de Florence.

4 Sabellus et Nasidius qui furent piques par des serpents dans les deserts de la Libye (*Pharsale*, lib. ix)

5 Vid. OVID, *Metam.*, lib. iii et v

6. Buoso degl' Abbati, Agnelo Brunelleschi et Puccio Sciancati etaient Florentins et contemporains du poete.

7 C'est Guercio Cavalcante qui fut tue a Gaville, bourg du val de l'Arno. Sa famille, pour venger cette mort, mit Gaville a feu et a sang.

CHANT VINGT-SIXIEME.

1. Ces cinq Florentins viennent d etre nommes, ce sont Cianfa Donati, Agnello Brunelleschi, Buoso degl' Abbati, Puccio Sciancati, et Guercio Cavalcante.

2.
> Tempore quo cerni somnia vera solent
> > Ovidr
>
> Io ti vorrei sognare in su l'aurora,
> Ch i sogni veri son, vero ben mio
> > Buonarotti

3. Le Dante fait allusion aux calamites qui affligerent Florence de son temps, et dont se rejouissaient les etrangers, même les habitants de Prato, quoique voisins de Florence.

4. Elisee, injurie par des enfants, appela sur eux la malediction de Dieu « Egressique sunt duo ursi de saltu et laceraverunt ex eis quadraginta duos pueros. » (Reg., lib. iv, cap. ii.)

5. Elie, ravi dans le ciel. « Ecce currus igneus, et equi ignei « diviserunt utrumque et ascendit Elias per turbinem in « cœlum » (Reg., lib. iv. cap ii.)

6. Vid. Stace, lib xii

> Scinditur in partes, geminoque cacumine surgit
> Thebanos imitata rogos
> > Lucain

7 Deidamie, fille de Lycomède, Achille l abandonna pour aller au siege de Troie.

8. Tacite avait dit des Grecs : « Sua tantum mirantur. »

9   Æneia nutiix,
            Æteinam moriens famam, Caieta, dedisti
                                    Ving, *Æneid*, lib vii

10.   Illam ter fluctus ibidem
            Toiquet agens circum, et rapidus volat æquore voitex
                                    Ving, *Æneid*, lib i

11. C'est-a-dire a Dieu.

CHANT VINGT-SEPTIEME.

1. Taureau d'airain fabrique pour Phalaris, tyran de Sicile. On y brulait des hommes. L'inventeur, l'Athenien Perille, fut le premier a faire l'experience de ce supplice.

2. Celui qui parle est Guido, comte de Montefeltro.

3. Le Dante designe encore ici les familles par leurs armoiries. Guido da Polenta, seigneur de Ravenne, portait une aigle moitie blanche, sur champ d'azur, moitie rouge sur champ de sable.

4. Forli, assiege par les Francais, delivre par Guido de Monte-feltro, et en dernier lieu au pouvoir de la famille Sinibaldo Ordelaffi, qui portait un lion vert dans ses armes « le branche verdi. »

5. Malatesta pere et fils, tyrans de Rimini, appeles da Verruc-chio, de la forteresse de ce nom, dont ils avaient la pos-session

6. Faenza et Santerno appartenaient a Mainardo ou Machinardo Pagani, qui portait un lion sur champ d'argent

7. Cesene, situee entre la plaine et la montagne, et qui avait passe tour a tour de la tyrannie a la liberte.

8. Boniface VIII, que le Dante poursuit partout, et qu'il appellera encore le prince des nouveaux Pharisiens (« lo principe de' nuovi Farisei. » (V. 85.)

9. Fraus vulpeculæ, vis leonis videtur. (CICERON.)

10. « Incipiamus in senectute vasa colligere. Numquid invidio-« sum est? In freto viximus, moriamur in portu. (SÉNE-« QUE, *Ep.*)

11. Le palais de la famille Colonna, a Rome. etait voisin de la basilique de Latran

12. Une ancienne tradition dit que Constantin, atteint de la lèpre, alla trouver le pape Sylvestre, qui s'etait retire sur le mont Soracte, et qu'ayant ete gueri, il lui demanda le baptême.

13. En parlant ici de la contradiction, « per la contraddizion che nol consente, » il est manifeste que le Dante n'a pas entendu dire simplement qu'il y avait contrariete entre deux propositions. Sa pensee a une portee plus philoso-phique. C'est certainement « le principe de contradiction » si celèbre des cette epoque parmi les philosophes et les logiciens qu'invoque « le noir cherubin » qui argumente d'une maniere si serree. Après avoir etabli : 1° qu'on ne peut absoudre celui qui ne se repent pas; 2° que se repentir et se complaire dans son peche ne se peut, il a bien raison d'ajouter que le « principe de contradiction » s'y oppose, et de s'ecrier, en mettant la griffe sur son damne : « Tu ne te doutais pas que je fusse si bon logicien !
C'est ainsi qu'a toujours ete entendu le « principe de contra-« diction » par les docteurs du moyen âge, aussi bien que par les cartesiens et les ecoles allemandes issues plus ou moins directement du cartesianisme. Qu'il soit exprime en ces termes « Il repugne qu'une chose soit et ne soit pas

« en même temps, » ou sous cette forme « Un attribut qui
« repugne à un sujet ne convient pas à ce sujet; » ou bien
sous celle-ci « Ce qui est exclu de l'idee claire et distincte
« d'une chose se peut nier de cette chose, » ce principe
doit être regardé comme la condition primordiale et le
type elementaire de tout raisonnement, de tout exercice
legitime de la raison humaine. Le Dante connaissait bien la
valeur de cet humble et prudent axiome de sens commun,
auquel il fait ici allusion Mais plus tard, parvenu, a la fin
de son œuvre, dans les derniers vers du *Paradis*, lorsque
la theologie lui imposera la reunion et la simultaneite
des contraires, quand l'ineffable et l'incomprehensible se
traduiront a lui sous cette forme, il saura bien incliner
son intelligence et son genie devant ces grandes et myste-
rieuses verites. Il s'ecriera d abord a la vue de la lumiere
eternelle .

> O luce eterna, che sola in te sidi ,
> Sola t intendi , e da te intelletta ,
> Ed intendente te ami ed arridi !

Puis s'agenouillant dans son impuissance il dira

> Qual e il geometra che tutto s'affige
> Per misurar lo cerchio , e non ritruova ,
> Pensando , quel principio ond' egli indige ,
> Tal era io a quella vista nuova

CHANT VINGT-HUITIEME.

1. Allusion a la bataille de Cannes.

2. Robert Guiscard chassa les Sarrasins de la Sicile et de la Pouille.

3 Ceperano, petite localite sur les confins de la Romagne, ou
Charles d'Anjou battit l'armee de Mainfroy, roi de la
Sicile et de la Pouille

4. Lieu où Charles d'Anjou, devenu roi de Sicile, triompha de
   Conradin, neveu de Mainfroy, par les conseils d'Alard de
   Valery, chevalier français.

5. Aly, disciple et parent de Mahomet

6 Une chronique de 1307 fait connaître ce personnage .

   « Expugnatus et captus fuit in montibus Novariensibus, frater
   Dolcinus de Novariâ, novorum sacrorum inst tutor, here-
   ticus cum multis discipulis.. Perierunt frigore, fame, gla-
   dio. Ipse et Margarita uxor, minutatim incisi, postea
   combusti sunt. Nec tamen suum dogma penitus est ex-
   stinctum. »

   C'était le communisme, plus la promiscuité des sexes.

   Plusieurs commentateurs ont paru s'étonner de l'intérêt que
   Mahomet témoigne ici pour le moine défroqué qui, combattant le christianisme par la parole et par l'epee, pro-
   fessa et mit en pratique les doctrines des futurs apotres
   « de la rehabilitation de la chair. » Cet interêt est-il donc
   si invraisemblable ? Quand Fra Dolcino n'aurait ete que le
   coreligionnaire des mahometans en polygamie, n'aurait-il
   pas mérite a ce titre le souvenir et l'encouragement que
   Mahomet lui envoie du fond de l'enfer ? Cette fougue sen-
   suelle et guerrière qu'il avait su inspirer a ses sectateurs,
   et qu'ils montreient dans la defense de la position dont
   ils avaient fait a la fois un camp et un harem, n'etait-elle
   pas comme une image grossiere et brutale de l'heroisme
   des races soulevees par le genie de l'islanisme ? Si l'on
   veut une tradition plus directe, un point de contact plus
   certain, Fra Dolcino n'aurait-il pu s'inspirer de l'exemple
   et des mœurs de cette colonie sarrasine etablie par l'empereur Frederic II a Nocera, comme l'avant-poste de l'infide-
   lite opposé a la Rome chretienne ? N aurait il pu devenir
   ainsi le disciple de Mahomet du même droit que le chef
   des anabaptistes de Munster se proclama plus tard l'imita-
   teur de Salomon ?

7. Pier da Medicina. Ainsi nomme du lieu de sa naissance. Il sema la discorde entre les plus illustres de ses concitoyens.

8. Deux citoyens de Fano, que Malatesta da Rimini, appelé Mastin Vecchio dans le chant precedent, fit traîtreusement jeter dans la mer a la Cattolica. C'est pres de la que se trouve un point dangereux du littoral italien, nomme Focara.

9. Curion, auquel Lucain prête cette parole

> Tolle moras, semper nocuit differre paratis

10 De la famille Lamberti ou de celle degli Uberti. Il conseilla le meurtre de Buondelmonte, parce que celui-ci, apres avoir promis d'epouser une fille de la maison des Amidei, s'etait allie a la famille Donati.

En donnant ce conseil, Mosca s'etait servi de ce proverbe « capo ha cosa fatta, » sur le sens litteral duquel on n'est pas d'accord, mais qui devint en Italie, comme il le fut deja en cette circonstance, une parole de mort.

11

> Hic murus aheneus esto,
> Nil conscire sibi, nulla pallescere culpa
> HORACE

12. Bertrand de Born, comte de Hautefort, vecut au XIIe siecle, et fut un des troubadours les plus celebres de son temps Il ne cessa d'exciter les guerres de famille et de nationalite qui diviserent Henri II, roi d'Angleterre, et ses fils. Ginguene (*Histoire litteraire*) propose de remplacer le mot *Giovanni* par celui de *Giovane*, et de substituer ainsi a la designation du roi Jean celle du pii ce Henri, fils aîne de Henri II Cette leçon, qui entraînerait une assez grave licence prosodique, se recommanderait par une conformite plus exacte a la verite historique. C'est a ce titre sans doute qu'elle a semble meriter la preference de M. Augustin Thierry (*Conquête de l'Angleterre par les Normands*, t. 2, p 166) Du reste, quant au rôle politique et

aux œuvres poétiques de Bertrand de Born, on peut consulter l'excellent ouvrage de M. Thierry, et notamment
les deux *Sirventes* qu'il cite (p. 443 et 444) d'après
M. Raynouard (*Choix de poésies des Troubadours*).

13. « Accersivit quoque Absalon Achitophel Gilonitem consi-
« liarium David, .. cumque immolaret victimas, facta est
« conjuratio valida..... » (*Regum*, lib. II, cap. XV, v. 12.)

14. Ce n'est pas ici seulement que la loi ou la peine du talion
trouve son application dans ce code pénal de l'enfer.
dont le Dante s'est constitué le législateur, on reconnaît
partout ce principe d'étroite relation entre le crime puni et
la peine elle-même. Procédant par voie de ressemblance
ou d'opposition, l'expiation est tantôt une image ironique,
tantôt une contradiction dérisoire de la faute commise ou
des instincts coupables. Les hypocrites, succombant au
poids des chapes reluisantes d'or, mais doublées de plomb
les devins, avec leur tête retournée, qui ne voient plus
que par derrière, « a force d'avoir voulu voir en avant, »
donnent un exemple de ces châtiments symboliques.

Cet accord de deux significations, l'une palpable, l'autre figu-
rée, est singulièrement conforme au génie même de la
religion chrétienne.

« In quibus homo peccavit, in illis gravius punietur. »

« Nullum vitium erit quod suum proprium cruciatum non
« habebit.

« Ibi luxuriosi, et voluptatum amatores, ardenti pice et fœtido
« sulfure perfundentur furiosi sicut canes, et, præ do-
« lore, invidiosi ululabunt. » (*De Imitat. Christi*, lib. I,
cap. XXIV.)

L'analogie est si frappante, que Gence, annotant ce dernier
passage, cite tout à la fois Isaïe, l'Apocalypse et le Dante.
(*Infern.*, c. VI, v. 19.)

C'est le caractère propre de la véritable religion de conserver dans ses mystères, dans ses dogmes, dans ses para-
boles, l'éternelle alliance du symbole et de la réalité

Les supplices de l'enfer païen, tels qu'ils sont arrivés, de tradition en tradition, jusqu'au vi^e livre de l'*Eneide*, présentaient, pour la plupart, une certaine grandeur attachée a l'idee de perpétuité infinie.

> Hic sedet, æternumque sedebit
> Infelix Theseus !

Mais déjà Horace ne parlait-il pas des « Fabulæ manes, » et l'impitoyable poésie de Lucrèce n'avait-elle pas réduit les souffrances des Tantale, des Ixion, des Sisyphe, a l'état d'ingénieuses fictions? La réalité effacée, il ne restait plus que la figure allégorique des tortures toutes terrestres qu'inflige aux hommes, non le jugement de Dieu, mais l'entraînement impuissant de leurs volontés perverses. Audacieuse interprétation qui, ne laissant qu'une valeur symbolique aux châtiments du paganisme, annonçait déjà sa décadence et sa chute !

CHANT VINGT-NEUVIÈME.

1. Il avait été dit, au chant xx, « Luna tonda, » la lune dans son plein, sa position ici indique le milieu du jour.

2. Il était fils ou frère de Cione Alighieri, parent du poète.

3. Bertrand de Born, dont il est parlé au chant précédent

4 Contrées renommées, au temps du poète, par leur insalubrité.

5 Allusion a la peste dont parle Ovide (*Met..* liv. vii), et qui donna lieu a la fable des fourmis transformées en hommes, les *Myrmidons*.

6. En inventant ce supplice pour les alchimistes, le Dante s'est souvenu des observations d'Avicenne, qui fait connaître les effets des métaux, et particulièrement ceux du vif-argent, sur les organes de la vie

> Cujus vapor facit accidere paralysim

7. Griffolino s occupait d alchimie ; il fit croire au neveu de l'é-
vêque de Sienne qu'il saurait voler dans l's airs n ayant
pu y réussir. il fut accuse de magie et brûle vif

8. Celui qui parle est Capocchio. Il étudia avec Dante, et se
livra ensuite a la falsification des metaux. Les noms qu il
cite appartiennent a une troupe de jeunes Siennois appelee « compagnia spenderecchia, » parce qu ils se livraient
a tous les genres de prodigalite.

9. Le poete parle ici au fi_ure il entend designer Sienne, ou
cette mode prit naissance.

10. L'expression « singe de la nature, » appliquee a l alchimiste
manque d exactitude. S'il se fut agi d un art purement
plastique. c est-a dire procedant par voie de reproduction
ou d imitation des formes et de la figure exterieure des objets. le souvenir du singe. qui ne fait que copier ou imiter
eût ete parfaitement a sa place. Mais l œuvre a laquelle le
Dante fait ici allusion consiste surtout dans la recherche
ou l emploi de procedes et de combinaisons qui transfor-
ment et ne copient pas.

Shakspeare est plus dans le vrai lorsqu'il fait dire a un de ses
personnages. parlant d une statue de Jules Romain (si tant
est que Jules Romain ait jamais fait des statues celebres)

« C est un chef-d'œuvre qui a coûte bien des annees de travail. et que vient d achever ce fameux artiste italien
Jules Romain. Il ne manque a ce maître que le don de
l eternite et le secret de communiquer la vie a ses œuvres.
pour prendre la place de la nature. tant il en est le « singe
« parfait. »

.. A piece many years in doing and now newly performed
« by that rare Italian master Julio Romano who. had he
« himself eternity and could put breath into his work
« would beguile nature of her custom « so perfectly he
« is her ape. » (SHAKSP. Winter's Tale, acte v sc. 3)

CHANT TRENTIEME.

1. Athamas, roi de Thebes, ayant encouru la vengeance de Junon, fut poursuivi par les Furies. Dans son egarement, il saisit dans les bras de sa femme Ino un des deux enfants qu'elle portait, et lui brisa la tête sur un rocher La mere, desesperee, se noya avec l'autre enfant.

2. Seque super pontum, nullo tardata timore,
    Mittit, onusque suum

    OVID, *Metam*, lib iv

3   Priamea conjux
    Perdidit infelix hominis post omnia formam,
    Externasque novo latratu terruit auras.

    OVID, *Metam*, lib xiii

4   Griffolino.

5   De la famille des Cavalcanti. Abusant de son talent de mime, il se plaça dans le lit de Buoso Donati, qui venait de mourir, et dicta, en le contrefaisant. un faux testament au profit de Simon Donati. Celui-ci, pour prix de ce service, lui donna la plus belle cavale de son haras.

6. Myrrha. (V. les *Metam*. d'Ov., liv. x.)

7. Crescit indulgens sibi dirus hydrops,
    Nec sitim pellit,
    HORAT, lib ii od 2

8. Maître Adam, de Brescia, falsifia les florins d'or frappes a l'effigie de saint Jean-Baptiste

9. Dans le Casentin, ou l'Arno prend sa source.

10 C'est pour eux. et a leur instigation. que maitre Adam falsifia la monnaie.

11 Fontaine d'une grande abondance, situee pres d'une des portes de Sienne, appelee, en raison de ce voisinage, Porta Fonte Branda.

12. La femme de Putiphar.

Et ait « Ingressus est ad me servus Hebræus quem adduxisti, ut illuderet mihi . cumque audisset me clamare, reliquit pallium quod tenebam, et fugit foras. » (Genèse, ch. xxxiv.)

13. Virgil., *Æneid.*, lib. ii.

CHANT TRENTE-UNIEME.

1. A la bataille de Roncevaux.

« Roland print adonc son cor d'yvoire, qui sonnoit plus cler et plus hault que nulle trompette, duquel il cornoit ainsi haultement, que le son sembloit estre tonneire. » (Turpin, *Chron.*)

« Santa gesta. » Cette guerre était entreprise contre les infideles.

2. Forteresse qui dependait de la republique de Sienne et avait une enceinte de tours.

3. Pomme de pin en bronze qui, a l'epoque du Dante, servait d'ornement a la place Saint-Pierre, a Rome. On la voit encore dans le jardin du Belvedere, au Vatican.

4. Ces mots, qu'on a crus empruntes a des dialectes orientaux, ne doivent avoir aucun sens dans la bouche de Nembrod, à qui Dante fait remonter l'origine de la diversité et de la confusion des langues.

> pei lo cui mal coto
> Puie un linguaggio nel mondo non s'usa
>   V 77

Et dixit (Dominus) «Ecce unus est populus, et unum labium « omnibus. .. Venite igitur,... et confundamus ibi linguam

« eorum, ut non audiat unus quisque vocem proximi sui. »
Atque ita divisit eos Dominus ex illo loco in universas ter-
ras. (GENESF, ch. xi, v. 7 et 8.)

5. L'Ecriture disait de Nembrod : « Erat robustus venator coram
Domino. (GENESE, ch. x, v 9.)

6. Ephialte, l'un des geants qui firent la guerre aux dieux.

> Et conjuratos cœlum rescindere fratres
> Ter sunt conati imponere Pelio Ossam
>
> VIRG , *Georg* , lib i

7.   Lt centumgeminus Briareus,

> VIRG , *Æneid* , lib vi

> . centimanus Gyas

> HORAT

8.   Ferunt epulas raptos habuisse leones

> LUCAN , *Ph* , lib iv.

9 Dante veut parler de l'illusion produite par l'inclinaison de la
tour de Bologne, lorsqu'un nuage passe au-dessus, on
croirait qu'elle se penche pour tomber.

CHANT TRENTE-DEUXIEME.

1. Dans ce dernier cercle , il n'existe plus de divisions mate-
rielles, les supplices seuls forment des categories, et chacune prend son nom d'un coupable connu. La premiere
est appelee Caina, de Cain, la seconde Antenora, du
Troyen Antenore, qui aida a livrer Troie, la troisième,
Tolomea, de Ptolemee d'Egypte, qui trahit Pompee, et la
quatrieme, Giudecca, de Judas Iscariote.

2. « Papa et maman » Pourquoi ne pas conserver, dans leur
simplicite, ces naive expressions?

3. Les eaux du Cocyte, formees des larmes du vieillard dont il
est question au xıve chant.

4. Tabernich, montagne de l'Esclavonie.
Pietrapana, montagne de Toscane.

5. Les deux fils d'Alberto degl' Alberti, seigneur de Falterona,
en rivalite d'interêts, en vinrent aux mains après la mort
de leur pere, et l'un d'eux donna la mort a son frere.

6. La vallee Falterona, ou coule le Bisenzio, l'un des affluents de
l'Arno, et qui appartenait a Alberto degli Alberti.

7. Mordrec, fils d'Artus, roi d'Angleterre, dont il est question
dans les romans de chevalerie. Il voulut tuer son pere,
qui, plus prompt que lui, le traversa d'un coup de lance
de part en part, si bien, dit la chronique, que l'ombre
projetee par son corps « laissa voir en blanc la blessure »

8. Focaccia Cancellieri, d'une illustre famille de Pistoie, coupa
la main a l'un de ses parents et assassina son oncle; ce
double crime donna naissance aux factions qui diviserent
la ville.

9. Il tua son neveu, devenu son pupille, pour s approprier sa
fortune.

10 Camicion, assassin de son oncle.
Carlino de' Pazzi, du parti des Blancs, livra, a prix d'argent,
le château de Piano di Tre Vigne au parti contraire.

11. Celui qui parle est Bocca, de Florence, sa trahison entraina
la deroute du parti guelfe a Monte-Aperto.

12. Buosa da Duera de Cremone favorisa l'entree de Gui de
Montfort a la tête d'une armee francaise dans la Pouille, et
causa ainsi la ruine de Cremone, sa patrie.

13. Beccheria de Pavie ou de Parme, abbe de Vallombrosa, fut
decapite pour avoir conspire contre les Guelfes avec les
Gibelins de Florence, pendant qu'il etait legat du pape
dans cette ville.

14. Il trahit les Gibelins, passa aux Guelfes, et devint ainsi chef du gouvernement de Florence.

15. Ganelon, dont la trahison causa la defaite de Roncevaux. Tribaldello de' Manfredi ouvrit a l'armee francaise, appelée par Martin IV, les portes de Faenza, sa patrie.

16. Vid. STACE, *Theb.* lib. viii.

CHANT TRENTE-TROISIEME.

1. Le comte Ugolin de' Gherardeschi reçut l'assistance de l'archeveque Ruggieri degli Ubaldini pour depouiller son propre neveu Nino di Gallura, du gouvernement de Pise, et s'en mettre en possession, mais bientôt, accuse par le même archevêque, de concert avec les Gualandi, Lanfranchi et Sismondi, d'avoir livre les forteresses de la ville aux Florentins, il fut enferme, lui et ses fils, dans une tour ou on les laissa mourir de faim.

2.   Faro come colui che piange e dice
                  Chant v

3. Les commentateurs qui ne veulent pas s'epuiser en vaines recherches, reconnaissent tout simplement que c'est la le sens qu'il convient de donner a cette phrase du texte. Le Dante l'a, du reste, ecrite sans doute a une epoque ou, loin de sa patrie, il en regrettait la douce langue. En 1308, il etait en Allemagne

4. Deux iles situees pres de l'embouchure de l'Arno

5. Autres enfants du comte Ugolin.

6.   Et pariter vocem lacrimasque interius ahortas
       Devorat ipse dolor
                  Ovid

7. Alberic de' Manfredi de Faenza etant en dissentiment avec quelques membres de l'ordre des Frères joyeux, dont il faisait partie, les invita à un repas, sous pretexte de reconciliation, et, a un signal convenu, il les fit assassiner.

8 Il tua traîtreusement Michel Sanche, son beau-pere, dont il est aussi question au xxiie chant, pour s'emparer du gouvernement de Logodoro en Sardaigne.

9. Application du precepte donne plus haut par Virgile .

> Qui vive la pieta , quand e ben morta

CHANT TRENTE-QUATRIEME.

1. Ici Dite est le nom de Lucifer lui même, lequel « contra 'l suo fattore alzo le ciglia. » (V. 35)

« Quomodo cecidisti de cœlo, Lucifer qui manè oriebaris » (ISAIE, cap. xix.)

2. Les trois faces de Lucifer, selon quelques commentateurs, sont une image de l empire exerce par l'esprit du mal sur les pecheurs des trois parties du monde alors connues. Les six ailes representent les six principaux motifs des appetits humains l'amour, l'envie, la joie dans le mal (« mala mentis gaudia »), la haine, l'abomination, le regret du bien. Ces mauvaises passions soufflent sur le monde l'orgueil, la luxure, l'avarice qui glacent le cœur de l'homme et y detruisent toute charite. (Lombardi et Guiniforto degli Bargigi.)

Ozanam, dans son beau livre sur le Dante et la philosophie catholique au xiii^e siecle, rapporte, page 108, un tres-curieux fragment du commentaire de Giacopo Dante (fils du poete) sur les trois couleurs donnees a cette triple figure de Lucifer

Selon le commentateur, les trois faces de couleur diverse signifient les trois « impuissances » de Lucifer (« le tre im-
potenzie che ha Lucifero ») en contraste avec les trois
perfections de la puissance divine : c'est une sorte de tri-
nité infernale opposée à la Sainte-Trinité.

3   Concidit, et mixtum spumis vomit ore cruorem
                    VIRG., *Georg*., lib. III

4   Une remarque digne d'intérêt, c'est que, dans tout le poeme
    du Dante, les demons, loin d'être a l'état de revolte ou de
    colere contre Dieu, sont representes comme les executeurs,
    les ministres dociles de ses vengeances souveraines.

    Il en est autrement dans Milton, Gœthe et Byron. La, tou-
    jours Satan conspire ou raisonne. Il conspire contre Dieu
    et contre l'homme, il raisonne de tout, et chaque raison-
    nement est un blaspheme, une trahison ou un complot.

    Il y aurait un curieux rapprochement a faire entre ces diverses
    personnifications qui doivent necessairement se ressentir
    des epoques ou vecurent les quatre poetes.

    Dans le *Paradis perdu*, Satan, chef de l'opposition infernale
    contre Dieu, represente assez bien les ambitions et les
    agitations democratiques dont le spectacle s'offrait aux
    yeux de Milton. Assemblees tumultueuses, harangues enve-
    nimees, deliberations passionnees, luttes acharnees entre
    les legions de l'enfer et les phalanges celestes ! Ne trouve-
    t-on pas la le souvenir et l'image de cette epoque revolu-
    tionnaire, ou les esprits violemment agites, s'attaquant
    aux fondements de l'ordre religieux et de l'ordre politi-
    que, appelaient a leur aide la discipline des armees et le
    soulevement confus des multitudes?

    A d'autres luttes plus intimes, aux dechirements de l'âme
    humaine combattant contre ses propres doutes et ses pas-
    sions correspondra une autre transfiguration de l'esprit du
    mal. Sous cette nouvelle forme, plus dispose a la parole
    qu'a l'action, plus empresse de gagner des proselytes a ses

doctrines que de conquerir des alliés armes à sa cause, il deploiera une puissance morale qui, pour ne pas se mêler aux grandes crises de l'humanité, n'en sera pas moins imposante, puisqu'elle s'adressera a ce que Dieu a fait de plus mysterieux et de plus profond après lui, au cœur de l'homme.

Il ne faut pas s'y tromper, le Mephistopheles de Gœthe n'est autre chose qu'un philosophe du xviiie siecle. Hardi, madré, ergoteur, jamais à bout d'arguments ou d'ironie, il se complaît à etaler devant l'esprit de l'homme le spectacle des choses humaines dans leurs innombrables vicissitudes, mettant sans cesse en lumiere les côtes imparfaits de la creation, pour en faire remonter la responsabilité jusqu'à Dieu. Un denigrement systematique, tel est son rôle, et l'on peut dire sa mission, car Mephistopheles est vraiment un missionnaire de tentation, qui fait sur l'homme l'epreuve du pouvoir qu'il tient de la tolerance de Dieu.

Mais la puissance divine, qui semble absente pendant ce long poeme et cette serie de malefices par lesquels le diable marche a la conquête de l'homme, y a pourtant le premier et le dernier mot. C'est elle qui apparaît au debut et au denoûment du drame, ici, pour permettre la lutte, la, pour la terminer a la confusion du demon. Double intervention qui rappelle tout a la fois le souvenir biblique du poeme de Job, et cette tradition familiere au Dante du conflit entre le bon et le mauvais principe autour de l'ame d'un mourant.

Le Lucifer de Byron fait apparaître au fils du premier homme la vision sterile des destructions qui ont precede la venue de la race humaine, mais il leve a peine le voile qui pese sur son avenir. Ces ebauches incompletes de revelation, devenant plus vagues a mesure qu'elles sont plus lointaines, tiennent l'esprit suspendu entre l'idee de l'infini et le sentiment du vide. Ce sont de pures conceptions philosophiques que n'animent ni le vivant retentissement des destinees humaines, ni la presence d'un principe moral superieur. Tout aboutit a la lutte interminable des deux êtres ou plutôt des deux symboles à la fois inconciliables et inseparables qui se partagent l'empire de l'immensite. C'est l'eternel antagonisme du bien et du mal, auxquels il n'est assigne d'autre origine que le droit du plus fort en vertu duquel Dieu les a imposes a ses œuvres et à ses creatures. C'est Zoroastre donnant la main a Schelling et a Hegel a travers les siècles !

A la difference de la region des principes elementaires ou Mephistophelès conduit Faust (ue partie), l'Hades de Byron ne contient nulle semence de vie, nulle promesse d'immortalite C'est la necropole fantastique ou sont venus s'enfouir les fantômes gigantesques d'existences dechues qui n'ont aucune mesure commune avec la nôtre.

A la difference aussi du poeme de Milton, rien n'annonce que dans les plateaux de cette balance ou vacillent les destinees du monde (a), le sang volontairement verse d'un redempteur viendra jeter le poids de ses merites infinis

b. Ici le Gibelin se montre tout entier ! Dans le dernier cercle de l'Enfer, a ce plus profond de l'abîme ou sont punis les plus grands coupables, les traîtres, se trouve Lucifer lui-meme; il a trois têtes, et chacune de ses bouches broie eternellement un damne.

Mais quels seront les trois felons reserves à ce supplice privilegie, le plus terrible de tous? Judas Iscariote sera le premier, sa place etait marquee il a trahi le Dieu fait homme, il a trahi son maître ! Quelle autre trahison sera jugee assez coupable et en même temps assez fatale a l'humanite, pour être comparee a la trahison qui vendit et

(a)   .   And world by world
       And star by star, and universe by universe
       Shall tremble in the balance, till the great
       Conflict shall cease, if ever it shall cease,
       Which if nor it shall till he or I be quench'd !
                                   (Byron Cain acte II)

livra le sauveur du monde? Le Dante n'hesite pas. ce seront les meurtriers de Cesar, Cassius et Brutus!

Pour le poete gibelin, Cesar est le representant de la suprematie monarchique. du pouvoir imperial, de l'autorite. A cette epoque troublee, ou vivait le Dante, quand la liberte n'etait qu'un drapeau sanglant sous lequel les republiques italiennes du moyen âge se livraient a tous les excès, il pouvait être permis a un esprit aussi emment d'exalter ainsi le pouvoir absolu. A quelle epoque n'a-t-on pas vu les âmes genereuses et les plus eprises de la liberte, souhaiter un seul maitre, a la place des mille tyrans de la demagogie?

Michel-Ange commenca une statue de Brutus et ne put l'achever, on trouva au bas ce distique

> Dum Bruti effigiem sculptor de marmore ducit,
> In mentem scelexis venit et abstinuit

6 Le Dante appelle Cassius, « membruto » membru, gros, trapu, etc. En cela, il s'eloigne de la verité historique.

« Un jour, parlant a ses plus feaux, il (Cesar) leur demanda
« Que vous semble il que Cassius vueille faire? car quant
« a moy, il ne me plaist pas de le voir ainsi pasle... Une
« autre fois on calumnia envers luy Antonius et Dolabella,
« qu'ilz machinoient quelque nouvellete a l'encontre de
« luy, a quoy il respondit : Je ne me deffye pas trop de ces
« gras icy, si bien peignez et en si bon poinct, ains plus
« tôt de ces maigres et pasles la, entendant de Brutus et
« de Cassius. » (PLUTARQUE, J. Cæsar, § LXXX, traduct. d'Amyot.)

Shakspeare ne s'y est pas trompe, lui

« CÉSAR. — Donnez-moi des hommes gras, a face luisante et
« qui dorment leur nuit. Ce Cassius a chetive mine, il est
« decharne, il pense trop. Ces gens-la sont dangereux

« ANTOINE — N'en ayez pas peur, Cesar, il n'est pas dange-
« reux. C'est un noble cœur et bien doue.

« CESAR. — Je le voudrais plus gras, je ne le crains pas

« pourtant. Mais si, avec le nom que je porte, je pouvais
« être accessible à la crainte, je ne sache pas d'homme
« que je fuirais plus vite que ce maigre Cassius. Il lit beau-
« coup, c'est un profond observateur . son regard perce a
« travers les actions des hommes, jeux et spectacles ne
« lui plaisent pas comme a toi, Antoine il n'ecoute pas
« la musique, il lit bien rarement, et, quand il lit, il a
« l'air de se moquer de lui-même. On dirait qu'il se fait
« honte d'avoir ete en humeur de rire. Les hommes de
« cette nature n'ont jamais le cœur à l'aise, tant qu'ils
« voient quelqu'un au-dessus d'eux. Aussi sont-ils fort
« dangereux. »

CÆSAR

Let me have men about me that are fat,
Sleck-headed men and such as sleep o nights
Yond Cassius has a lean and hungry look,
He thinks too much such men are dangerous

ANTONIUS

I ear him not, Cæsar, he's not dangerous,
He is a noble Roman, and well given

CÆSAR

'Would he were fatter But I fear him not,
Yet, if my name were liable to fear,
I do not know the man I should avoid
So soon as that spare Cassius He reads much,
He is a great observer, and he looks
Quite through the deeds of men , he loves no plays,
As thou dost, Antony, he hears no music
Seldom he smiles, and smiles in such a sort,
As if he mock'd himself, and scorn'd his spirit
That could be mov'd to smile at any thing
Such men as he be never at heart's ease,
Whiles they behold a greater than themselves
And therefore are they very dangerous

(SHAKSP *Julius Cæsar*, acte I, sc II)

7. Vingt-quatre heures (un jour et une nuit) se sont ecoulees
depuis leur entree dans l'Enfer

8. Virgile ayant depasse le centre de la terre, parle du jour et
de la nuit, tels qu'ils doivent être pour l'hemisphere ou il
arrive. De la cette contradiction apparente avec le vers 68
« Ma la notte resurge. »

9. « Il est absurde, dit Lactance a propos des antipodes, de
« croire qu'il y a des hommes qui ont les pieds au-dessus
« de leurs têtes, et des pays ou tout est sens dessus dessous,
« ou les arbres et les plantes croissent de haut en bas...
« On trouve le germe de cette erreur chez les philosophes
« qui ont pretendu que la terre est ronde. »

« Ineptum est credere esse homines quorum vestigia sint supe-
« riora quam capita, aut ibi quæ apud nos jacent inversa
« pendere; fruges et arbores deorsum versus crescere...
« Hujus erroris originem philosophis fuisse quod exist-
« marint rotundum esse mundum. » (LACT., lib III, c. XXIV.
Vid. S. ALGUST., De Civit. Dei, lib. XVI, cap. IX.)

La loi de la gravitation semble rendre possible aux yeux
du Dante le phenomene que Lactance regardait comme
incroyable. Sous ce rapport, le poete echappe à l'influence
des fausses doctrines cosmologiques de son epoque. Il faut
se souvenir, du reste, que dans les siecles qui separent
Ptolemee de Copernic, certaines traditions se mainte-
naient, formant comme un lien secret entre les mysteres
de la science antique et les decouvertes de la science
moderne On dirait même que l'avenir y avait ete devance
en ce qui tient a la forme de la terre, a la position et au
mouvement qui lui sont assignes dans l'ensemble du sys-
teme du monde. Ces traditions pouvaient avoir leur point
de depart dans les doctrines pythagoriciennes rappelees
par Aristote (De Cœlo, lib II). Mais c'est dans les livres
kabbalistiques, notamment dans le Zohar, qu'on les trouve
exprimees en termes plus significatifs. Ce livre fut longtemps attribue a un rabbin du XIII[e] siecle; mais M. Franck,
dans son remarquable travail sur la kabbale. a ete amene,
par des recherches pleines d'erudition et de sagacite, a

en faire remonter la date aux premiers siecles de l'ere chretienne. Quoi de plus surprenant alors, que d'y rencontrer le passage suivant que l'on croirait, dit M. Franck, ecrit par un disciple de Copernic ?

« Dans le livre de Chamnouna le Vieux, on apprend, par
« des explications etendues, que la terre tourne sur elle-
« même en forme de cercle; que les uns sont en haut, les
« autres en bas, que toutes les creatures changent d'aspect
« suivant l'air de chaque lieu, en gardant toujours la même
« position; qu'il y a telle contree de la terre qui est
« eclairee, tandis que les autres sont dans les tenebres
« ceux-ci ont le jour quand pour ceux-la il fait nuit; et il
« y a des pays ou il fait constamment jour, ou du moins la
« nuit ne dure que quelques instants. » (FRANCK, *De la Kabbale*, p. 102.)

Pourquoi le Dante, qui savait tout

Theologus Dantes nullius dogmatis expers,

n'aurait-il pas connu le *Zohar* ?

10. L'Ecriture avait dit « Et vocavit aridam terram. »

11. Jesus-Christ.

12. La montagne du Purgatoire

FIN DES NOTES

www.ingramcontent.com/pod-product-compliance
Lightning Source LLC
Chambersburg PA
CBHW052349020726
47503CB00001B/164